도라지꽃 신발

남상순 소설집

도라지꽃 신발

북치는소년

차례

100%
참도다리

매듭

1

식사를 마치고 출근을 위해 하나 둘 자리에서 일어설 때까지만 해도 할아버지의 여든네 번째 생신은 그냥 그렇게 끝나는 듯 보였다. 사실 말이 생신일 뿐 핑계 김에 그저 아침이나 같이 먹자는 게 그날 모임의 취지이기는 했다. 바쁜 시간이라 변변히 이야기 나눌 틈도 없이 음식을 나르면서 부산을 떨었지만 정작 여자들은 밥숟가락을 입에 대보지도 못한 상태에서 남자들을 배웅해야 할 판이었다. 전화벨이 울린 것은 고무부가 먼저 가겠다며 현관에서 구두를 신고 있을 때였다. 공교롭게도 어머니가 수화기를 들었다.

"누구라고?"

노인네의 숨 가쁜 음성이 자꾸만 높아졌다. 고모부는 어머니와 눈인사라도 나눌 요량으로 현관에 대기하듯 서 있었다.

"아이구매, 자네가 어쩐 일인가?"

엉거주춤 쪼그린 채 전화를 받던 어머니가 갑자기 무너지듯 주저앉더니 탄복이라도 하듯 손으로 바닥을 두드려댔다. 상을 다시 보려고 분주하게 움직이던 여자들이 무슨 영문인가 싶어 일손을 멈춘 채 멀뚱히 바라보았다. 잠시 후에 수화기를 놓은 어머니는 삼촌을 향해 대뜸 소리쳤다.

“저 앞 사거리로 얼릉 나가 보시오.”

삼촌이 어리둥절한 표정을 거둘 새도 없이 어머니의 뒷말이 이어졌다.

“야들 숙모예요. 이 앞에 와 있다네요, 글쎄.”

그러면서 조급한 동작으로 주머니를 뒤져 담배 한 개비를 피워 물었다. 눈자위는 벌겋게 상기되었고 입이 타는지 아랫입술에 연신 침을 발랐다.

“그 사람이 시아버지 생일날을 여태 기억하고 있었다니…….”

“아이구, 그러게나 말이라.”

신기해 하는 목소리, 무릎을 치듯 손바닥을 마주치는 소리, 이제는 됐구나, 라는 식의 안도감 배인 감탄사가 여기저기서 터져 나왔다.

사실 할아버지 생신이 아니더라도 숙모의 방문은 이미 예견된 일이기는 했다. 얼마 전부터 집안 분위기가 들떠 있었던 것이다. 어머니는 안방 문을 닫은 채 누군가와 오래오래 통화를 했고, 고모가 나타나 난데없이 점집에 가자고 어머니를 종용하는가 하면 이웃에 살던 당숙모는 ‘밀어붙이게’ 혹은 ‘자네가 나서지 않으면 누가 이 일을 매듭지을 수 있겠나?’하는 식의 뜻 모를 말을 어머니에게 수차례 거듭하다가 돌아갔다. 당숙모 말투에는 해묵은 숙제를 풀고자하는 이의 비장한 열망 같은 게 담겨 있었다. 주변 사람들의 이와 같은 부추김에도 어머니는 사뭇 망설이는 눈치였다. 앞으로 나아가지 못하고 자꾸만 후진을 반복하는 자동차처럼 회의적인 고갯짓으로 보는 이의 마음을 답답하게 옥죄었다. 그러다가 급기야 삼촌으로부터 "아, 애도 낳을 수 있어요. 이제 겨우 마흔 넷이라는데요, 뭘."하는 의욕적인 말을 듣고는 마음을 단단히 굳힌 듯 했다. 생각해 보니 숙모는 정말 마흔 넷이었다.

그런데 애도 낳을 수 있다며 그토록 허풍을 떨던 삼촌이 정작 숙모가 집 앞까지 왔다는 말에는 얼굴을 조금 찡그리는 듯 했다. 뿐만 아니라 선뜻 밖으로 나서지 않고 공연히 방 안을 불안스레 서성이는 것이었다. 고모가 외투를 챙겨주며 강제로 밖으로 떠밀었을 때에는 좀 더 완강하게 뻗대었다.

"아니, 도대체 왜 이래여? 그 동안 이야기한 건 다 뭐라?"

어머니가 긴장된 표정으로 삼촌에게 소리를 지르다가 아이들이 말똥가리 눈으로 어른들을 주시하고 있음을 눈치채고는 멈칫했다. 눈도 멀고 귀도 먼 할아버지는 온갖 소동에도 밥상 앞에 정물처럼 앉아 입안에 든 음식물을 세월아 네월아 씹고 있었다.

"원래는 삼촌이 먼저 초대를 해서 디리왔어야 하는 거라. 속으로는 바래고 있었는데 말이 없으이 답답해 하다가 이렇게 자기가 나서서 오겠다고 하는 거 아이라? 여자가 되어서 시상에…… 그 마음이 울매나 섭섭했겠나?"

어머니의 변사 말투 같은 슬픈 사설에 흥미로움과 호기심 섞인 긴장감으로 눈을 빛내던 젊은 여자들이 순식간에 감정 이입이라도 이루어진 듯 "세상에!" 하면서 혀를 찼다. 땅이 꺼질 듯 한숨 소리, 탄식 소리가 이어졌다. 하지만 그럴수록 삼촌의 양미간은 더욱 오므려졌고 잠시 생각에 잠겼다가 그래도 안 되겠다는 듯 느닷없이 내 어깨를 떠밀었다.

"아, 새삼스럽게…… 네가 나가 봐라."

식구들이 하나같이 안 된다며 성화를 대었으나 삼촌의 고집을 꺾기는 힘들었다. 그 동안 십오 년 넘게 부리던 고집을 하루아침에 바꾸자니 쑥스럽기는 할 테지. 삼촌에 대한 일방적인 너그러움도 여전했다.

"할 수 없다, 네가 나가 봐라."

고모의 채근에 학교 도서관에나 갈까 하던 나는 가방을 도로 내려놓으며 현관문을 밀고 나갔다. 하지만 계단을 내려가면서 이런 곤란한 심부름을 왜 하필 내가 해야 하나, 하는 불만이 치밀었고 구원을 청하듯 고모부를 쳐다보았다. 올해로 쉰이 넘은 그는 힘없이 팔을 들어 올려 빨리 가보라는 손짓으로 등을 떠밀

뿐이었다.

2

사거리 한 귀퉁이 하나은행 앞에 숙모가 서 있는 게 보였다. 십여 년만이지만 한눈에 알아볼 수 있었다. 행여 눈에 설기라도 할까 싶었던지 길 한가운데 서서 사방을 두리번거리며 자기가 거기 있다는 것을 온몸으로 신호하고 있었다. 여전히 작은 몸피 때문인지 어깨를 옹송그리고 있는 모양이 애처로운 느낌을 자아냈다.

숙모와 내 눈이 마주쳤다. 이전보다 훌쩍 어른이 되었음에도 숙모 역시 한눈에 알아보는 눈치였다. 나는 다가가 고개를 조금 숙이며 오셨어요, 하고 말했다. 그리고 다른 생각할 틈을 주지 않고 말할 참이었다. 삼촌이 나오겠다는 걸 말리고 내가 나왔다. 내가 숙모를 마중하고 싶었다. 하지만 워낙 거짓말에 서투른 탓도 있지만 나와 마주친 것만으로도 대번에 눈매가 젖어버린 숙모를 보자 입이 떨어지지 않았다. 우리는 그저 상대방을 애처롭게 바라보고 서 있기만 했다. 나도 그도 지나간 일을 되새기고 있을 터였다.

"가요."

나는 숙모의 등에 손을 대며 우리 집 방향 골목을 가리켰다. 그제야 숙모는 어떤 골똘한 생각에서 놓여난 듯 눈을 한 번 감았다가 떴다. 그러고는 한쪽 입꼬리가 삐뚜름하니 찢어지는 특유의 쓴웃음을 물었는데 악몽과도 같은 생각에서 깨어난 것에 대한 안도감의 표현인지 새로운 악몽이 시작될 것에 대비한 경계심의 작용인지를 나는 잘 알 수가 없었다. 나는 앞장서 두어 걸음 걷다가 숙모와 나란히 걷기 위해 돌아보았다. 그런데 숙모는 한 걸음도 떼지 않은 채 내 쪽을 외면하며 서 있었다. 아랫입술은 꽉 깨문 채였다. 순간 그 쓴웃음의 의미가 확연히 느껴졌다. 아니나 다를까, 숙모가 얼굴까지 붉히며 내뱉었다.

"기분 나빠, 정말."

십 년이란 세월이 흘렀는데도 상대방을 곤혹스럽게 만드는, 직설적이고 단도직입적인 언어습관은 여전했다. 나는 난감한 처지라 손바닥을 비벼대며 안절부절못했으나 곧 시치미를 떼기 위해 눈을 동그랗게 떴다.

"왜요?"

"삼촌 말이야."

숙모가 쌍꺼풀진 붉은 눈에 테두리를 만들고 노려보아서 나는 가슴을 누르며 괴로움을 참아야 했다. 불현듯 화가 치밀었다. 오십에 가까운 삼촌이었다. 그만한 나이가 되었으니 삶의 여유를 즐기고 마음도 무던해지면 얼마나 좋을까. 그런데 삶의 여유는 고사하고 자기 앞가림도 못하는 형편이었다. 생각 같아서는 당장 집으로 달려가 삼촌에게 고래고래 소리라도 지르며 대들고 싶었으나 지금으로서는 참는 도리밖에 없었다. 나는 변명조로 말했다.

"그러고 보니 삼촌이 나와야 하는 거였네. 난 엄마가 나가 보라고 해서 반가운 마음에 앞뒤 생각 없이 뛰어나왔는데…… 우리 집 식구들, 원래 무뚝뚝해서 그런 생각 잘 못하잖아요. 가요, 얼른."

나는 얼버무리며 숙모가 든 꾸러미를 빼앗다시피 받아들었다. 그리고 골목으로 잡아끌었다. 숙모는 못 이기는 척 따라왔으나 입은 한 발이나 나온 상태였다.

집 안으로 들어갔더니 노인네들이 숙모를 맞이하며 하이구 하이구 청승을 떨었다. 무슨 신파극의 한 대목을 보는 것 같아 기분이 고약했다. 방 안으로 들어간 숙모는 할아버지 앞에 서기 무섭게 무릎을 꺾으면서 엎드러졌다.

"아버님!"

그러자 여기저기서 혀 차는 소리, 대견해 하는 소리가 들렸다. 내가 마중 나간 사이 미리 말씀드렸는지 할아버지 표정도 놀라움과 반가움으로 달아올라 있었다. 숙모는 고개를 숙인 채 한참을 흐느꼈고 다른 이들도 눈물을 찍어내거나 숙모의 등을 토닥이고 있었다.

"야가, 작은 아라?"

할아버지는 메마른 입술을 딱 벌리고는 다물 줄을 몰랐다. 새로 차려진 상 앞에 가족들이 다시 둘러앉으며 자리를 잡으려는 순간 고모부와 오빠들, 오촌들이 출근을 위해 일어났다. 그들을 배웅하고 다시 방으로 들어갔을 때 어머니가 숙모의 손을 쓰다듬고 있었다.

"그래, 아 하나만 디리고 달랑 둘이 살아여?"숙모는 말없이 고개만 숙였다. 나 역시 숙모의 소식은 들은 적이 있었다. 삼촌과 이혼한 후 나이 지긋한 남자를 만났으나 얼마 못 살고 남자는 죽었다고 한다. 아이는 전처소생이고 지금은 이미 성장한 청년이라는 거였다. 다행히 남자가 남긴 돈이 있는 데다 아이는 남 같지 않게 숙모를 대한다고 한다.

"그래, 우선 밥이나 묵게."

어머니가 얼른 숟가락을 쥐어 주었다. 그러고는 어색하게 서 있는 삼촌에게 말했다.

"삼촌도 이리와 앉아요."

삼촌은 앉을 것 같더니 무슨 볼일이라도 있는 듯 거실로 나갔다. 나는 삼촌이 아예 집밖으로 나가 어딘가로 달아나는 것은 아닌가, 계속 신경이 쓰였다.

3

두 사람의 부부 운은 이미 결혼식 날부터 점쳐졌다고 할 수 있다. 시골의 이웃한 마을에 살았으나 서로에게 호감을 느끼기는커녕 한 번 마주친 적조차 없던 두 사람이 갑자기 결혼을 하게 된 것은 죽을 날을 받아놓은 숙모의 아버지 때문이었다. 막내딸이 혼인하는 것을 봐야만 편안히 눈을 감겠다는 늙은이의 막무가내 식 고집 앞에서는 아무도 뭐라고 토를 달지 못했다.

그렇게 얼렁뚱땅 맺어진 신랑 신부가 긴장된 분위기에서 결혼 서약을 할 때였다. 주례가 신부에게 신랑을 잘 섬기겠냐고 묻자 기상천외한 대답이 흘러나왔다.

"음메 음메"

느닷없는 소 울음소리가 신부 입에서 곡소리처럼 흘러나오자 사람들은 벌어진 입을 다물지 못했다. 당연히 실수인 줄 알았다. 하지만 결혼식장에서까지 실수를 하다니. 그것도 신부가 되어서. 여기저기서 혀 차는 소리가 들렸다. 당황한 주례는 헛기침 몇 번으로 사태를 무마시키고는 다시 한 번 물었다.

"신부는 신랑을 섬기겠는가?"

"음메, 음메"

역시 대답은 슬픈 소 울음소리였다. 기가 찰 노릇 앞에서 하객들 일부는 웃으며 입을 틀어막았고 일부는 얼굴을 찡그렸다. 그때 주례를 서준 이가 삼촌의 중학교 교장 선생님이었다. 그 어른이 기지를 발휘하지 않았더라면 네 할아버지는 그야말로 얼굴 들고 다니지 못했을 게다. 집안 어른들은 틈만 나면 그 이야기를 했는데 기지라는 게 별다른 무엇은 아니었다.

"아, 이 신부는 그러니까, 소처럼 우직한 마음으로 신랑을 섬기겠답니다, 여러분!"

촌사람들이라 말귀가 어두웠던 탓일까. 잠시 괴괴한 침묵이 흘렀다. 그러자 오촌 당숙이 벌떡 일어나 박수를 쳤고 그것이 계기가 되었는지 어쨌는지 하객들이 비로소 굳은 인상을 풀며 잔칫집 분위기를 냈다.

결혼식이 끝나고 호기심 많은 노인네 몇이 숙모에게 왜 소 울음소리를 냈느냐고 묻자 숙모는 자기도 모르는 일이라며 얼굴을 붉혔다. 분명히 네에, 하고 신부답게 대답했는데 누군가 뒷목덜미를 쥐어박듯이 옥죄는 바람에 저절로 소 울음이 튀어나왔다는 것이다.

문제는 결혼식 이후였다. 삼촌은 숙모를 여자로 가까이하려고 하지 않았다. 쳐다보는 것조차 싫다는 느낌이 들 정도라고 했다. 아들의 행동을 납득하지 못해 속을 끓이던 할아버지가 지게작대기를 들고 등짝을 후려치면 삼촌은 자기도 스스로를 어쩔 수 없다면서 도리어 울음을 터트렸다. 어떤 친척들은 쇠귀신이 씐 것 같다며 쑥덕거렸다.

그 쇠귀신으로 말할 것 같으면 우리 집안의 붙박이 귀신이었다. 윗대 조상들조차 어쩌지 못했던 철천지원수에다 공포의 진드기였다. 종손 집안의 남자가 결혼을 하면 부부 사이가 좋지 않은 것은 물론 남자가 반드시 집을 떠나게 되어 있다는 것이었다. 벌써 몇 대째 그런 일들이 반복되어 왔다고 한다. 정말 섬뜩한 이야기가 아닐 수 없었다.

할아버지 역시 젊은 날에는 집을 나가 마음껏 떠돌아다니다가 나이가 들어 기운이 다하자 집으로 돌아왔다. 그렇다면 집을 나가 있는 동안 할아버지는 어디서 무엇을 하였나? 그거야 할아버지 이외에는 아무도 알 수가 없다. 가끔 그것이 화제에 오른 적은 있었다. 사람들 말은 한결같았다.

"하긴 뭘 해, 그냥 떠돌아다녔겠지."

그렇게 생각할 수밖에 없는 까닭이야 많았다. 할아버지는 방랑을 먹이 삼아야 성공할 수 있는 남다른 직업을 가진 것도 아니었고 방랑 자체를 목표로 삼는 사람도 아니었다. 그렇다고 집 나가 있는 동안 돈을 벌었거나 다른 여자를 만나 딴 살림을 차린 것도 아니었다. 빈손으로 나갔던 할아버지는 빈손으로 돌아왔다.

삼촌은 그런 축에 끼일 듯 말 듯한 사람이었다. 집을 나가 객지를 떠돌았다는 점에서는 할아버지나 조상들과 비슷했고 어떻게든 돈을 모으려고 했다는 점에서는 달랐다.

삼촌은 결혼하고 얼마 후에 서울로 도망쳤다. 이때 원조 방랑자였던 할아버지 태도는 퍽 의외였다. 할머니의 만류에도 숙모를 데리고 상경하여 보름 동안 여관 밥을 먹으면서 수소문을 거듭한 끝에 드디어 삼촌의 거처를 알아냈다. 삼촌은 자동차 정비소에서 정비공으로 일하고 있었다. 할아버지는 삼촌을 발견하자마자 곁에 있던 때 묻은 나일론 끈으로 손목을 묶은 뒤에 정비소 천장에다 매달았다. 정비소 사장의 애원과 협박에도 끄떡없이 버티다가 다시는 아내를 버리지 않겠다는 각서를 받고서야 풀어주었다.

삼촌을 단속하겠다는 핑계로 할아버지는 할머니와 서울에 눌러앉았다. 얼마 후에 아이들 교육을 핑계로 우리 가족도 불려 올라왔다. 아버지가 일찍 돌아가신 상황이고 보니 삼촌에게 우리 삼 남매를 떠맡겨야겠다는 할아버지의 계산도 작용했을 것이다. 하지만 그 뒤로도 두 번째, 세 번째 가출이 이어졌다. 할아버지는 그때마다 삼촌을 찾아냈다.

그러던 어느 날이었다. 집안에 행사가 있었던 탓에 적지 않은 친척들이 모여들었다. 바쁜 시간이 지나고 조금 한가해졌을 무렵 집안 어른으로 통하던 할머니 한 분이 숙모 손을 잡고 쓰다듬으며 물었다.

"우째 여적 아가 없실까?"

노인네 딴에는 걱정이 되기도 하고 애처롭기도 했을 터이다. 삼촌이 아무리 도망 다니느라 바빴다지만 결혼한 지 사 년째로 접어들고 있었으니 그만하면 애 만들 시간은 되고도 남았던 것이다. 사실 애라는 것은 부부관계가 위태로울 때 더 잘 생기는 애물단지라고 어른들이 말하지 않았던가. 하지만 그때 숙모가 털어놓은 몇 마디는 놀라움을 넘어 경악할만한 것이었다. 결혼식장에서의 소 울음소리는 그에 비하면 아무것도 아니었다.

"하늘을 봐야 별을 따지요."

처음에는 음전한 색시의 모습 그대로 목소리가 침착하고 고왔다. 듣던 사람들은 멀뚱멀뚱 서로를 쳐다볼 뿐이었다. 모두들 각자의 하늘을 머릿속으로 상상하고 있었는지 모른다. 그때 새치름해 있던 숙모가 돌발 행동을 했다. 갑자기 울먹울먹 윗입술이 떨리는가 싶더니 촌수도 모르는 할머니 치마폭을 향해 엎어져버린 것이었다.

"할매요, 저는 여태 하늘 구경이라고는 못해 봤어요."

그러고는 곧 무아지경의 통곡 속으로 빠져들었다. 울음소리를 듣고 사람들이 방 안으로 모여들었다. 모두들 아연실색 할 말을 잃었다. "관심보살, 관심보살……" 하고 경을 읽으면서 애꿎은 어머니 손등을 마구 쥐어뜯는 이도 있었다. 손등이 아파도 아프다는 소리를 하지 못한 어머니는 아랫입술을 깨물면서 그 시간을 견뎠다. 쇠귀신이 씌어도 단단히 씌었어. 누군가의 입에서 그런 탄식도 흘러나왔다.

이후 숙모가 아직 처녀라는 말과 삼촌이 씨 없는 수박일지도 모른다는 소문이 공공연한 비밀이 되어 집안사람들 입에 오르내렸다. 우연히 그 소문을 들은 할아버지 할머니는 경악을 금치 못하는 것 같았다.

무슨 생각을 하신 것인지 할아버지는 새벽이면 일어나 남산으로 올라갔다. 그 위에서 서울특별시를 한참이나 내려다보다가 집으로 돌아왔다. 하지만 그 일이 할아버지를 그리 오래 괴롭히지는 않았다. 삼촌이 소문에 저항이라도 하듯이 사무실 경리 아가씨와 연애를 하여 보란 듯이 임신을 시킨 것이다.

그 뒷감당도 만만치 않았다. 어느 날 경리 아가씨의 큰 오빠라는 사람이 나타났다. 덩치가 크고 인상이 부리부리해서 삼촌이 빼도 못 추리는 건 아닐까, 하던 걱정은 괜한 게 아니었다. 결국 삼촌은 위자료를 물어주기 위해 적지 않은 돈을 써야만 했다. 그 뒤로 경리 아가씨는 다시는 삼촌 앞에 나타나지 않았다. 삼촌도 손수건을 꺼내 가르랑거리며 두어 번 코를 풀었을 뿐 미련이나 아쉬움 따위는 드러내지 않았다.

하늘을 제대로 구경하지 못했던 숙모는 더 이상 수모를 참지 않았다. 결국 삼촌은 이혼을 하기에 이르렀다. 그것은 방랑자 할아버지의 삶보다 더 치명적인 결과였다. 그런데 그렇게 헤어졌던 부부가 십여 년이 지난 지금 새삼스레 다시 합치겠다며 의기투합이라도 하려는 것인가. 나는 숙모도 삼촌도, 그것을 부추기는 사람들도 이해가 되지 않았다. 할머니가 살아 계셨으면 분명히 다른 선택을 했을 거라는 믿음도 눈앞에서 벌어지는 해괴한 일을 받아들일 수 없게 만들었다.

4

상을 물리고 과일과 차를 날랐다. 커피보다는 잣을 띄운 생강차와 녹차가 주종이었다. 우리 집안사람들은 열이 많은 체질이라 커피나 인삼차는 잘 안 마시는 편이었다.

"뭐 마실래요?"

사실 주문도 없이 이것저것 미리 타놓고 나서 메뉴를 물어보는 것 자체가 손님에 대한 크나큰 결례인지도 모른다. 일괄적으로 차를 타고 있던 큰올케를 도우면서도 나는 다른 생각에 몰두해 있느라고 세심하게 신경을 쓰지 못했다. 아니나 다를까, 숙모가 자기 몫을 두리번거리고도 선뜻 찻잔을 잡지 않았다. 큰올케가 반복해 물었을 때에야 아무래도 상관없지만, 하는 전제를 깔면서 말했다.

"저는 그냥 커피가 좋아요. 2대 2대 1.5로. 설탕이 한 숟가락 반이죠."

혹시라도 재료 배합이 뒤섞일까봐 그랬던지 숙모는 유난히 딱딱 끊어가며 발음을 정확히 하려고 애를 썼다. 그러고는 겸연쩍은 양 이를 드러내며 부자연스럽게 웃었는데 자신의 행동이 우리 가족에게 어떻게 비칠지 훤히 알고 있는 눈치였다. 알고 있어서 대충 신경이 쓰이기는 하지만 녹차나 생강차를 마시느니 분위기가 조금 어색해지더라도 평소의 습관대로 커피를 마셔야겠다는 그런 웃음이었다. 방심하다가 물벼락을 호되게 맞은 큰올케는 자신의 무례와 무신경을 수습하느라 진땀을 흘리면서 숙모 몫의 찻잔을 도로 챙겨 부엌으로 황황히 물러갔다. 숙모와 마주 앉아 있던 어머니가 영문을 몰라 눈을 휘둥그레 떴다. 한참 동안의 웅성거림과 의미 없는 소란이 지나가고 난 뒤에야 어머니는 비로소 상황을 파악했다.

"그럼, 커피 마실 사램은 커피를 마시야지. 그기 그래뵈도 몸에 그렇키 좋다민서? 노인들도 하루 한 잔씩 꾸준히 마시면 그렇키 오래 산대여."

혓바닥으로 윗입술을 민첩하게 핥아가면서 설명하는 어머니의 목소리에는 초조함 같은 게 배어 있었다. 애물단지 시동생에 대해 이제는 신물을 낼만도 한데 그런 눈치는 조금도 느껴지지 않고, 어떻게 딱 부러지게 일거에 상황을 매듭지어 버릴까, 하는 조급한 욕심으로 작고 가느다란 눈에 힘이 들어가 있었다. 여기저기 흩어져 앉아 있던 사람들이 추임새를 넣어가며 일시에 맞장구를 쳤다. 소화가 안 되는 사람이 커피를 마시면 적당하게 위벽을 자극한다는 말도 나왔다. 넉넉하고 뭐든 용납하는 분위기 속에서 누군가 차를 홀짝거리는 소리가 자발없이 들려와 신경에 거슬리기는 했지만 그 또한 무난하게 넘어갔다.

과일을 우물거리던 할아버지가 손짓으로 삼촌을 부른 것은 그때였다. 다른 모든 것에는 까다롭고 제멋대로지만 할아버지에게만은 턱없이 순종적인 삼촌이 얼른 노인네 곁으로 다가갔다. 할아버지는 나이든 아들을 잠깐 연민 어린 눈으로 쳐다보더니 삼촌과 숙모의 손을 각각 끌어당겨 끈으로 묶듯이 서로에게 쥐어 주었다. 순식간에 일어난, 아무도 예상하지 못한 돌발 사태였다. 옛날처럼 천정에다 묶을 기력은 남아 있지 않지만 너희들이 철없이 구는 꼴은 더 이상 보지 못하겠다는 노인네 특유의 고집이 완강한 손짓을 통해 아득하게 느껴졌다. 아무도 맨정신이라고 믿지 않았던 할아버지의 그와 같은 노골적이고도 적나라한 행동에 가장 크게 반응한 이는 물론 어머니였다. 마치 어두운 세상이 환히 불 켜지는 것을 목도한 이처럼 턱없는 흥분과 열광이 아이구아이구, 소리에 뒤섞여 흘러나왔다. 그런 어머니가 내 눈에는 오히려 숨이 깔딱거리며 넘어갈 듯 위태로워 보였다.

그날의 주제가 아무래도 삼촌과 숙모의 재결합이고 보면 할아버지의 행동을 두고 단순히 노인네의 노망난 행동으로 치부해 버릴 수 없게 만드는 무엇인가 있었던 것 같기는 했다. 할아버지가 둘이 사이좋게 지내라는 뜻으로, 마치 어떻게 해야 제대로 손을 잡는 것인지 시범이라도 보이듯 당신의 양손을 소중하게 꽉 쥐어 보여 주었을 때에는 나 또한 뒷덜미가 서늘해지는 충격을 받았다. 사실 우리 집안에서 모든 것을 감싸주고 받아들이는 것은 할머니지 할아버지의 역할이 아니었다. 무책임을 넘어 무분별하기까지 했던 방랑자 할아버지가 우리들의 할아버지로 남을 수 있었던 것은 할머니가 그런 할아버지를 용서하고 받아들였기 때문이었다. 젊었을 때는 쇠귀신이 씌었는지 몰라도 지금 늙은 할아버지가 덮어쓰고 있는 것은 왠지 할머니 귀신 같았다. 실제로 외면하기만 하던 두 사람이 할 수 없이 서로에게 눈길을 주면서 할아버지의 기괴한 비책이 효험을 드러내는 듯도 싶었다. 평소에 속악스럽기까지 하던 삼촌이 어깨를 움찔떠는 순간 모두가 불안해 했지만 다행히 손을 빼내거나 빼려고 시도하는 일은 일어나지 않았다. 그 결과 어색함이나 인위적인 느낌 없이 온 집안이 흔쾌히 어깨동무라도 걸친 것 같았다.

나로 말할 것 같으면 그 방 안에서 어깨동무가 안 된 유일한 외부인이었다. 말똥말똥한 정신으로 구경꾼의 입장이 되어 가족들을 바라보기만 했다. 속으로는 한 번 헤어졌으면 됐지 뭐하러 구질구질하게 다시 만나 못 보일 꼴을 보이는지 모르겠다며 울화를 삭이는 중이었다. 때문에 눈앞에서 벌어지는 일이 사춘기 아이들의 꼭두각시 장난인 것만 같아 영 께름칙했다.

부부가 살다가 헤어지는 데에는 그럴 만한 까닭이 있는 게 아닐까. 어떤 이유로든 소박을 놓으면서 아내를 방치하는 남자는 흔치 않은 법이다. 게다가 그와 같은 수모를 당하고도 없던 일로 친 채 다시 살 수 있는 여자가 몇이나 될까. 쉰에 가까운 삼촌이 여전히 혼자라는 것이, 누군가 필요하다는 당위성이 아무리 간절하더라도 서로 맞지 않는 사람들을 얼렁뚱땅 끌어다

붙이는 것은 더 큰 불화나 불러올 뿐이었다.

사실 삼촌은 이혼 이후에 여러 여자와 살림을 산 적이 있었다. 모아 놓은 돈이 조금 있어 그것을 미끼로 여자를 사귀었지만 번번이 몇 년을 못 넘겼다. 그중에는 삼촌에게 이런저런 명목으로 돈만 뜯어낸 뒤 달아난 여자도 있었다. 그 뒤에도 삼촌은 뭐가 문제인지를 모르는 채 여전히 좌충우돌이어서 나는 아무래도 삼촌이 다른 사람과 함께 사는 체질이 아닌 것 같다는 식으로 결론을 내리고 있는 중이었다.

다만 한 가지, 두 사람이 앙금을 풀었으면 한다는 것에는 이견이 없었다. 그것은 그 자리에 있는 사람들 모두가 바라는 일이었다. 그 때문에 나는 혐오스러우면서도 조마조마하게 두 사람을 지켜보면서 오늘 하루가 무난하게 지나가 버렸으면 하고 있었다. 내가 있다고 무슨 대단한 보탬이 될 리도 없겠지만 일말의 걱정스러움을 떨치지 못해 취업 안 된 대학원생이라는 불안하고 한심스런 처지에도 자리를 박차고 나가지 못하는 거였다.

이제 남은 관심은 두 사람이 쥐어진 손을 얼마나 현명하게 내려놓느냐 하는 것이었다. 나는 그것 때문에 벌써부터 가슴이 두근두근 방망이질을 하고 있었다.

어느 순간 삼촌은 숙모의 손을 자기 앞으로 잡아당기는 척하면서 내려놓았다. 그러고는 가급적이면 상대방이 장난으로 생각하도록 애쓰면서 소리쳤다.

"야, 커피가 좋기는 뭐가 좋으냐? 순 쓰기만 하던데."

숙모가 얌전하지 못하다는 비난을 감수하면서도 커피를 달라고 했듯이 삼촌은 이런 말이야 예의로 따지면 안 하고 넘어가야 하지만, 하는 식의 어색함을 드러내면서도 끝내는 그 말을 내뱉었다. 옆으로 비스듬히 꿇어앉아 있어서 기우뚱하기는 했으나 숙모는 곧 몸의 균형을 잡았다. 옆에 있던 다른 사람의 찻잔을 엎지도 않았다. 그 후 숙모가 본능적인 동작으로 삼촌을 잠깐 노려보기는 했으나 무언가에 멈칫, 놀라더니 난데없이 픽, 웃었다. 고무공에서 바람이 빠지는 그런 웃음이었다. 삼촌도 숙모를 마주 보며 웃었다.

그 후 숙모의 표정은 눈에 띄게 편안해졌다. 눈가의 붉은 테두리도 사라졌다. 더 이상한 것은 삼촌이었다. 방금 전까지만 해도 얼굴까지 찡그리며 마중 나가기를 한사코 꺼려서 기대에 부풀어 있던 사람들을 당혹스럽게 만들더니 언제 그런 일이 있었냐 싶게 웃고 떠들기 시작한 것이다. 물론 대화 내용으로 치면 너절한 것뿐이었다. 내 생각이지만 두 사람 사이에는 여러 사람을 집단으로 감복시킬 만한 추억이나 이야깃거리가 없었다. 숙모가 집안일에 적극적으로 뛰어든 적이 없으니 이거다 싶은 공감대를 찾기도 힘들었다.

어쨌거나 돌연한 변화에 호기심이 발동해 나는 슬금슬금 가족들 틈으로 비집고 들어갔다. 그 해명할 길 없는 들뜬 분위기에 속절없이 합류해 버리겠다는 것보다는 의심하고 탐색할 목적이 더 강했다. 할아버지 뒤편에 앉아 귀를 기울였으나 노인네 특유의 쉬지근한 냄새만 맡아질 뿐 무엇을 발견해 내기는 힘들었다.

5

오후 두 시쯤, 노래방에 가기 위해 여럿이 밖으로 나왔다. 나는 약속도 있고 해서 거기까지 따라갈 생각은 없었지만 가족들이 등을 떠미는 바람에 하릴없이 묻어 나오고 말았다. 분위기가 무르익으면 들러리들은 살짝 빠져 주라는 하나 마나 한 귀띔도 있었다.

가까운 곳으로 가자는데도 삼촌은 한사코 차를 가져왔다. 그 때문에 시간이 애매해서 안 그래도 주저하던 두어 명이 더 빠졌고 또 몇은 자리가 모자란다는 이유로 빠졌다. 결국 서너 명의 들러리들만 남게 되었는데 나를 제외하고는 모두 아줌마였다.

올케들과 고모는 숙모가 부담스러워 할지도 모른다고 하여 일찌감치 제외되었다.

문제는 차였다. 얼마 전에 새로 뽑았다는 제네시스 EQ900을 기다리고 있던 사람들 앞으로 매끄럽게 대령한 것까지는 무척 좋았다. 새 차라 그런지 때깔은 말할 것도 없고 승차감도 좋을 것 같았다. 그런데 삼촌이 재빨리 차에서 내리는 게 아무래도 이상했다. 처음에는 당연히 문이라도 열어주려나 기대하고 있었다. 웬 안 하던 짓? 하면서 입술을 삐죽였지만 귀엽게 돌변한 삼촌의 태도에 모두들 고개를 끄덕이며 웃음을 감추지 못하던 참이었다. 그런데 삼촌이 나란히 서 있던 사람들한테 다짜고짜 꺼낸 한 마디는 그야말로 천둥 벼락 같은 소리였다.

"모두 신 벗고 타!"

나는 내 귀가 의심스러워 손가락으로 후벼보았다. 다른 이들도 영문을 몰라 눈을 휘둥그레 떴다. "뭐야?" "무슨 소리야?" 하나같이 가족적인 사명감이 앞서 노래방행을 선택한 것일 뿐 대낮부터 노래가 부르고 싶어 가는 사람은 아무도 없었다. 그랬으니 왁자지껄 소란이 벌어진 것은 당연한 일이었다. 몇 차례의 비명에 찬 항의와 야유, 빈정거림이 오간 뒤 결국 저마다 신을 벗고 차에 올라탔다. 숙모도 예외는 아니어서 앞자리에 타기는 했지만 구두를 벗어 삼촌에게 내주어야 했다. 삼촌은 그 신들을 일일이 트렁크로 가져가 차곡차곡 집어넣었다. 차 안에는 허탈한 한숨과 비명이 난무했다.

차 바닥에는 장판이 깔려 있었다. 그것도 노란색으로 된 싸구려 장판이었다. 귀가 반듯하지 않은 것으로 보아 인테리어 가게로 찾아가 일부러 끊어 온 것은 아닌 것 같았다. 삼촌에게 품위 없이 새 차에다 왜 이런 것을 깔았는지 물어볼 필요는 없었다. 가벼운 추측만으로도 이유를 알 수 있었다. 그 차에 탄 사람치고 삼촌의 병적인 여러 습성에 대해 모르는 사람은 없었다. 삼촌에게는 바닥 깔개를 더럽히는 것은 새 차를 더럽히는 것이고 망가뜨리는 행위였다. 삼촌이 생각하기에 장판은 걷어다가 씻기에도 좋은 물건일 터였다. 매일 저녁마다 집안 목욕탕으로 장판을 걷어가 솔을 이용해 빡빡 문지르며 씻어대는 삼촌의 모습을 눈앞에 떠올리고는 모두들 또다시 죽어라고 야유를 퍼붓기 시작했다. 차 안은 이래저래 흥분의 도가니였다. 어른들도 없으니 숙모 앞이든 말든 개의할 이유도 없었다. "자동차 회사에 신고하면 이런 사람에게는 자기네 차를 팔고 싶지 않다며 도로 끌고 가 버릴 뿐 아니라 신고자에게는 넉넉한 포상금을 나누어 줄 것."이라는 오촌 아주머니뻘 되는 이의 험담을 필두로, "어디 결벽증 걸린 사람 다 모아다 시합시키는 프로그램 같은 거 없나?" "오빠는 베개에도 장판 깔고 자나?" "밥상에는 장판 안 까나?"하고 고함에 찬 성토가 삼촌을 아예 없는 사람 취급하는 가운데 끝도 없이 반복되었다. 삼촌은 멋쩍은 듯 빈 코를 들이마시며 흠흠 헛기침 소리를 냈지만 당장 장판을 걷어낼 용의는 없는 것 같았다. 그러다가 약속이라도 한 듯 모두가 앞자리로 주목하게 되었는데 숙모는 뭐가 좋은지 자꾸만 히죽히죽 웃고 있었다.

"옛날 생각이 나서요."

묻지도 않았는데 숙모가 뒤돌아보며 운을 떼었다.

"이 사람이 아직도 이러고 살 줄은 정말 몰랐어요. 옛날에는 당할 때마다 그렇게 화가 나더니, 지금은 너무 황당해서 웃기기만 하네요."

숙모가 또다시 소리 내어 웃었다. 그러자 바른 소리 잘 하고 입이 걸기로도 유명한, 숙모와 나이가 비슷한 종고모가 입술을 과장되게 삐죽대면서 맞장구를 쳤다.

"오빠는 평생 고생 좀 해야 돼. 늙어서도 그저 혼자 쌀 씻고 혼자 병원 가고 혼자 밥 먹으면서 외롭다고 찔찔거리고…… 남자들은 그래봐야 정신을 차린다니까. 언니야, 우리 오빠 두들겨 패서라도 사람 좀 제대로 만들어 봐라."

종고모가 숙모의 등을 다정하게 툭 치고 나서는 진저리난다는 듯 삼촌 쪽을 향해 팔을 내저었다. 우린 여기서 다 내릴 테니까 오빠 혼자 실컷 노래 부르고 와라, 하며 삼촌을 향해 빈정대기도 하였다. 숙모도 제법 흥이 난 것 같았다. 목소리에는 신바람이 들어가 있었다.

"이 사람, 옛날에 어땠는지 알아요? 고무장갑으로 쌀 씻으면 난리 나잖아요. 비위생적이라는 거지요. 게다가 화장실에서 샤워하고 나오잖아요? 잠깐 머리 말리는 사이에 개구리처럼 그 안으로 뛰어들어가 비명을 지르고 난리예요. 이 머리카락, 이 비눗물 좀 봐, 샴푸통은 왜 제자리에 갖다 놓지 않는 거지? 하면서요."

숙모의 밉지 않은 고자질에 고기 떼 만난 어부들처럼 여기저기가 또 한차례 술렁거렸다. "웃기고 있네." "그걸 가만뒀어?" "나 같으면 당장……." 하는 식의 장난기 어린 호통과 성토가 웃음보따리가 되어 쉴 새 없이 이어졌다. 팔을 걷어붙이는 시늉을 하는 이도 있었다. 과연 기 센 여자들이 모이니 한 마디씩만 떠들어대도 차가 들썩들썩 난파선처럼 흔들렸다.

삼촌은 집중 포화를 받고도 별다른 동요가 없었다. 가끔 신호에 걸려 급정거를 하면서 "그래도 내가 말이야 인마……." 하는 식으로 뒷머리를 긁적이곤 했지만 나름대로 꿋꿋하게 그 시간을 견디고 있었다.

차가 주차되고 나자 삼촌이 먼저 내려 트렁크로 가서 신을 일일이 꺼내왔다. 양복을 깔끔하게 차려입은 중년 신사가 양손에 여자 신 한 켤레씩을 들고 바삐 움직이는 모습은 무슨 코미디의 한 장면처럼 우스꽝스러웠다. 대여섯 명이 자기 신을 찾느라고 좁은 차 안에서 또 한차례 소란이 일어났다.

"토끼 굴에 갇혔다가 드디어 햇빛 속으로 빠져나온 기분이네."

"난 뚜껑이 고장 난 세탁기 안에 들어가 있었던 느낌이야. 아, 이제야 살 것 같다."

저마다 해방감에 만세를 부르고 기지개를 켰다. 차에서 먼저 내린 종고모는 "나는 돌아갈 때는 택시 타고 갈란다." 하면서 큰소리로 떠들어댔다.

6

들뜬 분위기는 계속 이어졌다. 노래방 대신 삼촌이 가끔 이용한다는 단란주점으로 들어가 커다란 홀을 빌렸는데 누가 먼저랄 것도 없이 뒤섞여 노래하고 춤추기 시작했다. 노는 데라면 어디든 빠지지 않는 사람들이 모이긴 했지만 그래도 아직은 훤한 대낮이었다. 어디서 그런 흥이 밀려오는지 술을 흘려가면서 함부로 잔을 부딪치는 게 아무래도 술깨나 취할 것 같은 분위기였다. 언제나 그렇듯이 삼촌은 노래하기보다는 술이나 안주가 부족한지를 살피면서 주문하기 바빴고 날라져 온 것들을 먹어 보고 평가하면서 이것저것 타박하기에 여념이 없었다. 몇몇 안주는 할 수 없이 주방으로 되돌아갔다.

"오빠야, 이제 고만하고 이리 와서 노래 좀 해 봐라."

종고모의 채근에도 아랑곳없이 삼촌은 구경꾼처럼 구석자리에 앉아 손가락으로 양복 윗도리에 묻은 먼지만 톡톡 털어낼 뿐이었다. 마침내 종고모가 삼촌의 팔을 잡고 다짜고짜 무대 쪽으로 끌어냈다. 그러고는 두 팔을 벌려 잡은 채 억지로 춤추게 만들었다. 하지만 팔을 놓으면 삼촌은 물가에 처음 나간 어린아이처럼 어찌해야 할지 몰라 쩔쩔매면서 바보처럼 흐물흐물 웃기만 했다. 잠시 음악 소리가 멎은 틈을 이용해 종고모가 숙모에게 소리를 질렀다.

"언니야, 우리 오빠 좀 바보 같지? 나도 이렇게 답답한데 언니는 오죽 하겠나?"

종고모의 얼굴은 열기 때문에 이미 불콰한 상태였다. 그러자 그 소리를 들은 사람들이 갑자기 눈을 빛내면서 숙모를 쳐다보았다. 뒤죽박죽 모두 본정신이 아닌 줄 알았더니 저마다 자기의 임무를 잊지 않은 그런 표정이어서 나는 조금 놀랐다. 숙모는 알 듯 말 듯 한 미소를 지을 뿐 가타부타 말이 없었다. 하지만 사람들이 모두 자기만 쳐다보며 대답을 기다리는 눈치를 보이자 난감한 표정을 지었다.

"사람 성격은 변하기 힘들다고 하잖아요."

숙모는 겨우 그런 말을 하면서 멋쩍게 웃었다. 사람 성격이 웬만해서는 변하지 않는다는 것 정도는 나도 알겠는데 그래서 어떻다는 이야기인지 도무지 종잡을 수가 없었다. 원래 지나치게 솔직한데다 빡빡하기까지 한 사람이 그런 식으로 말하는 것을 보면 마음이 꽤나 편안해진 모양이었다. 그러는 사이 누군가 노래 예약 버튼을 눌러놓아 노래가 쉴 틈 없이 흘러나왔고 흥에 취한 사람들 탓에 결국 분위기 깨는 삼촌은 뒤로 밀려났다.

"우리 만남은 우연이 아니야……."

숙모가 노래를 불렀다. 그녀는 사람들과 어깨를 걸었고 눈을 감은 채 노래에 흠뻑 취해 있었다. 음정이 높이 올라갈 때에는 가수처럼 팔을 앞으로 뻗어가면서 박자를 놓치지 않으려고 안간힘을 썼다. 종고모의 커다란 궁둥이가 관광버스 속 아줌마의 그것처럼 실룩실룩 신나게 흔들렸다. 저마다 얼굴이 벌겋게 상기되어 위아래도 없이 실컷 어울리는 분위기였다. 가끔 미혼인 내가 알지 못하고 이해하기도 어려운 무언가를 쏟아내면서 묘하게 서로 공감하고 합심하는 분위기를 표현했는데 궁금한 나머지 은근슬쩍 끼어들기라도 하면 "술맛도 모르는 기 어딜." 하면서 밀쳐냈다.

그때까지 술 한 잔도 하지 않은 삼촌은 슬그머니 문을 열고 밖으로 나갔다. 나는 신경이 쓰이기는 했지만 화장실에 가겠거니 하면서 못 본 체했다. 가끔 노래 번호를 예약해 눌러놓았다가 차례가 다가오면 나 역시 노래를 불렀다. 반응은 좋지 않았다. 내 딴에는 요즘 유행하고 있는 신나는 노래만 골라 신청해도 하나같이 분위기를 깬다면서 불만이 이만저만하지 않았다. "결혼도 안하고 사회생활도 못 해 본 네가 인생에 대해 뭘 알아?" 막말을 하면서 아예 마이크를 빼앗는 아주머니도 있었다. "쳇, 누가 사회생활 하기 싫어서 안 하나." "인생이 뭔지 모르면 노래도 못 하나?" 나도 지지 않으려고 〈우선 선곡〉을 몰래 누르고 끈덕지게 마이크를 가로챘다. 하지만 그때마다 일 절도 다 부르지 못하고 쫓겨 내려왔다. 그날 나에 관해 들었던 가장 이해할 수 없는 비난은 "마음속에 서랍장이 착착 정리가 되어 있는데 노래한다고 노래가 되겠나?"라는 것이었다.

한참을 정신없이 놀다가 하나 둘 지쳤는지 자리에 와서 앉기 시작했다. 그때까지 삼촌은 돌아오지 않았으나 아무도 눈치채지 못한 것 같았다. 그래도 전남편이라고 숙모가 두리번두리번 하더니 밖으로 나갔다. 하지만 숙모도 삼촌도 이내 돌아오지 않았다. 궁금해진 김에 나도 밖으로 나가 보았다. 카운터며 화장실을 기웃거렸으나 두 사람 모두 보이지 않았다. 그러다가 우연히 복도에 있는 커다란 창문으로 밖을 내다보게 되었다. 놀랍게도 거기에 삼촌과 숙모가 서 있었다. 두 사람은 과일 노점상 앞에 서서 홍시를 나눠 먹고 있었다. 감물이 양복에 떨어질세라 엉덩이를 한껏 뒤로 빼고 홍시를 먹는 삼촌의 모습은 조금 한심해 보였다. 나는 숙모가 눈치 채지 못하게 끼어들어 당장 자세를 교정해 주고 싶은 충동마저 느꼈다. 홍시의 맛인지 색깔인지에 턱없이 몰두해 있는 게걸스런 표정도 그리 좋아 보이지는 않았다. 하지만 어찌된 노릇인지 두 사람 사이에는 더 이상 그런 게 문제가 되지 않는 것 같았다. 삼촌이 물이 줄줄 흐르는 홍시를 반으로 갈라서 내밀면 숙모는 그동안의 앙금이 깨끗이 사라진 표정으로 하나하나 받아서 천천히 핥아먹었다. 일말의 흥분이나 조금의 갈망조차 없는 느긋한 모습에서는 오래된 부부의 곰삭은 연륜 같은 것이 느껴져 차라리 뜨악한 기분이었다. 아무리 납득하려고 해도 이해가 안 되는 그 장면을 뒤로 한 채 나는 슬그머니 그곳을 빠져나와 집으로 돌아왔다.

7

며칠 후에 삼촌이 할아버지를 만나려고 집에 들렀다. 우선 밥부터 먹는다고 식탁에 앉으려는 참에 휴대폰이 요란하게 울렸다. 삼촌은 뭐가 그리 좋은지 유쾌한 목소리로 낄낄거리며 전화를 받았다. 즐거운 소식이라도 접한 사람 같았다.

"너도 갈 거냐? 그럼 만나서 같이 가자."

그러다가 나는 전화를 끊을 즈음해서 그 상대가 숙모라는 것을 눈치챘다. 나는 약간의 충격과 함께 속으로 참 이상한 사람들도 다 있지, 하고 고개를 갸웃거렸다. 하지만 이왕 잘 되어가고 있는 거라면 반대할 까닭은 없었다. 안 그래도 삼촌이 혼자라는 사실이 가족들에게 점점 부담되던 중이었다. 아무리 성격이 별나서 스스로 세탁하고 청소하고 밥 짓는 것을 즐긴다지만 그것도 하루 이틀이었다. 삼촌도 이제는 누군가와 같이 살고 싶다고 말한 적이 있었다. 최근에는 집에 혼자 들어가는 게 두려워 밖에서 실컷 놀다가 완전히 탈진할 지경이 되어서야 들어가는 일이 잦아졌다고 한다. 그런 말을 들을 때에는 내 마음도 좋지 않았다. 내가 바라는 것은 가족 모두의 마음이 편안하고 행복한 것이었다. 식사가 대충 끝나자 나는 조바심이 나서 의자를 바싹 당겨 앉았다.

"두 분, 어떻게 하기로 했어요? 합치기로 했어요?"

그러자 삼촌은 너 아직도 모르냐? 하는 표정이었다. 나는 벌써 날이라도 잡았나 싶어 아차 했다. 생각해 보니 어제는 고모도 뭐가 다 이루어져서 이제는 안심이라는 눈치를 보이고 갔었다. 하지만 남의 이목이 있고 절차라는 게 필요한 법인데 설마 그 옛날처럼 얼렁뚱땅 되는 대로 아무 날이나 살림을 합치기로 한 것은 아니겠지? 나는 우려와 걱정이 담긴 눈초리로 삼촌의 표정을 관찰했다. 그런데 삼촌의 뒷말은 시들하고 김빠지는 내용이었다.

"숙모가 그러더라, 뭘 새삼스럽게 다시 합치느냐고."

"네?"

허탈해져 버린 나는 혹시 삼촌이 장난을 치나 하고 눈치를 살폈다. 장난 같지는 않았다. 하지만 그렇다고 보기에는 이상한 점이 하나둘이 아니었다. 의기소침하지도 않았고 좌절감이 드러난 표정도 아니었다.

"그럼, 왜 전화가 온 거예요?"

"응, 며칠 있으면 친구 놈이 딸을 여의는데 혼자 가기 뭐하잖아. 만나서 같이 가자고."

"그게 뭐예요?"

"뭐긴, 친구 사이지."

"친구요?"

"우린 그냥 친구처럼 지내기로 했어. 나도 그게 편하고 좋아."

자기네가 무슨 헤어졌다가 다시 만나기를 밥 먹듯이 하는 이 삼십 대 청춘남녀라도 되나. 나는 어이가 없고 황당하여 그만 픽 웃어버렸다. 하긴 그 성격에 언감생심 누구랑 살 생각을 다 하다니 어림없지, 하는 생각도 있었다. 왠지 삼촌하고는 더 이상 아무 말도 하고 싶지 않았다. 나는 어머니 곁으로 가서 대충의 이야기를 전했다. 그런데 내 말을 전해 듣는 어머니의 반응도 예상 밖이기는 마찬가지였다. 뭔가 속았다는 뜻으로, 닭 쫓던 개 지붕 쳐다보는 심정으로 분통을 터트려야 옳은데 이상할 만큼 담담하고 태연했다.

"다 잘 된 거라. 이제사 두 다리 쭉 뻗고 잘 수 있게 되었다."

어머니는 고개를 끄덕이면서 암 그렇고 말고를 연발했다. 나는 오해나 착각이 있다고 생각해 그게 아니라며 발을 굴렀다. 그러다가 지난번 당숙모가 "자네가 아니면 누가 이 일을 매듭지을 수 있겠나?"라고 말하던 것을 떠올리고는 "이게 매듭이 지어진 거야?" 하고 물었다. 어머니는 당연하다는 듯 고개를 시원하고 힘차게 끄덕였다.

"그럼, 지어졌지."

"어떻게?"

"인연이라는 기 울매나 많은 사램들이, 울매나 많은 공을 디리야 이루어지는지 아나?"

누가 그걸 몰라요? 하려다가 관두었다. 시중에 떠돌아다니는 그런 말을 얼마나 이해했는지는 중요한 게 아니었다. 내가 공감하고 싶은 것은 매듭이 지어졌다는 말의 의미였는데 어머니는 엉뚱하게도 인연이 어떻다는 식으로 대답한 것이다. 재차 물었을 때에는 참지 못하겠다는 듯 혀까지 찼다.

"온 식구가 나서 일심으로 대접하고 잘 가라는 인사도 나눴으니 그보다 더 푸근한 일이 세상 어디 있겠냐?"

어머니는 자기 말에 도취된 듯 빛나는 시선으로 허공을 응시하였다. 숙모를 잘 대접했다는 것은 알 것 같았다. 직접 본 건 아니지만 소란스럽게 작별 인사도 나누었을 것이다. 하지만 그런 평범하고 형식적인 말을 나눈 게 뭐 그리 대단한 일이란 말인가. 오래전 일을 두고 사과를 하거나 하다못해 위자료 같은 것이 오고 갔다면 몰라도.

"두 사람이 합칠 것도 아닌데 그게 다 무슨 소용이냐고?"

그러자 잘 가라는 말은 또 만나자는 뜻이고 내일이나 모레, 하다못해 다음 생에서라도 다시 만나 좋은 인연을 짓자는 약속이란다. 지금의 앞가림도 어려운 처지에 뭘 다음 생애까지 걱정하고 난리냐고 빈정거리면서 내 방으로 돌아왔을 때였다. 며칠 전 모르는 번호로부터 〈잘 있어〉라는 문자 한 통이 잘못 수신되었던 일이 불현듯 떠올랐다.

도라지꽃 신발

1

큰 사거리 세 개를 지나 〈통일주유소〉에서 좌회전하자 과연 〈여수장어샤브샤브〉라는 팻말이 보였다. 딸의 설명과 맞아떨어지기는 했으나 이전에 와본 기억이 까마득했다. 드문드문 머리를 스치는 맥 풀린 단상이 아주 없는 건 아니지만 전생의 풍광처럼 그저 어렴풋할 뿐이었다. 오륙 년 전쯤이라니 그럴 만하다. 딸애가 이곳에서 뭔가를 환기하려고 한다면 그 자체가 생급스러운 일인 것이다.

당나무쯤에서 좌회전하는 것을 놓친 모양이다. 내리막길을 조금 가자 〈영집궁시박물관〉이 나타났다. 궁터에서 아이들이 뛰어노는 모습을 지켜보던 여자가 손바닥으로 해를 가리며 웃었다. 그는 차를 돌려 길을 조금 거슬렀다. 오르막에서 발에다 힘을 넣었기 때문일까. 발바닥이 아릿하게 저리더니 무릎께로 전기가 들어왔다. 목덜미가 뜨듯해지면서 식은땀이 흘렀다. 재빨리 발목을 꺾어 무게 중심을 옮기고 나서야 안정을 되찾을 수 있었다.

우회전 길은 도로가 아니라 논둑 같았다. 저만치 서성거리던 딸애를 발견하지 않았더라면 길이라 생각지 않고 지나쳤을지도 모른다. 이삭이 패기 시작한 볏논 위를 두루미 한 마리가 느리게 날아갔다. 주차를 끝내기도 전에 딸애가 다가왔다.

"잘 찾았어?"

"그러니까 왔지."

퉁명스러움이야말로 아비의 익숙한 모습이라도 되는 듯 딸애의 표정이 싱글벙글 피어났다. 오른쪽 볼에 얹힌 보조개와 살짝 벌어진 입술 사이로 드러난 송곳니가 귀여웠다. 주차요원의 지시에 따르다가 감나무에 매어놓은 그네를 건드린 모양이다. 빈 그네의 발판이 요란하게 꼬이면서 삐거덕댔다.

"아빠, 안 더워?"

딸애가 대충 걸치고 나온 그의 여름 잠바에다 눈길을 주었다. 어두운 밤색이었다. 양복을 입으셔야죠. 그는 아내의 충고를 뿌리칠 때와 비슷한 야멸스러움으로 몸을 돌렸다. 성큼성큼 음식점 마당으로 들어서는데 어디선가 뚝딱거리는 망치 소리가 들렸다.

"지금 오는 중이래. 자유로가 막히나 봐."

딸애가 중간에 있는 작은방으로 그를 안내했다. 이렇게 길에다 시간을 깔면 오래 있지 못할 텐데. 그렇게 말하면서도 걱정이나 불안감이 엿보이는 표정은 아니었다. 손목시계를 확인했더니 약속시간까지는 십여 분이 남아 있었다. 주문받으러 온 아주머니에게 조금만 기다려 달라고 하고 화장실을 다녀왔다. 딸

아이는 수저를 놓고 물컵을 막 채우고 있는 중이었다. 손가락에서 뭔가 번쩍거리는 게 있어 힐끔 봤더니 알 굵은 반지가 헐겁게 끼워져 있다. 그러고 보니 옷도 결혼 예복으로나 어울릴 법한 양장이었고 가슴에는 커다란 꽃 모양 브로치를 꽂고 있었다. 엄마 신발을 끌고 다니는 여섯 살짜리 어린아이가 떠올랐다. 딸애가 배시시 웃으면서 반지를 만지작거렸다.

"아줌마가 해주신 거야. 결혼 예물은 미리 해줘도 상관없다면서. 다이아 중에서 젤로 비싸고 좋은 거래."

그는 딸의 얼굴은 외면한 채 컵을 들고 관찰하듯이 안을 들여다보았다. 오래된 플라스틱 컵 치고는 지나치게 깨끗하고 맑았다. 입에 댔을 때에는 물맛보다는 화공 약품에서 나는 냄새가 먼저 맡아졌다. 뭐라고 한마디 말이라도 건네야 하는데, 하다못해 그렇게 좋으냐고 핀잔이라도 줄 법한데 입이 고집을 꺾지 않는다.

"이제 내 걱정은 하지 마, 아빠."

딸이 환하게 웃었지만 아주 환하지는 않다고 느낀 것은 그의 옹졸한 성정 탓인지도 모른다. 친구 좀 만나세요, 술에 취해 주정도 하고 룸살롱 같은 데 가서 여자들 손목도 잡아 보면서 사람 사는 맛이 뭔지 이제라도 배워 보란 말이에요. 전처가 늘 하던 소리였다. 그렇게 몰아붙이고 나서 마지막에는 언제까지 이 모양 이 꼴로 살 거야? 라는 말을 꼭 갖다 붙였다. 그가 두 번째 벨을 누르고 나서야 아주머니가 참이슬 한 병을 가져왔다. 술맛은 씁쓰레했다. 딸의 얼굴을 살폈더니 짐작대로 소주에는 신경도 쓰지 않는 눈치였다. 생활을 알 나이는 아니다. 삼사 년 전만 하더라도 방 안에서 과외를 하다가 앉은 자리에서 엄마를 불러대던 아이였다. 주의 깊은 동작으로 문을 열고 들어갔다 나온 애 엄마 손에는 딸이 씹던 껌이 뱉어져 있었다. 갑자기 달려드는 그 여자 생각에 그는 참이슬 한 잔을 단숨에 들이켰다. 뭐든 함부로 내뱉고 화가 나면 닥치는 대로 드잡이하던 그 여자의 습성 뒤로 마지막으로 한 번만 더 숨어 보고 싶은 것은 사사로운 감정이라기보다는 절박한 생존 욕구에 다름 아니다. 참이슬을 연거푸 기울이고 났더니 목구멍이 간질간질 트이면서 부드러워졌다. 그는 술주정하는 심정으로 입을 열었다.

"넌 이제 겨우 열아홉 살이다."

2

그는 참이슬 한 잔을 따라 아이에게 밀어주었다. 아빠는 참. 딸은 싫지 않은 눈치였다. 한 잔을 쪽쪽 빨고 나더니 여기 아직도 생각 안 나? 하면서 눈을 빛냈다. 나 중학교 배치고사 톱 먹었다고 아빠가 여기서 한턱냈잖아. 할머니랑 작은집이랑 다 모아서. 그는 가만히 있었다. 전도된 느낌이 없지 않았다. 이런 구석진 곳이라면 그가 기억하고 딸이 몰라야 하는 장소가 아닐까 싶었다. 주말이면 먹거리를 찾아 여기저기 돌아다녔던 시절이 있었다. 딸은 머리가 좋았고 전처는 의욕이 넘쳤다. 애 엄마가 언제쯤 딸을 해외 연수 보낼까 궁리할 때에는 가정적인 안정감이 무엇인지 어렴풋이 알 것 같았다. 딸이 이곳을 특별한 곳으로 새기려는 기미를 눈치챘지만 학교 성적과 연관된 줄은 몰랐다. 그래서 더 기억나지 않았는지도 모른다.

"왜, 학교 졸업 못했다고 그 집에서 뭐라고 하니?"

"아니, 뭐라고 하긴. 나한테 얼마나 잘해 주는데."

딸이 정색을 한다. 얼굴은 웃고 있지만 눈이 젖어가는 것을 그는 놓치지 않았다. 궁지에 몰린 눈빛은 아니었다. 피장파장인데 누가 누구를 탓하겠는가. 그저 부모 된 죄가 크다.

"오늘따라 술이 받네."

딸은 잔을 홀짝 비우고는 또 입맛을 다셨다. 벌써 석 잔째다. 길에서 이태를 보내고 남자 놈도 알았으니 술쯤이야 질리도록 마셔봤을 것이다. 내 소원은 엄마 아빠가 다시 붙는 거야. 독서실 옥상에서 딸은 편안해 보였다. 키 크고 빼빼 마른 놈 하나와 담배를 나눠 피우고 있었다. 제 엄마한테 불효자식처럼 대들던 그 애는 어디 가고 없었다. 오늘 보게 될 녀석이 그 놈일까 가슴 졸이면서도 기왕이면 그 놈이 낫지 않을까 갈팡질팡하는 심정은 아내한테도 털어놓을 수 없는 비밀이었다.

"주문은요?"

서빙하는 아주머니 목소리가 약간 퉁명스러웠다. 바쁜 시간이었다. 딸과 그는 동시에 시간을 확인했다. 어느덧 약속 시각에서 이십여 분이 지나 있었다.

"한 사람 더 올 건데. 지금 오고 있는 중이거든요."

딸의 목소리에 초조해 하는 빛은 없었다. 십대들 특유의 무례함마저 엿보인다.

"우선 이인분을 먼저 차려주세요."

그는 주문을 끝내고 딸 몰래 돌아간 양말을 고쳐 신었다. 또 비틀리는 일이 없게끔 고무 밴드로 박음질 된 윗부분을 종아리까지 단단히 끌어올렸다.

"전화를 안 받네."

딸이 중얼거리는 사이 육수를 담은 냄비가 불 위에 얹혔다. 물이 끓자 먹는 방법을 간단히 설명하고 아주머니는 방을 나갔다. 딸은 길게 자른 오이를 씹었고 그는 야채와 장어를 냄비 안에다 집어넣었다. 딸이 다시 휴대폰을 잡았다.

“서점에서 일한다고?”

그는 딸의 휴대폰을 빼앗아 구경하는 척하다가 슬그머니 옆으로 내려놓고 수저를 들려주었다. 걔 큰아버지가 종로 6가에서 책 도매점을 크게 해. 딸은 놈이 거기서 무슨 일을 맡아 하는지는 말하지 않는다. 그는 데친 장어와 야채를 젓가락으로 포개 잠시 들고 있었다. 딸의 입에다 직접 넣어 주고 싶지만 생전 안 해보던 짓을 하려니 어색하기 이를 데 없었다. 걔, 라는 호칭에서 느낀 묘한 반감도 심정을 복잡하게 만들었다. 딸에 대한 감정인지 놈을 향한 분노인지 분명하지 않았다. 상궤에서 벗어난 게 하나둘이 아니었다. 그는 딸애가 어떤 상황에서 어떻게 살고 있는지 알지 못하는 아비였다. 어떻게 하다가 그 놈을 만났고 같이 살기 시작했는지, 또 남의 딸자식을 붙이고 살면서 전화 한 통 없는 그 집 부모도 꺼림칙하였다. 그런 뜻을 전하면서 난 용납 못한다, 어서 집으로 들어와라, 말했더니 딸은 느닷없이 이런 자리를 만든 거였다. 그런데 놈은 어째서 이렇게 늦는 것일까.

“오늘 파주 출판 단지에 온다고 해서 약속을 여기로 잡았는데…… 얘, 정말 왜 이래?”

웬만큼 먹었는지 일찌감치 젓가락을 내려놓은 딸은 휴대폰을 다시 집어 자판 하나를 길게 눌렀다. 행사할 권력이라도 있는 사람처럼 등을 도도하게 곧추세우고 휴대폰을 귀에서 떼지 않았다. 뾰로통한 표정에서 딸의 진짜 모습이 환기되었다.

"오겠지, 기다려 보자."

한 잔을 마저 채웠더니 소주병이 비었다. 더 시킬까 하다가 딸 앞에 놓인 빈 잔을 보고 마음을 바꾸었다. 통화를 포기한 딸은 턱을 고인 채 멍하니 창밖을 내다보았다. 접시에 한 젓가락 분량의 음식을 담아 밀어 주었지만 고개를 가로저었다. 심란한 기분을 떨치려고 마지막 잔을 입에다 털어 넣는데 가방을 뒤적이던 딸애가 보란 듯이 책을 꺼내 탁자 위에 올려놓았다. 표지에는 『대입 검정고시 홀로서기 총정리』라고 씌어 있었다. 딸이 페이지 한 군데를 펼쳐 내용을 들여다보기 시작할 때에는 적지 않은 긴장을 느꼈다.

"검정고시 치려고?"

어둠 속에서 작은 빛줄기 하나를 발견한 심정이었다. 지나치게 흥분한 심장이 위태로워 고정하자, 라며 가슴을 눌러야 할 지경이었다.

"그냥 봐 두려고. 하루 종일 멍청하게 놀 순 없잖아."

스스로도 모르는 사이 그의 주먹이 쥐어졌다. 이대로 차에 태워 집으로 데려갈까. 검정고시를 보고 대학시험을 쳐서…… 그러면 잃어버린 것을 되찾을 수 있을까. 하지만, 하고 스르르 주먹의 힘이 풀어졌다. 아내가 집을 비우고 자식이 가출하는 것보다 더 힘든 것은 의지와 의지가 충돌할 때 불꽃이 튀는 것을 고스란히 감당하는 일이었다. 정강이가 부러지는 것보다 더한 상처가 없지는 않겠지만 다시 반복하고 싶지는 않았다. 쇠를 박은 오른쪽 다리 때문에 마음은 물론 몸까지 기울었다. 그 모든 고통을 혼자서 치러 냈다. 혹처럼 부풀어 오르는 발바닥 굳은살은 이상하게 뒤꿈치 바깥쪽으로만 생겼다. 손톱으로 누르거나 찔러보면 통증이 느껴졌다. 길 가다가 모습을 비추는 거울이 나타나면 불현듯 멈추어 서서 몸의 기울기를 가늠해보았다. 삐딱한 마음이 몸을 더 경사지게 만드는 것 같았다. 그가 할 수 있는 것은 자신이 할 수 있는 게 아무것도 없다는 사실을 냉정히 받아들이는 것뿐이었다. 딸이 언 강을 헤엄쳐 그에게 다가오지 않는 한 그 애를 구출해야 한다고 펄펄 뛰어서는 곤란한 일이다.

그는 딸이 보고 있는 책을 건너다보았다.

(3). 도시 내부 구조에 대한 이론

ㄱ. 동심원 구조이론(버제스): 지역분화는 사회계층에 따라 동심원 형태로 이루어짐.

ㄴ. 선형이론(호이트): 간선 교통로를 따라 부채꼴로 분화 – 도시의 교통축과 지가 및 기능분화의 방향성 반영.

ㄷ. **다핵이론(해리스): 도시 발달은 하나의 도심만을 중심으로 이루어지는 것이 아니라 여러 핵을 중심으로 전개함 –도시 규모가 클수록 핵의 수효가 많아짐.**

딸이 밑줄을 긋고 들여다보는 구절이었다. 책 오른쪽 상단에는 사회(하)라고 적혀 있었다. 줄친 문구에서 오는 벅찬 감동을 수습하며 그는 밖으로 나갔다. 앞마당에서 담배 한 대를 꺼내 불을 붙이는데 담 너머의 망치 소리가 점점 높아졌다. 모과나무 아래서 음식물 쓰레기를 뒤지던 개가 사람의 기척에 놀라 줄행랑을 놓았다.

"집을 헐다니 영 미친놈이라니까."

언제 다가왔는지 노파 한 사람이 수건으로 왜바지의 먼지를 탁탁 털어내고 있었다. 입술이 바늘땀을 뜨고 난 뒤 실을 잡아당긴 것처럼 쪼글쪼글했는데 토끼의 코처럼 연신 벌름벌름 움직였다. 노파가 턱짓으로 담 너머를 가리켰다. 그는 현관 계단을 두어 칸 올라가 고개를 뺐으나 보이는 것은 아무것도 없었다.

3

노파 말로는 옆집(사실은 옆집의 옆집이었다) 남자가 멀쩡히 살던 집을 허물고 새로 짓는 중이라고 했다. 크지는 않았지만 그 동네에서는 최신식 양옥이었고 터도 좋았다는 것이다. 댁은 집 있수? 노파의 질문이 난데없었다. 있지요 그럼, 집 없는 사람이 있을라고요? 대답을 하고 나서야 그게 아니구나 싶었다. 그가 삼층짜리 양옥집의 소유자로 등기부 등본에 올랐던 것은 딸애가 초등학교 사 학년이 되던 해였다. 직장에서 떨어져 나와 파주시 금촌읍에다 작은 슈퍼를 냈을 때만 해도 큰 기대는 하지 않았다. 밥 먹고 살면 된다고 믿었다. 남보다 한발 앞서 배달 주문을 받기 시작한 게 주효했다. 일손이 모자라 치매기 있던 어머니까지 가게에 불려 나왔다. 삼 년가량 바짝 고생하고 났더니 집이 생겼다. 인근에 아파트와 함께 대형 할인 마트가 들어선 것과 세놓았던 지하방에 강도가 든 것은 거의 비슷한 시기에 일어난 일이었다. 셋방 여자는 배를 스무 군데도 넘게 찔렸다. 집을 팔고 아파트로 들어가면서 업종을 바꾸었다. 치킨집은 몸만 고달팠지 수지타산은 맞지 않았다. 어느 날 고모가 그를 불러 물었다. 니 그래 힘드나? 그는 고개를 끄덕이며 눈을 내리깔았다. 쉬는 날 공원에서 배드민턴 치다가 넘어졌는데 다시 일어서지 못하겠더라는 말은 하지 않았다. 지푸라기 잡을 힘조차 남아 있지 않더라는 말도 속에다 삼켰다. 이런 처 죽일 년! 새파랗게 질린 고모가 찻상을 주먹으로 내리쳤다. 고모가 어째서 그런 행동을 했는지는 삼일 뒤에 알았다. 어짓밤에도 니 처가 힘들게 하더나? 전화기를 통해 들려오던 고모 목소리는 조금 괴기스러웠다. 일을 많이 시키라. 몸을 고달프게 볶아대야 니를 덜 괴롭힐끼다. 무슨 소리냐고 묻자 고모 입에서 청천벽력 같은 소리가 흘러나왔다. 비 오는 날 밤에 술에 잔뜩 취한 그가 고모에게 전화를 걸어 애 엄마가 밤에 잠을 안 재워요, 하면서 울먹였다는 것이다. 가뜩이나 피곤한 니한테 그 노릇까지…… 내가 울매나 상심이 되는동 아나? 고모 목소리가 끊기기 전에 그는 전화기를 바닥에 떨어뜨렸다. 자신의 사연을 남을 통해 들으면서 아내와의 문제가 보통 심각한 게 아님을 비로소 알았다. 그러고 보니 집에 들어오지 않은 아내 때문에 그날도 딸아이는 아침을 굶고 학교에 갔다.

"집이 하자가 생기면 고쳐서 써야지 대들보를 잡아 빼다니, 쓸개가 빠져도……."

꿰맨 실밥 자국 같은 입술로 노파가 중얼거렸다. 그는 음식점을 나와 망치 소리를 따라갔다. 잠바를 벗었는데도 땀이 줄줄 흘렀다. 담벼락을 끼고 도니 과연 집터를 다져놓은 넓은 마당이 나왔다. 동그란 모양에 띠처럼 둘러놓은 터에서 시멘트 모르타르가 말라가고 있었다. 여기저기 집채만 한 황토 더미가 포장 씌어져 있는 것으로 보아 흙집을 짓고 있는 모양이었다. 사내의 얼굴을 확인하고는 깜짝 놀라지 않을 수 없었다. 노파가 적의를 가지고 비난했을 때에는 아주 늙었거나 비정상적인 인상을 떠올렸으나 젊고 멀쩡해 보이는 얼굴이었다. 이마와 볼 군데군데 제비 똥 같은 갈색 흙덩이가 붙어 있었다. 어느 것은 이미 굳었는지 실금이 생긴 것도 있었다. 사내는 문틀을 세우고 지지목을 대는 중이었다. 그 모든 일을 혼자 하고 있었다. 그는 멀찌가니 서서 땅에 작은 말뚝을 박는 사내를 지켜보았다. 어느새 다가왔는지 딸아이가 그의 팔짱을 끼면서 속삭였다.

"갑자기 일정이 바뀌어서 구리시에 갔다 왔대. 서점 도느라 정신없어서 전화 온 줄도 몰랐다지 뭐야. 지금 출발했다는데 아빠, 시간 괜찮지?"

표정이 어둡지는 않았다. 놈과 연결이 된 건 분명한 것 같았다. 그는 긍정도 부정도 아닌 애매한 표정을 지으며 담배 연기를 빨아들였다.

"계산은 내가 했어."

찻집에 가 있겠다며 서둘러 돌아가던 딸이 큰소리로 외쳤다. 그는 담배를 입에 물고 수직을 잡기 위해 문틀에 대못을 박는 사내를 도왔다.

"진짜 따님인가 봐요?"

사내가 망치를 내려놓으며 물었다. 그가 영문을 몰라 가만히 있자니 많이 닮았네요, 하고 혼잣말처럼 중얼거렸다. 세상엔 별별 아빠들이 다 있잖아요. 호적상의 아빠, 용돈 주는 아빠, 커피 사주는 아빠, 옷 사주는 아빠, 노래방 같이 가는 아빠…… 그는 멍하니 아빠라는 단어의 파장을 새겼다. 화가 나지는 않았다. 조금 울적하긴 해도 이상할 정도로 마음이 편안했다. 하고많은 세상 아빠 중에 자신이 가장 못난 아빠래도 어쩌겠나 싶었다.

"고등학교 졸업도 안 하고 결혼하겠다고 우기니…… 오늘 놈을 만나려고 왔는데 늦네요."

술기운 탓이었다. 부끄러운 줄도 모르고 입이 술술 방정을 떨었다. 아주 정신이 없는 건 아닌지 딸이 이미 놈과 살고 있는 중이라는 치부는 내보이지 않았다. 사내가 멀뚱히 쳐다보다가 참 예쁜 딸이네요, 하며 피식 웃었으나 그는 뭘 그깟 일로 속을 끓이세요, 하고 말하는 것으로 받아들였다.

상판을 맞출 때에는 접이식 사다리를 잡아 주었다. 방문과 욕실문 틀을 모두 세운 사내는 뒤로 물러나 자신의 솜씨를 지긋하게 감상하더니 한숨을 푹 내쉬었다. 수평이 잘 맞는지는 세 번쯤 물어보았다. 집을 지으면서 절대 실수해서는 안 될 일이 있다는 말은 공감이 갔다.

"한 달 안으로 다 지어야 하는데 큰일입니다."

사내가 모자를 벗고 물병을 끌러 삼다수를 마셨다. 회사에서 어렵게 휴가를 받았고 한 달 후에는 무슨 일이 있어도 복귀해야 한다는 거였다. 뭐하는 회사냐고 물었을 때에는 그냥 좋은 직장이라고만 답했다.

"사람을 쓰지 그래요?"

그러자 사내가 모호한 표정으로 웃었다.

"이건 그런 문제가 아니거든요."

"그런 문제?"

"제 일이에요. 제 손으로, 제 마음이 빚어야 할 숙제를 하고 있는 겁니다."

구멍가게에서 소주와 땅콩 안주를 사와 흙마당에 펼쳐 놓은 것은 그였다. 절대 술을 마시면 안 된다고 펄쩍 뛰던 사내가 잔이 비자 허겁지겁 병을 기울였다. 그는 얼른 병을 빼앗아 사내의 잔을 채워주었다. 딸처럼 사내 역시 고개를 뒤로 젖히지 않은 채 잔을 쪽쪽 빨았다.

"서울에 살 때 공기가 나빠 숨이 차다고 해서 여기로 들어왔는데 석 달도 안 돼 또 문제를 털어놓더라고요. 이 집이 사람에게 해롭다는 느낌이 든대요. 방이 둥근 게 아니라 사각형인 것도 싫고 거실창이 동쪽으로 나 있지 않은 것도 맘에 안 들고."

"그래서 허물었나요?"

"어쩌겠습니까? 제가 할 수 있는 건 이것뿐인데. 아무것도 하지 않은 채 가만히 넋 놓고 있을 수는 없잖아요."

사내가 손등으로 이마를 문지르자 제비 똥처럼 맺혀 있던 흙덩이가 떨어져 나가고 부연 먼지 자국만 남았다. 사내의 손등이 자꾸 이마를 비벼대자 그의 몸 어딘가도 스멀스멀 간지러웠다. 가출한 딸이 집에 들어오기 싫어하는 이유를 알아내는데 적지 않은 시간이 걸린 것은 누가 뭐래도 그의 아둔함 탓이었다. 집 짓는 사내 역시 많은 대화를 해 봤을 것이다. 그의 표정에서 성실한 사람에게만 따라붙는 명품 라벨을 본 것 같았다. 처음에는 제 엄마 탓이라 여겼다. 엄마의 남자와 맞닥뜨린 것이야말로 자식에게는 치명적인 상처가 아니겠는가. 어미 자식이야 의례히 그렇겠지만 그 모녀 사이는 유별났다.

"너, 나 없이 살 수 있어?"

어려서부터 딸에게 연습된 분리 불안감이 의도된 것이라고 생각한 적은 없었다. 세상 모든 어미와 자식 간에 기초 체력처럼 존재하는 흔하디흔한 감정이었다. 그 역시 그런 훈련을 통해 어미 됨이 무엇인지 배웠는지도 모른다. 그것이 절대적인 힘을 발휘하는 순간이 딸애 인생에 찾아든 게 문제라면 문제였다. 딸애가 처음 집을 나갔을 때 우격다짐으로 낚아채 데려다 놓은 적이 있었다. 그것이 보호인 줄 알았다.

"아빠가 없앤 게 뭔지 알아?"

"뭔데?"

"집이야."

"집?"

"다른 여자를 들였잖아, 아빠가 내 집을 없앤 거야."

그렇게 소리치고 다시 나간 딸은 독서실 옥상에서 낯모르는 남자애와 담배를 나눠 피우고 있었다. 그는 설명할 게 많았다. 지금의 아내를 붙여준 건 친구 부인이었다. 애초부터 말이 없는 여자였다. 여태 고생한 것도 모자라 앞으로 치러야 할 고통이 더 남아 있을 것 같은 박복한 인상이었으나 보살이랄까 성모마리아 같은 깨끗함이 그녀의 미소 위에 있는 듯 없는 듯 실려 있었다. 하지만 아무리 다가가도 곁을 주기는커녕 자꾸 혼자만의 공간으로 숨어들었다. 열 번쯤 만났을 때, 아니면 말자는 심정으로 그녀의 어깨를 잡고 흔들어 봤다.

"당신 속을 모르겠어요."

그러자 그녀가 말했다.

"난 속이 없어요."

그 한 마디로 그 여자가 통째로 이해된 느낌이었다. 아니, 그 자신이 그녀에게 받아들여진 거라 여겼다. 애 엄마는 일주일씩 열흘씩 집에 들어오지 않았다. 치킨집 문을 닫고 그녀를 찾아다녔다. 만나면 무릎도 꿇어보고 상대 남자 앞에서 빌고 사정도 해 보았다. 어쩌다 그녀가 지친 표정으로 집에 들어오면 전복을 사다가 죽을 끓여 먹였다. 장군 같은 누님들, 고모들이 떼로 몰려와 배알도 없는 놈이라 쏘아붙여도 다 막아냈다.

난 속이 없어요.

넌 그게 무슨 말인지 알아?

그는 딸과 그 녀석 사이를 헤집고 들어가 말하고 싶었다. 좋은 여자라고, 생겼다가 없어지기도 하는 것은 사람 마음이지 집이 아니라고.

"이렇게라도 모양을 이루려면 집 짓는 걸 정식으로 배워야 할 텐데……."

그는 가운데 손가락으로 오른쪽 눈꼬리를 꾹 눌렀다. 사내는 술이 올라 온몸이 분홍빛으로 달아오르는 중이었다.

"그동안 회사 다니느라 바빴는데 배우긴 어디서 배우겠어요, 필요하면 책 찾아보고, 얻어듣고, 모르면 물어물어 가는 중입니다. 어떻게 되겠지요."

"모두 몸에 좋은 재료들이네요. 이번에는 부인이 좋아하실 겁니다."

"그래야죠. 그랬으면 좋겠습니다."

몸을 일으킨 사내는 비틀거리며 문틀을 넘어 그 안으로 들어갔다. 순간 그는 문이 닫힌 것 같은 착각이 들었다.

4

심장의 되바라진 흥분과 미지근한 두통이 목덜미에서 만난 것 같았다. 숨이 가빴다. 이런 기분이 싫어 술을 잘 마시지 않는 편이었다. 커피숍은 〈여수장어샤브샤브〉 안에 있었다. 멀리서 『대입 검정고시 홀로서기 총정리』를 공부하는 딸을 지켜보다가 맞은편 의자로 다가가 앉았다. 다리는 묵직하고 혀는 꼬였다.

"뭐하려고 그렇게 열심히 봐?"

"이왕 보는 거 제대로 봐야지."

"시험 칠 것도 아니라면서?"

눈에 힘을 줬더니 혀가 더욱 꼬이는 느낌이었다. 딸은 피식 웃었다.

"시험이 전분가."

"하여간 말은…… 옛날 생각난다. 너, 초등학교 때는 친구들한테 뭐든 안 지려고 했잖아. 하다못해 줄넘기까지도 이겨야한다면서 얼마나 연습을 했냐? 거 뭐였더라, 줄넘기할 때 한꺼번에 두 번 뛰는 거?"

"쌩쌩이?"

"이름이 쌩쌩이였어? 그래, 그거 안 된다고 몇 날 며칠을 칭얼거렸잖아. 아빠도 못하는 거니까 도와줄 수도 없고. 그땐 정말 난감해서 혼났다."

"무슨 소리야, 난 쌩쌩이 잘하는데."

"처음에는 못했잖아."

"아니야, 처음부터 잘했어."

"너 인마, 그거 안 된다고 징징거리고 괴롭혔어."

"아니야."

"맞아. 그리고 너 중학교 배치고사 전교 일등이 아니라 반에서 일등이었어. 전교에서는 8등이었던가? 난 그렇게 기억하는데."

"무슨 소리야. 말도 안 돼. 우리 학교에서 나보다 잘한 애가 일곱 명이나 있었다고?"

"그런 셈이지."

"누구누군데? 이름을 대봐, 대보라니까?"

"그걸 내가 어떻게 기억하냐?"

"치이, 사실이 아니니까 기억을 못 하는 거지."

딸은 약이 오르는지 얼굴까지 붉어졌다. 유난하던 애성이를

다 어쨌나 싶었는데 아주 내다버린 건 아닌 모양이었다. 녀석의 의중을 알고 나자 더는 건드리고 싶지 않았다. 과거를 긍정적으로 기억하는 게 나쁜 건 아니었다.

"아빠 취했구나?"

딸이 그의 얼굴 밑으로 고개를 들이밀면서 짓궂은 표정을 지었다. 오랜만에 들어보는 소리였다. 왠지 그 애와의 사이에 존재했을 친근감이 고스란히 회복된 것 같은 느낌이었다. 집에서 입을 잘 열지 않는 그가 모처럼 한마디 하면 딸은 제 엄마에게 아빠 술 드셨어? 하면서 활짝 웃었다. 거부감이라기보다는 함께 즐기려는 쪽에 가까웠다. 제법 진지한 충고를 했을 때도 마찬가지였다. 딸은 새로운 흥밋거리 앞에서 『대입 검정고시 홀로서기 총정리』를 탁 덮었다.

"아빤 술 취했을 때가 제일 나은 거 알아?"

"어떤데?"

"막 애교 떨잖아, 지금처럼…… 음, 귀여워."

"내가 귀엽냐?"

"어, 무지무지."

"난 술 마시면 힘든데. 갑갑해서."

그는 불이 나는 속을 어쩌지 못해 가슴을 문질렀다. 억지로 내뱉은 트림처럼 부자연스러운 꺽꺽거림이 입에서 울려 나왔다. 아빠가 술 마시고 하는 말은 다 옳아 보여, 뭐든. 딸이 덧붙였다. 그는 떨어뜨린 고개를 정신없이 가로저었다. 예나 지금이나 소화하기 힘든 건 술만이 아니었다. 술기운이 스스로도 모르는 사이 애교를 떨게 한다는 사실은 그의 경험이 아니었다. 그는 답답하고 고통스러웠다. 취기가 가시고 난 뒤 온몸의 뼈마디가 수만 개로 나뉘어 제각기 다른 통증을 호소하는 것도 진저리났다.

"난 지긋지긋해."

그가 거리의 취객처럼 팔을 휘젓고 나자 딸의 얼굴에서 웃음기가 서서히 걷히고 입이 조금씩 튀어나오기 시작했다.

"엄마도 약간 취한 아빠를 제일 좋아했는데…… 술 좀 자주 마시지 그랬어?"

"편하지가 않았다니까, 술이."

그는 다소 신경질이 얹힌 목소리로 쏘아붙였다. 그와 고모 사이의 비밀은 알 리 없는 딸이었다. 아이는 골난 표정을 지으며

"치이"

입을 삐죽거리더니 손으로 턱을 고였다. 눈에 슬쩍 물기가 서린 것이 그 자신인지 딸인지는 분명하지 않았다.

"이 자식, 안 올 모양이지?"

"그런가 봐."

딸이 고개를 끄덕였다. 무기력한 목소리였다. 딸의 전화기는 저만치 밀쳐져 있었다. 독서실 옥상 바닥의 축축한 습기와 담배꽁초가 떠올랐다. 그날 딸 곁으로 다가가 남의 귀한 자식에게 담배를 가르치던 그 놈을 번쩍 들어 올려 건물 밑으로 떨어뜨리지 못한 것은 세상에서 처음 본 딸의 표정 때문이었다. 나무 속으로 들어가 나무가 되어버린 물처럼 녀석들은 서로가 서로에게 오롯이 스며들어 있었다. 놈을 던지기 위해서는 딸을 포기할 용기가 있어야 한다는 것을 깨닫는데 긴 시간이 필요하지 않았다. 저게 무언가 싶어 눈을 비비고 났을 때에는 가지를 창창하게 뻗고 있는 한 그루 푸른 나무만이 시야에 들어왔다. 그가 결코 알지 못하는 세계의 둔갑은 그렇게 이루어졌다.

비틀비틀 독서실 건물을 내려와 입구 기둥에 한참 기대서 있다가 미친 듯이 밖으로 돌진해 아무거나 닥치는 대로 걷어찼는데 하필이면 전봇대였다. 길 가던 행인의 도움으로 병원에 실려 간 뒤 무릎 아래 정강이뼈가 세 동강 났다는 진단을 받았다.

딸은 또다시 『대입 검정고시 홀로서기 총정리』를 펼쳤다. 페이지 중간쯤에 형광펜으로 밑줄을 그었고 답에는 동그라미를 쳤다. 이번에는 강박적인 초조함이 어쩔 수 없이 엿보인다. 그는 고개를 번쩍 치켜들었다.

딸과 눈이 마주치자 고개를 가로저었다.

정신을 차리기 위해 눈에 힘을 주었지만 몽롱한 가운데도 힘이 들어간 부위가 눈이 아니라 그 안쪽 어디인 것 같았다. 점심시간이 한참 지났는데도 놈은 오지 않았다. 그럴듯한 전화 한 통 없다. 그날 독서실 옥상에서 훔쳐본 게 삶의 경이로움에 닿아 있는, 인생의 또 다른 뒷길이 될 수 있을지 모른다는 착각부터 벗어던질 필요가 있다. 그가 본 것은 무지개가 아니라 전날 밤 싸구려 네온사인이 남긴 지저분한 뉘앙스일 뿐이었다. 그가 낳았으나 그의 자식은 아닌 것 같은 이물감이야말로 딸과의 사이에 가로막힌 진정한 장벽이다. 그는 다시 한번 억지 트림을 내뱉었다. 우연히 눈을 던진 창밖에 곡괭이 든 노인의 뒷모습이 보였다.

얘야, 그만 집에 가자. 그 반지와 이상한 옷, 어울리지 않아. 넌 아직 미성년자야.

생각해 보니 그런 말은 딸이 좋아할 것 같지 않았다. 꼰대처럼 굴고 싶지 않았다. 그는 자신의 술기운을 예민하게 응시하면서 속삭였다.

"도대체 『대입 검정고시 홀로서기 총정리』는 왜 보는데?"

"그냥 본다니까."

"아빠한테 솔직히 말해 봐. 그 집이 네 집이라는 생각이 들어?"

"그럼, 그러니까 거기 살지."

"거기가 어떻게 네 집이야?"

그는 버럭 소리를 지르고 말았다. 딸과 이런 대화를 나눈다는 자체가 자존심 상하는 일이었다. 한 가족을 이루던 사람들이 뿔뿔이 흩어진 것까지는 어쩔 수 없다고 칠 수 있다. 자신에게 문제가 있다는 것도 받아들일 수 있다. 하지만 십구 년을 애지중지 키운 무남독녀 외딸이 엉뚱한 곳을 집이라고 우기는 데는 억장이 무너졌다. 초라하게 오그라드는 아비 심정을 알 리 없는 딸은 또다시 짓궂은 웃음을 물었다. 그걸 꼭 설명해야 돼? 그냥 집이라는 생각이 들어, 아빠. 그가 미간을 찌푸리며 신음 소리를 토해냈을 때였다. 딸은 이번에는 얼굴을 가까이 들이대더니 아예 놀리는 말투였다.

"아빠 질투하는구나."

"질투?"

"그래, 내가 아빠를 선택하지 않았다고 삐진 거지?"

"넌 지금 뭔가 속고 있는 거야, 인마."

그러자 녀석의 오른쪽 눈 밑이 파르르 떨리더니 이내 풀이 죽었다. 댓 발 튀어나온 입을 보자 어쩔 수 없이 안됐다는 생각이 들었다. 아이가 말했다.

"나 바보 아니야, 아빠."

"누가 바보라고 했어?"

"난 걔네 엄마가 원하는 게 뭔지 알아. 그건 그 애가 다시 자기가 원하는 아들로 돌아가는 거야. 아줌마는 지금 기다리는 것 같아. 그 애가 해달라는 거 다 들어주면서."

"그래? 그럼 넌?"

"나?"

"넌 거기서 뭐하고 있는데?"

"엄마가 되려고."

"엄마라고?"

소름이 확 끼쳤다. 천지가 뒤집어지는 것 같았다.

"난 그 애 엄마하고도 다르고 우리 엄마하고도 완전히 다른, 편안한 집 같은 엄마가 될 거야."

"편안한 집 같은."

그런 엄마는 가능하지 않다고 하려다가 입을 다물었다. 네 엄마 안에도 그런 엄마가 있었다고 하는 게 더 정직한 고백일는지 몰랐다. 기억해야 할 것은 가슴에 대못이 박힌 것은 그가 아니라 딸이라는 사실이었다. 아이가 덧붙였다.

"비록 오늘 아빠를 만나러 와 주지는 않았지만 그 애 정말 좋은 애야. 나중에 만나면 아빠도 그렇게 생각하게 될 거야. 이제 내 걱정은 조금도 하지 마, 아빠."

5

딸은 태워다 주겠다는 말을 한사코 거절했다. 커피숍에서 『대입 검정고시 홀로서기 총정리』를 더 공부한 다음 어두워지면 버스 타고 가겠다는 거였다. 대리운전자가 도착했다는 전갈에 그는 몸을 일으켰다.

『대입 검정고시 홀로서기 총정리』를 보는 이유가 여전히 궁금했지만 참기로 했다. 아이 마음 귀퉁이에 존재할 일말의 불안감을 굳이 확인하고 까발리는 것만이 부성애는 아닐 것이다. 언젠가 딸이 했던 말이 떠올랐다.

나도 다 생각이 있어.

무슨 일인지는 어렴풋하지만 생각은 무슨, 하면서 가소롭게 웃었던 기억이 났다. 지금이 꼭 그런 기분이지만 모르는 척 뒤로 물러나 한 번 더 시간을 끌어보는 것 말고는 선택지가 없었다. 그렇게 엄마가 되고 그렇게 아빠가 되는 것도 나쁜 일은 아닐 거라는 생각은 억지로 욱여넣은 밥숟가락에서 나는 비린내 같았다. 통화를 하던 대리운전자가 다가오는 그를 보고는 재빨리 폴더를 닫았다.

"학원은 안 다녀도 되겠어? 아빠가 학원비 줄까?"

차키를 누르고 난 뒤 감나무에 매어놓은 그네를 흔들어대며 그가 말했다. 딸은 배시시 웃더니 고개를 가로저었다.

"나중에 필요하면 말할게."

자동차 문을 열다가 주춤했다. 그러고 보니 망치 소리가 멎은 지 한참 된 것 같았다. 대리운전자에게 잠깐만 기다리라고 일러놓고는 사내의 집으로 걸어갔다. 딸은 커피숍으로 들여보냈다.

사내는 동그란 터 안에 들어가 잠을 자고 있었다. 흙더미 위에 씌어놓은 포장이 얼굴을 절묘하게 가리고 있었다. 팔이며 목덜미가 온통 분홍빛이었다. 술기운인지 햇볕에 그을린 자국인지 분간이 가지는 않았다. 사내가 몸을 비틀어댈 때마다 입에서 알 수 없는 웅얼거림이 새어나왔다. 악몽을 꾸는 것 같지는 않았다. 그는 사내가 누운 흙더미 반대편에 쪼그리고 앉아 잠깐 담배를 피웠다. 해는 기운을 잃고 시들어 가는 중이었다.

흙집에서 나와 차를 타러 가다가 〈여수장어샤브샤브〉 집 앞에서 걸음을 멈추었다. 한 소년이, 그렇게밖에 말할 수 없을 정도로 나이 어린 녀석 하나가, 몸에 맞지도 않는 여름양복을 걸친 채 안으로 들어갈까 말까 망설이고 있었다. 오른손은 커다란 과일바구니를 들고 있었고 왼손은 꽉꽉 채워진 양복단추와 답답하게 옥죈 넥타이를 번갈아 만지작대는 모습에서 긴장감이 역력했다. 안면이 있는 것 같기도 하고 아닌 것 같기도 한 인상이었다. 그는 살금살금 녀석의 뒤를 돌아 자기 차로 가서 운전석 옆자리에 올라탔다.

"출발합시다."

대리운전자에게 서둘러 말하고는 의자 속에 상체를 파묻었다. 아무 생각도 나지 않았다. 빨리 그곳을 벗어나고 싶은 마음뿐이었다. 후진을 끝낸 차가 직진으로 출발하려고 잠깐 멈추어 섰을 때였다. 저만치 도라지꽃 한 송이가 눈에 들어왔다. 환하지만 아주 환하지는 않은 남보랏빛이었다. 다이아 반지를 낀 딸의 모습이 오버랩되는 순간 갈라진 시멘트 담벼락이 신발처럼 도라지꽃을 감싸고 있는 게 눈에 들어왔다. 시선으로 담벼락을 따라가 보았다. 길과 이웃집 마당으로 이어진 시멘트 바닥은 좀처럼 끝나지 않았다. 온 동네가 거대한 시멘트 덩어리였다. 딱딱한 시멘트는 사내가 지은 흙집 마당에 이르러서야 겨우 끊어질 것이다.

차가 논둑길을 벗어나 모퉁이를 돌 때 〈여수장어샤브샤브〉에서 신발을 끌며 달려 나오는 딸의 모습을 볼 수 있었다. 그는 슬그머니 고개를 돌렸다.

• 안상학 시인의 시 「도라지꽃 신발」(시집 『아배 생각』, 애지, 2008.)에서 제목과 함께 '환하지만 아주 환하지는 않은'이라는 구절을 차용하였다.

요이지 커피
– 죽은 자들의 카페
정육점
100%

1

버스는 약속 시간을 삼십 분가량 앞두고 광화문에 도착했다. 곽 할머니와 만나고 난 뒤 혼자 영화 한 편을 볼 계획이었다. 상영 중인 영화 목록을 훑어본 뒤 예매를 하고 와도 시간은 충분할 것 같았다.

극장으로 향하면서 약속 장소를 무심코 쳐다보다가 나는 걸음을 멈추고 말았다. 간판의 글씨체와 색깔이 아무래도 이상한 것 같아 다시 보니 전혀 다른 이름의 커피숍이었다. 요이지 커피숍이 있어야 할 자리에는 스타벅스가 있었고 그 옆에 로즈버드가 있었다. 언제 바뀌었지. 낭패감이 밀려왔다. 빵집이든 뭐든 브랜드에 따라 장사가 되고 안 되는 세상이니 커피숍이라고 해서 예외일 수는 없을 터였다. 요이지는 망하고 스타벅스와 로즈버드가 그 자리를 차지한 것이다. 지극히 자연스러운 일이었다.

그렇다 치더라도 난감한 일이 아닐 수 없었다. 곽 할머니에게 가르쳐준 장소는 요이지 커피숍이었다. 안 그래도 전화를 끊고 나자 약속 장소를 너무 성의 없이 정한 것 같아 공연히 마음에 걸렸었다. 발음 때문에 기억하기 어려울 뿐 아니라 간판이 작고 무채색이라 일흔 넘은 노인이 찾아오기에 쉽지 않은 장소였다. 허리가 꼬부한 노인이 길을 걷는 젊은이를 붙들고 요 뭣이라고 하는 커피집이 어디 있다요, 하고 막무가내로 묻는 장면을 머릿속에 그려보기도 했다. 그런데 그 어려운 이름이 간판마저 내리고 없다니, 칠순 노인이 당황할 것은 불을 보듯 훤한 이치였다.

그나마 이순신 장군 동상 앞이라고 토를 단 건 잘한 일 같았다. 그것이 유일한 희망이었다. 영화표는 물 건너갔다.

스타벅스 커피숍으로 들어가 안을 둘러보았다. 일흔다섯 살쯤 된 노인을 찾는 일은 간단할 것 같았는데 의외로 그렇지 않았다. 언뜻 눈에 띈 노인들만 해도 여럿이었다. 자리 하나를 차지하고 앉으려다가 카운터로 다가가 언제 스타벅스로 바뀌었냐고 물었다. 알바하는 젊은 아가씨는 전혀 뜻밖의 대답을 해서 나를 놀라게 했다. 자기가 알기로는 그 자리에 스타벅스가 있었던 건 아주 오래된 일이고 요이지 커피라는 가게는 본 적도 들은 적도 없다는 것이었다. 정말 이상한 일이었다.

"하지만 나야말로 이 자리에서 요이지 커피라고 적힌 종이컵을 받아들곤 했었는데……."

알바 아가씨는 무표정한 태도로 고개를 갸웃거렸다. 아무래도 믿기지가 않아 이번에는 로즈버드로 갔다. 역시 비슷한 이야기를 들었다. 스타벅스 자리에 오래전부터 스타벅스가 있었듯이 로즈버드 자리에서 로즈버드가 장사를 한 것도 오래전부터라는 거였다. 무안해진 나는 길에 서서 한참 동안 뭐라고 혼잣

말을 중얼거렸지만 내 기억이 틀리지 않다는 것을 확인할 뾰족한 방법은 떠오르지 않았다.

스타벅스 바깥에 놓인 의자에 앉아 손거울을 들여다보고 있는 할머니를 발견한 것은 그로부터 십오 분가량 지났을 때였다. 내가 다가갔을 때 몸집이 유달리 작은 그 할머니는 낡은 쇼핑백을 옆구리에 낀 채 까칠한 윗입술에다 붉은색 립스틱을 덧바르고 있었다.

"이 세상에서 젤로 못생긴 할머니다 싶은 사람이라면 제가 틀림없을 겁니다."

어떻게 알아보아야 하냐고 묻자 곽 할머니는 당신에 관해 그렇게 소개했고 그 순간 다른 사람의 웃음소리가 수화기를 통해 들려왔었다. 립스틱을 덧바르고 있는 할머니는 그리 못생긴 편은 아니었다. 그렇다고 한이 많아 보이는 얼굴도 아니었다. 하지만 왠지 곽 할머니일 것 같은 느낌이 들었다.

"저 혹시……"

"아이고 예, 작가 선생님, 접니다."

할머니는 얼른 하던 일을 수습하고 기다렸다는 듯이 자리에서 일어났다. 행동과 말투가 어수선하지 않았고 무엇보다 발음이 정확하고 또렷해서 세상 물정에 턱없이 어두운 노인은 아니겠구나, 하는 느낌이 들었다. 게다가 대체로 건강한 듯 보였고 허리나 등이 굽기는커녕 움직임이 가벼웠다. 할머니는 내 팔뚝을 가만히 잡더니 길가로 이끌었다.

“우리 어디 조용한 데로 가서 이야기 좀 하십시다.”

그렇게 해서 인근에 있는 찻집으로 자리를 옮겼다. 광화문에서 찻집이라고 해봐야 시끌시끌하기는 매한가지였다. 자리에 앉자마자 나는 장소를 잘못 정했던 것에 관해 죄송하다고 말씀드렸다. 그런데 할머니의 대답은 전혀 예상치 못한 것이었다.

“이순신 장군 동상 앞에 있는 스타벅스 커피숍이라고 해서 찾기가 수월했습니다.”

“제가 스타벅스 커피숍이라고 했다고요?”

“예, 여기다가 적은 것을 좀 보셔요.”

할머니가 꾸깃꾸깃 종이쪽지 하나를 꺼내서 폈다. 차분하고 절제된 동작과는 달리 손마디는 거칠고 투박했다. 오른쪽 새끼손가락은 구부러진 채 굳어버렸는지 온전히 펴지지도 않는 것 같았다.

일요일 오후 2시 광화문 이순신 장군 동상 앞에 있는 스타벅스 커피

놀랍게도 쪽지에는 그렇게 적혀 있었다. 뒤통수라도 얻어맞은 듯 아찔했다. 모든 걸 다 나의 착각이라 돌리더라도 약속 장소를 스타벅스로 정했다는 것은 이해가 되지 않았다. 나는 그런

약속을 한 적이 없었다.

2

곽 할머니를 만나보라고 부탁한 사람은 명애 언니였다. 절친한 대학 선배에다 스무 살 전후한 시기에는 그 집에서 신세를 많이 진 처지여서 그녀의 부탁이라면 무조건 들어주어야 한다는 부담이 없지 않았다. 교회에서 알게 된 할머니가 계시는데 책 한 권 분량의 소설을 썼으니 시간 있으면 한 번 봐달라고 했다. 아주 한이 많은 할머니인 것 같다고 했다. 어떤 한이 얼마나 많은지는 모르지만 노인들의 이야기라는 게 쓸데없는 눈물과 주관적인 비애로 가득 차 있기 마련이어서 억지스런 예의와 인내가 아니고서는 들어 넘기기 어렵다는 게 내가 평소에 할머니들에게 가지고 있던 생각이었다. 오랫동안 내 글쓰기는 침체를 면치 못한 상태이고 이제는 지치다 못해 어떻게든 소설에 대한 집착을 끊어내려고 애쓰던 중이었다. 말하자면 나는 남의 글을 읽고 조언해 줄 처지나 상황이 아니었다. 그럼에도 곽 할머니와 약속을 정하지 않을 수 없었던 것은 당신이 들고 나오겠다는 보따리에 담긴 내용물이 결국 소설이기 때문일 것이다. 밀어내면서 끌어당기고 두려우면서도 궁금증에 쫓겨 허겁지겁 헤쳐보고 마는 것, 나에게 소설은 그런 것에 가까웠다. 그렇게 모순된 감정에 떠밀려 정하고 만 약속이었다. 그런데 요이지 커피숍이 있어야 할 자리에 어째서 스타벅스가 자리하고 있는 걸까. 내가 곽 할머니에게 가르쳐 준 장소는 정말 요이지가 아니라 스타벅스였던 걸까.

쇼핑백을 뒤적거리던 곽 할머니가 보따리에 원고 뭉치를 꺼내 탁자 위에 펼쳐 놓았다. 모두 손으로 직접 쓴 것들이었다. 게다가 노트나 A4 용지가 아닌, 색깔과 크기가 다른 광고지에 앞면이고 뒷면이고 가리지 않고 빽빽하게 글씨를 적어나간 것이어서 보는 것만으로도 머리가 지끈거렸다. 일흔다섯이라는 할머니 연세를 생각하면 일말의 감동이나 연민 같은 것이 생길 법도 했건만 그보다는 그 많은 잡동사니를 읽어내야 할 것에 부담감이 먼저 엄습해왔다. 할머니가 원고 뭉치를 하나하나 정리하고 있어 멍하니 앉았기도 어색해서 첫 장을 띄엄띄엄 읽어나갔다. 큰 제목은 없고 소제목으로 붙은 것이 '순주의 어린 시절'이었다. 마을 앞 냇물에서 고기 잡다가 불어난 물에 변을 당할 뻔했다는 내용이었다. 맞춤법과 문장은 짐작한 대로였다. 그나마 글투는 차분한 편이어서 읽어나가는 것이 아주 거북하지는 않았다.

"듣기로는 할머니께서 사연이 많다고 하시던데……."

나는 원고를 이리저리 넘겨보는 척하다가 앞에 놓인 찻잔을 슬그머니 내 앞으로 끌어당겼다. 네에, 말씀드리지요. 그런 질문을 할 줄 알고 있었다는 표정이었다.

"딸하고 사이가 안 좋아서……."

하면서 이런저런 이야기를 털어놓았다. 할머니의 격앙된 감정에 비해 사연은 황당할 정도로 평이했다. 나는 가만히 있지 못하고 하나 마나 한 소리를 늘어놓았다.

"집집마다 세대 갈등 같은 게 있는 것 같아요, 자식들은 부모한테서만 배우는 게 아니라 사회에서도 배우잖아요."

"그래도 다른 집 자식들은 기본이라도 되어 있지요. 엄마가 외출했다가 돌아와도 인사가 없다는 게 말이 안 되잖아요. 이제는 대놓고 어딘가로 가버렸으면 한다니까요. 자식이라곤 달랑 그거 하나여서 얼마나 애지중지했는데."

"아, 딸 하나뿐이에요?"

"네. 나처럼 불행한 사람은 세상에 또 없을 거예요. 우리 딸애는 기본이 안 되어 있어요, 기본이."

"기본이라는 게 따로 정해져 있는 건 아닐 수도 있지요, 뭐."

어쩌자고 그랬을까. 나 역시 요즘 막 나가는 자식들 중 한 사람이어서 그런 걸까. 가만히 있질 못하고 나도 모르게 할머니 말을 받아치고 있었다. 하지만 정녕코 할머니를 업신여긴 것은 아니었다. 뭐라고 설명하기는 힘들지만 왠지 그런 말을 해도 될 것 같은 느낌이었다. 한이 많은 분이라더니 고작 자식이 어떻고 하는 식의 불평이나 늘어놓다니, 사실 허탈하지 않은 것은 아니었다. 다른 건 몰라도 예순이니 일흔이니 하는 세월을 살아온 분들에게서 공통으로 느껴지는 한 가지는 있었다. 그분들은 대체로 삶에 어느 정도의 괴로움이 섞여 있기 마련이라는 사실을 순순히 받아들이는 편이었다. 경험과 연륜에서 나온 그것이 여유로움으로 작용해 다른 세대와의 소통 수단이 되기도 하는 것이다. 하지만 할머니의 경우는 일흔다섯이라는 연세가 무색하게 아무것도 체념한 것 같지 않아 보였다. 인생은 황금빛이거나 무지개로 수놓아져 있어야 하는데 자신만은 그렇지 않다고 여기는 것 같았다. 무엇보다 말투가 인상적이었다. 딸이 기본이 안 된 사람이라는 진단을 내리면서도 망설임이나 주저함 같은 기색이라고는 조금도 없어서 남을 오해하거나 비난하고 있다기보다는 순수한 신앙고백이라도 하고 있는 것 같은 뉘앙스였다. 그 때문인지 더운 날 체면 가리지 않고 물속으로 풍덩 뛰어들듯이 나도 모르게 할머니 말에 반응한 것이다.

어쨌거나 소설을 썼다는 분이 아닌가. 소설이란 결국 자신의 삶에서 받은 깊은 충격의 산물일 테지만 경우에 따라 재미있는 공상과 판타지를 낳기도 하는 법이다.

별안간 할머니의 소설이 궁금해져서 무슨 내용을 썼냐며 질문을 던졌지만 자식과 손자들에 관한 평범한 이야기일 뿐 별다른 내막은 듣지 못했다. 물론 마음에 남는 것이 없지는 않았다. 돌아가신 할아버지와는 어떻게 결혼했는지 물었을 때 할머니가 말하기 꺼린다는 인상을 받았다. 이후에도 할아버지에 관해서는 아예 언급 자체를 피했고 딸한테 실망했다는 사연도 좀 독특했다.

"젊었을 때 시집살이가 하도 고단해 못 살겠다고 보따리를 쌌더니 시아버지와 남편이 창고 같은 방에다 저를 가두었지요. 딸은 말리기는커녕 담벼락에 숨어 삐죽이 구경만 하고 있었어요. 그게 어찌나 서운하던지."

"그때 딸이 몇 살이었죠?"

"다섯 살이나 먹었었지요."

나는 당황했으나 내색하지는 않았다.

"그런 내용이 소설에도 나오나요?"

할머니는 고개를 가로저었다.

"어미가 그런 걸 글로 썼다는 걸 알면 딸이 어떻게 생각하겠어요?"

나는 입을 다문 채 한참을 가만히 앉아 있었다. 내 침묵을 어떻게 해석했는지 할머니는 만약 자기의 글이 책이 되어 나온다면, 하는 가정하에 궁금한 것을 물었다. 나는 책이 나오는 절차는 조금 까다롭다며 얼버무렸다. 그런 다음 소설이란 결국 사람의 본질을 파고드는 작업이어서 인간사의 작은 갈등쯤은 넘어서야 하는데 이건 이렇다고 가리고 저건 저래서 숨긴다면 어떤 이야기가 남겠느냐, 무엇보다 우선 솔직하게 쓰고 싶은 대로 한 번 써보시는 게 마음을 가라앉히는 데 중요하다, 그 밖의 걱정은 다 쓴 다음에 하셔도 되지 않겠느냐, 그러니 어느 누구도 의식하지 말고 하고 싶은 말을 마음껏 써보시라고 했다. 그러자 할머니는 놀라는 눈치였다. 난데없는 놀라움으로 읽혔다. 특히 솔직해야 한다는 대목에서 그동안 아슬아슬하게 가라앉아 있던 마음속의 무언가가 출렁거린 눈치였다.

"아무튼 다 읽어보고 나서 말씀 드릴게요."

나는 상황을 무마시키기 위해 변명조로 둘러 붙였다.

그렇다고 이후의 분위기가 아주 어색해진 것은 아니었다. 한 번 느낀 친밀감은 쉽게 소모되지 않아 할머니와 나는 두 시간이 넘도록 이야기를 나눴다. 할머니가 싸온 흑미 김밥은 찰지고 맛있었다. 헤어질 때는 오래 알던 사람과 떨어질 때처럼 아쉬움마저 남았다. 그 후 혼자서 영화를 보기는 했으나 제목이 무엇이었는지는 기억나지 않았다.

3

내가 원고를 뒤적거린 것은 집으로 돌아오는 전철 안에서였다. 자리를 차지하고 앉은 뒤 쇼핑백에서 첫 번째 뭉치를 꺼내 읽어나가기 시작했다. 역시 순주의 어린 시절이 이어지고 있었다.

일제강점기가 끝나갈 무렵이었다. 뼈대 있는 집안의 딸 순주가 학교에서 돌아온 후 기쁨에 넘쳐 가족들을 부르는 장면이었다.

"아버지! 아버지! 우리나라가 곧 전쟁에서 이길 거래요!"

일본인 교장에게 들었던 말을 아홉 살 철부지는 안방과 사랑을 오가며 신이 나 떠들어댔다. 난생처음 아버지가 죽일 듯이 화를 냈다. 벼락을 맞은 것 같았으나 그것이 왜 야단맞을 짓인지 짐작조차 가지 않았다. 아버지에게 저항하는 심정으로 깊은 장롱 속에 몸을 감추고 숨었다가 잠이 들었다. 그 후 어떤 소란이 일어났을지는 예상한 대로였다.

아이가 느낀 공포와 슬픔이 묘하게 마음을 파고들었다. 글은 그 순간이 삶에서 중요한 비중을 차지한다고도 그렇지 않다고도 말하지 않았다. 곽 할머니는 그런 것을 말해야 하는지 말아야 하는지에 관심을 두고 있지 않았다. 그저 일기를 쓰듯이 담담히 서술해나갔다.

원고를 덮고 멍하니 생각에 잠겼다가 이내 울적한 느낌에 빠져들었다. 내 기분이 왜 가라앉는 것인지에 관해 깊이 파고들 필요는 없었다. 원고 하단에 무슨 입시학원이니, 영어학원이니 하는 광고용 문구가 내 기분을 우회적으로 설명하고 있는 것 같았다. 길거리나 학교 앞에서 학원을 홍보하기 위해 무분별하게 배포하던 그것을 나 역시 받아본 적이 있었다. 할머니는 그런 용지에 틈틈이 한 자 한 자 글자를 적어나간 것이다.

할머니의 원고와 비슷할지도 모르는 것이 공교롭게도 내 가방 안에 들어 있었다. 나는 언제 어디를 가든 부적처럼 그것을 지니고 다녔다. 그러나 나는 내 가방을 열어 그것을 꺼내려다가 그만두었다. 전철 같이 사람이 복작거리는 장소에서 펼쳐볼 만한 물건은 아니었다. 누가 옆에 있어 내가 자부심을 가지고 하는 설명에 귀라도 기울인다면 또 모르지만.

오래전 막 등단을 하고 천지 분간이 안 되던 때였다. 아버지가 돌아가신 후 집안 정리를 한답시고 이것저것 뒤지다가 제법 커다란 궤짝 하나를 발견했다. 안을 열어보고는 놀라지 않을 수 없었다. 낡고 빛바랜 고문서가 가득 들어 있었는데 사실상 한문에 관해서라면 까막눈이나 다름없는지라 뭐가 뭔지 분별조차 되지 않았다. 그저 희거나 누런 것은 종이요, 검은 것은 글자였다. 그럼에도 불구하고 수첩만한 크기의 작은 시집 두 권을 골라내 챙겼다. 묶음이 낯설지 않았다. 어릴 적 뒤꼍에 자라던 닥나무로 만든 노끈이 단번에 눈에 들어왔다. 누렇게 바랜 종이를 넘겨보았더니 군데군데 글자를 고친 자리마다 할아버지 도장이 찍혀 있었다. 희미하게 그어진 파란 줄도 보였고 어떤 페이지에는 1부터 9까지 숫자가 씌어 있었다. 내가 어릴 적에 쓰던 산수 공책이라는 것을 알아보는 순간 하마터면 눈물을 흘릴 뻔했다. 할아버지는 거기다가 칠언절구의 한시를 옮겨 적은 것이다.

이른 새벽에 어쩌다 눈을 뜨면 할아버지의 글 읽는 소리가 들려왔다. 또렷하고 유창한 발음으로 끈기 있게 읽어나가다가 가끔씩 입을 다문 채 흠흠, 하고 늘어지면서 가늠하기 힘든 웅얼거림으로 뒤바뀌는 순간이 있었다. 나는 그럴 때마다 정신이 명징해지면서 기분이 좋아졌다. 그런 상황이 한없이 계속되었으면 좋겠다는 생각을 했던 것 같다.

지금 생각하면 할아버지가 잡념에 시달리던 순간이 아니었을까 싶다. 정처 없이 떠돌던 마음에 사로잡히고 휘둘릴 때가 할아버지라고 왜 없었겠는가. 그런 날이면 뒤꼍의 닥나무를 베어다가 물에 담그거나 이미 준비된 것으로 종이를 만들고 노끈을 꼬았다. 나무껍질이 덕지덕지 붙어 있던 거친 종이를 잘라 노끈으로 책을 엮어 낼 때에는 아무리 부르거나 뭘 물어봐도 대답하지 않았다. 할아버지가 무아지경에 빠진 상태라는 것을 이해한 것은 훨씬 이후의 일이었다. 나는 그 모든 것을 찬찬히 관찰하였고 할아버지의 손놀림에 따라 나무의 속살이 부드러운 끈으로 변해 가는 과정을 경이롭게 지켜보았다. 나는 그 끈으로 동생과 실뜨기 놀이를 하면서 노래를 불렀다. 즐거운 곳에서는 날 오라 하여도 내 쉬일 곳은 작은 집 내 집뿐이리…… 평화롭고 행복한 순간이었다. 하지만 세월이 흐르자 그런 일도 덧없어졌는지 할아버지는 더 이상 종이를 만들지 않았다. 대신 나나 동생이 쓰던 공책의 여분이 모아져 책으로 변했다. 필기도구도 붓에서 볼펜으로 바뀌었다.

그나마 할아버지와 아버지는 자주 부재중이었다. 겨울에는 어디서 무얼 하는지 소식조차 들리지 않았다. 그러다가 봄이 되고 씨 뿌릴 때가 되면 더러워진 두루마기 끈을 휘날리며 집으로 돌아왔다. 그런 일이 해마다 반복되면서 모든 것은 희미해져 갔다. 내 몸은 점점 커지고 할아버지도 글 읽는 것보다는 삽을 메고 논으로 나가는 시간이 더 많았다. 그러면서 내 유년의 행복도 끝이 난 것 같다.

그 이후 지금까지 내게 주어진 시간이란 어린 날의 달콤했던 그 순간을 재현하기 위한 몸부림에 불과했는지도 모른다. 나이가 들어갈수록 책에 대한 갈망은 커지고 어찌 할 수 없는 일들에 짓눌릴 때마다 나는 남몰래 난폭해졌다.

집에 도착하여 막 옷을 갈아입으려는데 휴대폰으로 전화가 걸려왔다. 경황이 없어 번호를 확인하지도 않고 받았다.

"네, 선생님 접니다. 집에는 무사히 도착하셨습니까?"

곽 할머니였다. 영화를 보느라고 광화문에서 두세 시간을 소모하다 전철을 타고 왔는데 공교롭게도 타이밍이 정확히 들어맞았다. 몇 마디가 오간 뒤 할머니는, 제가 솔직해야 한다는 선생님 말씀을 곰곰이 생각해 봤는데 말이지요, 하면서 용건을 꺼냈다.

"제가 쓴 글에서 빠진 게 있는 것 같습니다."

"아, 그렇습니까? 아까도 말씀드렸듯이 아무 생각 마시고 쓰고 싶은 걸 계속 쓰세요. 제가 오면서 차 안에서 조금 읽어봤는데 할머니도 이미 아실 것 같아요. 쓸 때는 마냥 좋잖아요. 마음이 평화로워지면서 나무처럼 단단하고 맑아지지요. 그것만으로도 글 쓰는 일은……."

"선생님, 그게 아니고 말이지요."

할머니가 가볍게 내 말을 잘랐다. 나는 당연히 중요한데 미처 표현하지 못한 이야기가 있다는 말인 줄 알았다. 의도하지 않더라도 글을 쓰다 보면 그런 일이야 생기기 마련이었다. 그런데 할머니 말은 그게 아니었다.

"제가 써둔 글이 더 있다는 사실을 이제야 기억해 냈습니다."

나는 전철에서 내리기 직전에 읽었던 내용을 기억해냈다. 해방되기 직전의 상황에서 순주가 헛것에 시달리는 장면이 스치듯 잠깐 나왔는데 왠지 그 대목에 오랫동안 시선이 머물렀었다. 일본식 학교에서 관솔 따기에 동원되었다가 원인 모를 병을 얻었을 때였다. 병문안 온 친구들에게 아버지가 서울 가서 사온 옷감으로 학예회 때 입을 옷을 지어놓았다며 자랑을 하였고 친구들이 돌아간 뒤에는 학교에서 새 책을 받아가라고 했다면서 떼를 썼다. 여름철로 새 책을 받을 시기가 전혀 아니었다. 나는 그 장면이 너무 흥미로웠는데 숨겨둔 글이 또 있다는 할머니 말도 그에 못지않았다. 그런데 할머니의 다음 말은 내 예상을 또 비껴갔다.

"사람이 정직해야 하는데 그러질 못했습니다, 선생님."

순간 나는 아, 하고 신음 소리를 흘렸다. 솔직해야 한다는 것이 자기 사연을 정직하게 털어놓는 것을 의미하는 게 아니라는 것을 어떻게 설명해야 할까. 진실이란 정직을 넘어서는 곳에 있을 때가 얼마나 많은가 말이다.

할머니는 그 원고를 내게 전달하고 싶다고 했다. 헤어져 집으로 오자마자 다시 만나자는 이야긴가 싶었는데 그건 아니었다. 명절도 다가와 서로 바쁘니 우편으로 보내겠다는 거였다. 나는 주소를 불러주고 난 뒤 전화를 끊었다.

4

할머니의 우편물은 명절 연휴가 끝나도록 도착하지 않았다. 그동안 나는 좀 아팠다. 오랫동안 글쓰기를 멈추고 책 읽는 일도 중지하면 제일 먼저 몸에서 반응이 나타났다. 막연히 무겁고 가라앉는 것 같던 기분은 어깨 통증으로 번져나가면서 신체 기능들마저 정지하는 것 같았다. 멍하니 침대에 엎드려 있으면 이런 게 죽음이구나 싶을 때가 있었다. 글쓰기를 시작하는 것만이 다시 사는 길이라는 것을 알고 있었으므로 곽 할머니와의 만남을 소재로 단편거리 하나를 겨우 추슬렀다. 하지만 곧장 책상 앞에 앉기는 힘들었다. 거기까지 가는 나만의 절차가 있었다.

아침 일찍 일어나 머리를 감고 신경을 거슬리게 할 만한 것들을 찾아내 하나하나 정리해 나갔다. 물걸레를 손에 들고 책상 위나 노트북을 샅샅이 닦다가 마침내 집안 전체를 청소하기로 결정했다. 혼자서 감당하기 힘든 일까지 벌이고 해내면서 무아지경에 빠져 열과 성의를 다했다. 쓸고 닦고 씻어내는 자체가 그렇게 행복할 수가 없다. 그쯤에서 나는 쓰는 것보다는 쓸 수 있는 준비를 해 나가는 단계에서 가장 행복해 하던 할아버지를 이해하게 된다. 할아버지가 만든 작은 책을 어루만지면서 내가 힘들게 써 나가는 일이 그저 그 순간의 충족감으로만 남더라도 결코 후회하지 않겠다는 작정이 서면 드디어 노트북 앞으로 다가가는 것이다. 그런데 이번에는 뭔가 미진한 것이 더 남아 있어 선뜻 노트북을 켤 수 없었다. 나는 광화문에서 자주 만나곤 했던 친구에게 전화를 걸었다.

"광화문에 있던 요이지 커피라고 기억나?"

"요이지 커피? 처음 듣는 이름인데."

"이순신 장군 동상 앞에 있던 건데, 기억 안 나?"

"그건 스타벅스잖아. 요이지라니, 도대체 어디서 그런 이름을 들은 거야?"

친구에게 실컷 핀잔을 듣고 전화를 끊었는데 기분이 몹시 언짢았다. 혹시나 해서 '요이지'라는 글자로 인터넷 검색을 해보았으나 '이지 라커' '이지 싸이킹' 같은 엉뚱한 이름이 화면에 잔뜩 나타났다. 그날 밤 꿈에서 나는 요이지 커피숍의 주인이었다. 안온하고 잔잔한 불빛에 감싸인 실내는 빈 의자들로 가득 차 있었다. 평화롭지만 쓸쓸한 풍경 너머 어딘가에서 커피 끓는 소리가 들렸다.

곽 할머니가 다시 전화를 걸어온 것은 내 작업이 두 번째 페이지를 넘어서고 있을 때였다. 그쯤에서는 마음이 얼마간 안정되어 웬만한 일에는 흔들리지 않았다. 곽 할머니는 머지않아 부산으로 내려가게 될 것 같다고 했다.

"무슨 일이 있으신가요?"

"딸 때문에 집에 있기 힘드니까요. 그래도 교회에서 도와줘 갈 만한 곳이 생겼으니 얼마나 다행입니까? 거기서 그저 교회의 잡일을 도우면서 살게 될 것 같습니다."

이럴 때에는 뭐라고 대꾸해야 할지 나로서는 적절한 말이 생각나지 않았다. 천주교에 관해 공연히 이것저것 물어보았다. 한참 후에 곽 할머니는 드디어 원고 이야기를 꺼냈다. 다 읽어봤는지 물었다.

"네, 잘 읽었습니다. 정말 애쓰셨어요."

나는 내용이 모호했던 몇 가지와 앞뒤가 맞지 않았던 것들을 질문했다. 6·25때 인민군들이 좋아 보여 그들이 주최한 집회에 나가곤 해서 호된 꾸지람을 들었다는 대목을 특히 자세히 파고 물었다. 그 때문에 후환이 두려웠던 집안 어른들이 순주를 산속 깊은 곳에다 숨기면서 처녀 시절의 불행이 시작되었던 것이다. 그런데 순주의 회한은 사건 자체에 있지는 않은 것 같았다. 집회에 관해 자세히 서술하지는 않고 얼버무리듯이 대충 언급만 하고 지나가는 것을 보면 알 수 있었다. 대신 산속으로 들어가다가 피붙이처럼 함께 자란 수동이라는 사내종이 순주를 향해 마구 퍼부어대는 장면에서는 이런저런 감정적인 잔해가 파편처럼 묻어나 있었다. 아씨! 우리 같은 무지렁이들도 누구 말이 맞는지 틀리는지 다 안답니다! 머리채만 잡히지 않았지 그보다 더한 모욕을 당한 기분이라고 했다. 천하고 천한 상놈 수동이가 하늘 같은 상전에게 뚜껑을 열었다는 게 황당해서는 아니었다. 순주는 수동이를 종 이상으로, 이 세상에 단 하나뿐인 잘난 남자로 보고 있었다. 정말 대책 없는 상전 아가씨였다.

산속 초막 같은 집에 낯선 할머니와 단둘이 남은 순주는 풀잎을 들여다보며 수동이 말을 떠올린다. 작은 풀잎피리가 조금씩 자라난 것을 보세요, 그러면 재미도 풀처럼 그렇게 커갑니다. 하지만 순주는 들판의 바람이나 풀잎 같은 것에는 도무지 재미가 붙지 않았다.

시간이 흘러 산속에서 놓여나기는 했지만 순주와 수동이는 맺어지지 못했다. 가슴을 때리면서 함께 멀리 도망가 살자고 아무리 애원하고 매달려도 수동이는 듣지 않았다. 도리어 체통을 지키라는 식의 훈계와 꾸지람만 실컷 들었다. 그뿐이 아니었다. 양반집 아씨가 종에게 퇴짜 맞은 사실이 알려지면서 더 큰 고통을 겪었다. 아버지는 수치심을 참지 못해 앓다가 돌아가셨다. 그 후 어떻게 결혼해서 자식을 낳았다는 이야기는 전혀 나오지 않았다.

나는 할머니 원고를 보면서 나름대로의 독법을 개발했다. 짐작하거나 추측하는 것은 가급적이면 삼갔으며 세상과 합을 이루지 못한 태도에 대해 아무런 판단도 내리지 않았다. 어떤 지점에서 상상이 작동되면 재빨리 표현된 사실로 돌아와 냉정을 되찾았다. 다만 앞의 몇 장을 읽은 상태에서 이것이 책이 될 가능성은 거의 없다는 결론을 내리지 않을 수 없었다. 할머니에게 그 사실을 알려야 한다는 것은 적지 않은 스트레스였다. 때문에 미처 도착하지 않은 원고 내용은 궁금하고 말고 할 게 없었다. 하지만 할머니에게 확인시킬 필요는 있을 것 같아 내 편에서 먼저 우편물이 도착하지 않았음을 알렸다. 그런데 할머니의 대답은 아주 엉뚱했다.

"제가 뭘 새로 보낼 거라 했다고요?"

"네, 빠진 원고가 있다고 하셨잖아요?"

"그럴 리가요."

나는 그날 전화로 나누었던 대화 내용을 자세히 상기시키기 위해 애썼다. 솔직함과 정직함이라는 것 때문에 내가 느꼈던 곤혹스러움은 여전히 설명할 길이 없었지만 남아 있던 느낌이 기억을 상기시키는데 길잡이 구실을 했다. 곽 할머니는 끝까지 잡아뗐었다.

"아이고 선생님, 그날도 엉뚱하게 요이지 커피숍을 말씀하시더니 참……."

나는 난데없는 공격을 받고 입을 딱 벌린 채 얼굴을 붉히지 않을 수 없었다. 특히 '요이지 커피숍'이라는 단어가 정확한 발음으로 내게 되돌아오는 순간 목구멍에서 보글보글 거품이 일었다.

부랴부랴 전화를 끊고 났지만 마음은 가라앉지 않았다. 맞수에 버금가는 경쟁자와 심각하게 다투고 난 기분이었다. 명애 언니에게 전화를 건 것은 하릴없이 뻗어나갈 상상력의 무게에 짓눌리는 게 두려워서였다.

"언니가 소개해준 그 할머니 말이야, 좀 이상한 것 같아."

"왜? 책을 내야 한다고 고집이라도 피우시니?"

"아니, 그건 아니고……."

자초지종을 털어놓으려고 했지만 묘하게도 그동안 할머니와 있었던 일이 일목요연하게 정리되지 않았다. 설명하려 들면 들수록 맥락은 묘하게 엉키고 꼬여나갔다. 곽 할머니가 이상한 사람임을 명애 언니에게 납득시킨다는 것은 요이지 커피숍의 존재를 해명하는 일만큼이나 어렵고 불가능해 보였다. 내가 "앞뒤가 안 맞는 말을 하시고." "거짓말을 하는 것 같은가 하면 치매기가 있는 것 같기도 하고." "딸이 기본이 안 되어 있다고 하시는데 외손자들이 명문대학에 들어갔다는 걸 보면 그렇지 않은 것 같기도 하고."라는 식의 모함에 가까운 소리만 늘어놓은 것이야말로 그만큼 내 상태를 반증하는 것이었다. 그런데 명애 언니가 "딸이라고?" 하면서 재빨리 말을 잡아챘다.

"딸하고 마음이 안 맞는 게 할머니 한이잖아."

말끝에 나는 그것도 모르면서 사람을 소개했느냐며 농담을 건넸다. 명애 언니는 목소리를 낮추면서 긴장감을 드러냈다.

"분명히 딸이라고 하시던?"

"응, 왜?"

명애 언니는 한참 말이 없었다. 표정을 볼 수 없으니 뭐라고 단정하기는 어려웠으나 상황의 심각성이 어느 정도 감지되었다. 나는 무슨 일이냐고 연거푸 물었다.

"실은 내가 그 할머니 딸이거든."

명애 언니가 말했다. 나는 픽 웃었다.

"지금 장난쳐?"

"그게 아니라……."

"뭔데?"

"교회에선 내가 그 할머니 딸로 통해. 어쩌다 그렇게 되었어. 수양딸 같은 거 있잖아."

"에이 설마 그런 이야기겠어? 진짜 딸을 가지고 하는 말 같던데?"

"그 할머니는 자식이 없어."

"무슨 소리야?"

"혼자 사는 할머니야. 죽 외톨이로 살아오신 분이야."

이번에는 내가 입을 다물었다. 어떤 감정적인 충격보다는 얼떨떨한 심정이었다. 그렇다면 다섯 살 무렵 담벼락에 숨어 곤경에 처한 어머니를 지켜보았던 그 소녀는 누구란 말인가. 명애 언니 음성이 불안하게 흔들렸다.

"문제는 그게 아니고."

"또 뭐가 있는데?"

"얼마 전에…… 갈 데가 없으니까…… 할머니가 우리 집에서 밥이나 해주고 살면 안 되냐고 물으시더라. 아이들도 돌봐주겠다면서. 하지만 내가 직장에 다니는 것도 아니고, 애들은 다 컸고…… 부담스러워서 한동안 할머니를 피했어. 사실, 좀 그렇잖아."

명애 언니는 풀이 죽은 채 전화를 끊었다. 나는 안 되겠다 싶어 그녀의 집으로 달려갔다.

"그 일이 있고 난 뒤 널 소개했어. 뭘 자꾸 쓰시는 것 같기에 거기라도 낙을 붙이시라고. 내가 할머니한테 해줄 수 있는 게 아무것도 없었거든."

명애 언니는 "널 소개한 게 나라는 걸 할머니는 몰라."라는 말을 덧붙이면서 사진 한 장을 내밀었다. 그녀와 함께 찍은 사진에서 곽 할머니는 가족으로 어우러져 웃고 있었다. 할머니의 어깨를 의젓하게 감싸 안고 있는 것은 명문 대학에 입학한 명애 언니 큰아들이었다.

5

집으로 돌아온 나는 할머니의 글들을 다시 한 번 찬찬히 읽어보았다. 일본을 우리나라로 믿었던 일이라든가 수동이라는 종과의 사건이 여전히 마음을 건드렸다. 어린 순주를 위해 어머니가 굿을 하는 장면을 이번에는 건성으로 읽지 않았다. 나도 모르게 굿을 하는 이유를 상상하다가 부산으로 내려가게 될 것 같다는 할머니 말을 떠올렸다.

다음 날 나는 곽 할머니를 만나기 위해 다시 광화문 가는 버스에 몸을 실었다. 곽 할머니는 스타벅스 꼭대기 층 창가에서 뭔가를 읽고 있다가 나를 발견하고는 예의 그 사람 좋은 미소를 지으면서 몸을 일으켰다. 우리는 반가운 지기처럼 손을 맞잡으며 호들갑을 떨었다. 할머니는 탁자 위에 흐트러져 있는 종이를

간추리면서 자리를 권했다.

"제가 이것 때문에 어젯밤을 꼬박 새웠네요, 선생님."

자세히 확인하지 않아도 각종 광고지 뒷면에 빽빽하게 옮겨 적은 순주의 이야기라는 것을 알 수 있었다. 곽 할머니는 솔직하지 못했던 게 마음에 걸려 원고를 처음부터 다시 쓰는 중이라고 했다. 오늘 기왕 만나기로 했으니 몇 장이라도 원고를 전하고 싶었다는 말을 듣고는 또 다른 부담감이 엄습해 왔다.

"와, 할머니 진짜 대단하시다."

나는 과장되게 너스레를 떨면서 가방을 뒤적거려 할아버지가 만든 책을 꺼냈다. 그걸 보여드리기 위해 할머니를 서둘러 만난 거라는 말은 하지 않았다. 곽 할머니는 할아버지 책을 펴 들자마자 신문을 읽듯이 술술 읽어나갔다. 내가 책을 가져온 의도를 드러내거나 설명할 틈도 없었다. 안경을 쓰지도 않았건만 불편을 느끼지도 않는 것 같았다. 그때 속에다 꽉 눌러 놓았던 질문 하나가 밖으로 튀어나오려고 안간힘을 썼다. 방법이 있으면서…… 모르는 척…… 자신을 왜 이 세상에 맞추지 않으시는 거죠, 도대체 왜…… 그게 꼭 나의 진심인 것은 아니고 보면 부질없고 또 부질없었다. 한 장 두 장 책장을 넘김에 따라 리듬이 붙으면서 흥얼거림은 노래로 변했다. 나로서는 맞는지 틀리는지조차 알 수 없는 내용이었다.

얼마 전 대학 동기 모임에 고전 문학을 전공한 선배가 참석한다는 소식을 듣고 할아버지 시집을 가져가 보여주었다가 나는 충격적인 이야기를 들었다. 책을 훑어본 선배는 필사한 것이네, 하며 신기하다는 듯 만지작거렸다. 내가 그럴 리 없을 거라고 하자 선배는 손으로 짚어가며 찬찬히 설명해 주었다. 이건 도연명의 칠언절구이고 이건 소동파의 시고 하면서. 그러다가 책을 뒤에서부터 넘기더니 "어, 이렇게 보면 습작품이 나오네?" 하기도 했다. 나는 애써 태연한 척하면서 슬그머니 책을 덮었다. 내 산수 공책으로 책을 만들 때였다면 적어도 할아버지의 연세가 쉰은 넘었을 것이다. 그런데 그때까지 필사를 하고 습작을 하셨단 말인가. 모임이 있은 며칠 뒤, 고전 문학을 전공한 다른 선배를 만나 아예 집으로 데리고 갔다. 그러고는 커다란 궤짝을 통째로 꺼내놓고 수선을 피웠다. 결과는 마찬가지였다. 할아버지가 지은 창작시는 공동 시집에 수록된 몇 편이 전부였고 많은 것들이 습작품이거나 남의 작품을 필사한 것들이었다. 그가 돌아가고 난 뒤 팔뚝이 가려워 미친 듯이 긁어댔다. 남들이 돈을 벌어 집을 사고 티브이를 사고 냉장고를 사들이며 환호하던 시절에 혼자 외롭게 씨름하고 궁리하며 오로지 글을 읽고 새기기를 되풀이했던 할아버지. 할아버지가 생각을 가다듬기 위해 눈을 감고 몸을 미세하게 흔들어대며 뭔가를 흥얼거리던 그 모습은 얼마나 장엄하고 아름다웠던가. 그런데 평생에 남긴 것이 고작 아무도 읽지 않는 한시 몇 편이라니. 나는 숨이 막혀 죽을 것 같았다.

"여기는 할아버님께서 직접 지으신 건가 보네요."

곽 할머니가 정색을 하며 책 속의 한 구절을 짚더니 낭독하기 시작했다.

迷洞轉深靑嶂合(그윽한 골짜기 점점 깊어져서 여러 산이 합쳐지고)
英靈陟降暮雲長(영영이 내리시니 저믄 구름 끝이 없네)

곽 할머니 얼굴 위로 갖가지 감정의 편린들이 떠올랐다 사라지기를 반복했다.

"이 저물모(暮)자가 어려워서 오빠들한테 얼마나 핀잔을 들었는지요. 세모(歲暮)라는 글자를 번번이 틀리게 썼더랬습니다. 저희 아버님은 글자 하나하나가 이 세상이고 우주라고 말씀하셨지만 저는 어쩐지 그 글자들이 못마땅했습니다. 그걸로는 말해질 수 없는 생각이 너무 많았습니다. 그렇게 억지로 배웠더랬는데…… 이 글자들이 아직도 기억이 나네요. 저녁에 옹기종기 모여 앉아 군밤을 까먹으면서 천자문을 외우던 일이 어제인 듯 생생히 떠오릅니다, 선생님."

곽 할머니는 이 일을 어쩌면 좋겠냐는 표정이었다. 한 마디만 잘못 건네도 어린아이처럼 울음보를 터트릴 것 같았다. 어찌할 바를 모르기는 나 역시 마찬가지였다.

"그동안 제가 하려던 이야기는 귀신 씨 나락 까먹는 소리라는 걸 알고 있습니다."

곽 할머니는 당신의 글이 적힌 광고지를 주섬주섬 접어 가방에 집어넣었다. 나는 순주의 어린 시절 몇 장면을 떠올리며 괴로워하고 있었다. 내 이야기는 미처 하지 못했지만 더 이상 거기에 연연할 수가 없었다. 다 식은 커피잔을 말없이 입으로 가져갔을 때였다. 곽 할머니가 목소리를 높이며 어딘가를 가리켰다.

"세상에, 저기를 보세요. 요이지라는 책이 나란히 여섯 권이나 꽂혀 있네요." 나는 깜짝 놀라 시선을 그곳으로 돌렸다. 얼기설기한 중간 칸막이 한곳에 양장본으로 만든 커다란 책이 과연 눈에 띄게 세워져 있었다. 제목은 요이지가 아니라 '요재지이'였다. 몇 꼭지에 불과하지만 나 역시 읽어본 적이 있는 책이었다. '요재'는 중국 청나라 때 살았던 포송령이라는 사람의 서재 이름이고 그가 쓴 기이한 이야기가 '요재지이'였다. 그 책의 주인공은 온갖 귀신과 정령들이었다. 나는 일어나 '요재지이' 한 권을 뽑아왔다.

"스타벅스를 요이지 커피숍이라고 한 건 다 이유가 있었네요."

후후. 곽 할머니는 재미있다는 듯 잠깐 웃었다. 나는 동의하지 않았다. '요재지이'를 요이지로 착각했다는 것은 어불성설이었다. 설명하기는 힘들지만 요이지 커피숍은 단순한 연상 작용에 의해 일어난 이미지의 혼동이 아니었다. 그것은 하나의 구체적인 세계였다. 체험한 자만이 갖는 생생한 느낌이 내 몸 곳곳에 분명하게 각인되어 있었다.

어쨌거나 나는 곽 할머니에게 '요재지이' 속표지를 소리 내어 읽어 주었다.

"포송령은 과거를 통해 뜻을 펴려던 꿈이 좌절되면서 젊은 시절부터 '요재지이' 창작에 몰두하였는데……."

곽 할머니는 알 듯 모를 듯한 표정으로 고개를 끄덕였다. 나는 곽 할머니가 자신의 이야기를 '요재지이'에 빗대고 있는지도 모른다고 생각했다. 나 역시 할아버지의 삶을 반추하는 중이었다. 그런데 요재지이의 내용을 알 리 없는 곽 할머니가 자꾸 귀신을 들먹였다.

"참말로 나는 사람이 아니라 귀신이었구만요. 하라는 것은 안 하고 하지 말라는 짓만 골라서 해왔으니까. 저 선생님."

곽 할머니가 청승스럽다 싶은 목소리로 나를 부르는 순간 왠지 가슴이 덜컥 내려앉았다. 나는 겁을 내면서 할머니 눈을 마주 보았다.

"제가 정말 딸하고의 일을 글로 써도 괜찮을까요?"

"그, 그럼요."

나는 반갑기도 하고 안심이 되기도 해서 얼른 맞장구를 쳤다. 소설이라는 게 원래 그런 거라는 말도 빠트리지 않았다. 곽 할머니가 조심스럽게 한 마디를 덧붙였다.

"이번에는 솔직해야 되겠지요?"

순간 명애 언니가 불안해하던 표정이 머리를 스쳐갔으나 걱정할 일은 아니었다. 곽 할머니가 무어라고 쓰든 이야기는 결코 명애 언니를 지나가지 않을 것이다. 할머니 얼굴에 번지고 있는 생기가 그것을 말해 주고 있었다.

여자아이들이 재잘재잘 웃으면서 삼 층으로 올라오는 소리가 들렸다. 제일 먼저 도착한 아이가 실내를 두리번거리면서 창가로 다가왔다.

"와, 여기 아무도 없네. 전망도 좋고 죽인다!"

생기 가득 찬 그 모습을 한참 바라보는 사이 창문을 통해 쏟아져 들어오던 빛이 그늘처럼 먼 곳으로 물러나고 실내는 그지없이 안온하고 평화로워졌다. 남아 있는 빛의 잔영을 떠받치듯 시간은 더디게, 천천히 흘러갔다.

군고구마

1

아내가 비명을 지르며 깨어났다. 스탠드에 불을 밝힌 것은 그녀였다. 넓어서 언제나 안정감을 주던 이마는 땀으로 번들거렸고 커다란 눈은 이 세상에 존재하지 않는 것을 보고 난 사람처럼 불긋하게 젖어 있었다. 그는 아내의 등을 끌어안으면서 자신이 옆에 있다는 사실을 여러 차례 환기시켰다.

"왜 그래? 무슨 일이야?"

두려움을 몰아내기 위한 의도와는 달리 목소리가 빠르고 다급하게 끊어졌다. 아내의 몸을 뒤집어 이마를 쓸어주고 가슴을 토닥여 주었다. 아직은 덜 자란 머리카락 때문에 손안의 느낌이 새삼 허전했지만 이전과는 달리 참을 만했다. 아내는 그의 무릎 위에 널브러진 채 눈을 감고 있었다.

"꿈꿨어?"

아내는 눈을 뜨지 않은 채 고개만 끄덕였고 그는 순간적으로 하품이 나오려는 것을 겨우 눌러 참았다. 무슨 꿈이냐고 묻지 않았다. 그에게 꿈이란 일종의 가위눌림이었다.

생각해 보면 꿈 때문에 잠자리를 뒤숭숭하게 만든 것은 언제나 그였다. 술에 취한 날은 흐느끼면서 무언가를 중얼거리며 소리 지르고, 누군가와 팔을 걷어붙인 채 싸우고, 난데없이 씨름

판 같은 데 끼어들어 나뒹군 사람도 그였다. 하지만 자고 일어나면 아무것도 기억나지 않았다.

주방에서 냉수를 가져와 그녀에게 내밀었다. 아내는 옆으로 누워 앙상한 몸을 구부린 채 고개를 가로저었다. 그녀는 오들오들 떨었다. 순간 아내가 임신했다는 사실에 생각이 미친 그는 침대 모서리에 걸터앉아 그녀의 배를 조심스럽게 문질러주었다. 그러다가 이불을 덮어주며 그녀 옆에 누웠다. 팔을 내밀자 아내가 거기에 머리를 기대며 안겨왔다.

아내가 꿈 이야기를 일방적으로 들려준 것은 그때였다.

여자인지 남자인지 분명하지 않은 사람이 그녀를 침상 위에 강제로 눕혀 놓은 뒤 뱃속에다 검은 돌을 집어넣고 바늘로 꿰매 버렸다는 것이었다. 그 충격보다는 통증에 놀라 잠에서 깨어났다는 게 그녀의 설명이었다.

그는 벌떡 상체를 일으켜 앉았다. 뱃속 아이 생각에 불안감과 불쾌감으로 화가 끓어올랐다. 그 정황이 갖는 상징성을 생각하면 화가 폭발할 지경이었다. 얼마나 간절하게 소망하고 얼마나 공들여 잉태한 아이란 말인가. 조용하고 안정감 넘치는 태교가 이후 아이의 성품에 미치는 영향이 어떻다느니 떠들어대는 마당에 그런 끔찍한 꿈을 꾸다니.

못마땅해도 아내를 달래는 것 외에는 다른 도리가 없었다. 내일 아침이 되면 꿈은 기억에서 허망하게 사라져 아무것도 생각나지 않을 터였다. 거기에 붙들려 마음 상하고 싶지 않았다. 그는 아내를 끌어안고 다시 잠을 청했다.

2

다음 날 아침 식탁에 마주 앉은 아내는 두 눈이 퀭하니 들어가 있었다. 피부는 들떠 있고 숟가락을 쥔 오른손은 헛손질을 반복했다. 허구한 날 밥상머리에서 유기농 타령에다 채식과 자연식을 해야 할 필요를 잔소리처럼 늘어놓았으나 그날은 일체 그런 말이 없었다. 밥도 평소에는 잡곡을 대여섯 가지 이상 섞어 소화조차 불편하게 하더니 보리쌀을 달랑 한 줌 집어넣은 정도였다. 잠에서 깨어난 이후 영 잠들지 못했다고 한다. 밥이 떠지지 않는 숟가락을 자꾸만 입으로 가져가는 게 애처로워 몇 마디 아는 척이라도 해 줘야 하는 건 아닌가 싶었지만 인내심을 발휘해 묻지 않았다. 아내가 기다렸다는 듯 숟가락을 놓고 울먹이기라도 한다면 참아내기 힘들 것 같았다. 태아에게도 좋을 리 없었다.

그렇다고 아무것도 하지 않은 채 임산부 아내에게 밥만 얻어

먹고 출근한다는 것은 남편 된 도리가 아니었다. 아내는 간혹 혈흔이 비치는 등, 상태가 양호한 편이 아니었다. 그는 시간이 넉넉하지 않았으나 아내가 숟가락을 놓을 때까지 기다려 설거지를 하고 식전에 어질러놓은 신문을 정리하여 한쪽으로 가지런히 치워 놓았다. 침대 위를 손보고 어질러진 옷가지도 옷걸이에 걸어두거나 세탁기에 집어넣었다. 아내는 소파에 비스듬히 드러누워 멍한 눈으로 텔레비전을 들여다보고 있었다.

그날은 공교롭게도 하루 종일 그녀에게 신경 쓸 겨를이 없었다. 병원 내 노조의 움직임이 심상치 않았다. 파업이 시작될 조짐이 구체화되고 있었다.

한 달 전부터 몇몇 간호보조원들이 중심이 되어 청소하는 아줌마들, 식당에서 일하는 아줌마들을 끌어모은다는 보고가 기획실로 속속 들어왔다. 심지어 보일러실에서 이불과 옷을 세탁하고 개는 사람까지 동조하고 있다는 이야기도 들렸다. 그들은 자신을 정식 직원으로 채용하지 않는다면 더 이상 근무하지 않겠다는 태세였다. 사직은 각오하고 있다 했다.

비정규 노동자 문제가 어제오늘의 일은 아니었다. 더하고 덜하다는 차이뿐 어느 병원이나 그런 문제를 치통처럼 앓고 있었다.

몇 년 전과는 달리 병원도 부도나는 세상이 되었다. 경쟁사

회의 피눈물 나는 이치를 병원이라고 해서 피해낼 리 만무했다. 비정규 직원을 채용하는 일은 누가 뭐래도 불가피했다. 그들을 모두 정식 직원으로 돌린다면 병원 운영에 먹구름이 끼는 것은 불을 보듯 자명한 일이었다. 그는 일이 적당히 마무리되어 넘어가기를 바랐다.

그런데 애초의 예상과는 달리 사태가 점점 심각해졌다. 병원을 인수한 이후 내내 침묵을 지키며 경영에 협력하던 노조가 비정규 직원들 일에 앞장서기 시작한 것만 해도 기가 막힐 일인데 병원 비리가 어떻고 하는 이야기까지 흘러나오는 데는 까무러칠 노릇이었다. 다른 말은 다 참아낼 수 있지만 비리라는 말은 견디기 힘들었다. 그것은 그가 들어서는 안 되는 말이었다. 그런 말이나 듣자고 병원 인수에 동참하고 지역 운동도 포기한 채 궂은일에 앞장서고 있는 것은 아니었다. 아무리 친구라지만 이 사장을 대하는 것도 민망한 일이었다. 그는 자존심이 상할 대로 상해 버렸다. 그러다가 마침내 일주일이라는 파업 시한이 정해진 것이었다.

한 달 넘게 병원의 과도기적인 특성을 알아듣도록 설명했던 노력이 물거품 되려는 중이었다. 그는 노조에 심한 배반감을 느끼던 터였으므로 하루 종일 문제 해결에 도움이 될 만한 사람들을 찾아다니면서 때로는 화를 내고 때로는 설득에 설득을 거듭

했다.

정오가 지났을 무렵 아내로부터 문자 메시지 하나를 받았지만 읽는 둥 마는 둥 지나쳤다. 집으로 전화할 틈이 없기도 했지만 언뜻 보아도 간단히 해결될 문제는 아니었다. 문자는 그녀 뱃속의 우리 아이가 검은 돌을 베고 누워 있는 것 같다는 어이없는 내용이었다. 그는 누가 엿보기라도 할까봐 얼굴을 붉히며 얼른 휴대폰을 주머니에 넣었다.

그 와중에서도 상황은 긴급하게 돌아갔다. 그는 노조원들과의 면담을 계속 이어갔다. 삼 년 전 망해가던 병원의 무망한 앞날이 얼마나 절망적이었는지를 기억하지 못하는 그 사람들이 진정으로 야속했다. 이제 겨우 빚더미에서 벗어나 흑자 운영을 바라볼 만한 시점에서 파업을 운운하는 것은 누가 뭐래도 자기 얼굴에 침 뱉기였다. 병원은 경영을 책임지고 있는 소수의 사람들 것이 아니었다. 하루 빨리 병원이 자리를 잡아야 그들의 미래도 있을 터이다. 그것을 생각지 않는 이들이 철부지로 보였다. 대책 없는 개인주의자다. 그는 토론하고 논쟁을 벌였다. 그러느라 점심 먹을 틈도 없이 하루해가 다 지나갔다.

저녁에 파김치가 되어 집으로 돌아와 벨을 눌렀으나 아내가 문을 열어주지 않았다. 늦은 시간인데다 외출한다는 연락도 없었던 참이라 의아하기도 하고 섭섭하기도 했지만 할 수 없는 일이었다. 그는 하릴없이 문을 따고 집 안으로 들어갔다. 거실에 불을 켰더니 탁자 위에 놓인 위스키병이 대번에 시야를 가로막았다. 가슴이 철렁 내려앉았다. 아내는 보이지 않았다. 냉장고와 식탁 위를 살펴봐도 어디를 다녀오겠다는 식의 메모지는 눈에 띄지 않았다. 휴대폰은 꺼져 있는지 연결이 되지 않았다.

옷을 벗어 장롱에다 넣고 소파에 기대앉아 있는데 슬며시 화가 끓어오르기 시작했다. 물론 술을 많이 마신 것 같지는 않았다. 남아 있는 양으로 보아 한 잔 이상을 마시지는 않은 것 같았다. 어쩌면 오래전에 했던 것처럼 술을 입에다 넣고 혓바닥만 적신 다음 뱉어내는 기상천외한 방법을 썼는지도 모른다. 그러다가 그만 한 모금쯤 목구멍 너머로 삼키게 되었는지도. 가슴이 너무 답답해 소화도 시킬 겸 한 잔 마시게 되었을 수도 있다. 뱃속의 아이도 엄마의 힘겨움을 너그러이 이해해 줄 거라는 독백과 함께. 하지만 비록 한 모금에 불과할지라도 임산부가 웬 술이란 말인가. 그것도 제 입으로 다시는 마시지 않겠다고 맹세까지 하지 않았던가. 남편이 귀가할 시간이 지났는데도 연락조차 하지 않고 있다는 사실보다 그것이 더 화가 났다. 명백한 직무유기에다 약속 위반이었다.

그러다가 혹여 무슨 일이라도 생긴 것은 아닐까, 하는데 생각이 미쳤다. 그녀는 임신 사 개월인 데다 초산이었고 무엇보다 나이가 많았다. 무슨 일이 일어날 개연성은 충분했다. 참을 수 없는 분노는 이제 조바심으로 바뀌었다. 아내가 어두운 길에 쓰러져 배를 끌며 도움을 청하고 몸을 뒤틀면서 고통스러워하는 장면이 현실인 듯 눈앞에 생생히 펼쳐졌다. 그는 공연히 휴대폰 메시지를 뒤지고 부재중 통화도 검색했다. 아기가 검은 돌을 베고 누웠다는 내용은 아무리 생각해봐도 불쾌했다. 혹시나 싶어 목욕탕과 다용도실 같은 데를 뒤지면서 아내의 이름을 다급하게 불러 보았지만 대답은 없었다.

그때 불현듯 어떤 생각이 번개처럼 뒷머리를 치고 지나갔다. 유쾌하지 않은 상상이었고 있어서는 안 될 일이지만 반드시 그럴 것만 같다는 터무니없는 확신으로 곧장 작은방으로 달려갔다. 붙박이장이 한 뼘가량 열려 있었다. 문을 열고 안을 들여다보다가 멈칫 놀라며 뒤로 물러났다.

맙소사.

허탈감으로 양어깨의 힘이 스르르 빠져나갔다. 그는 모욕당한 소년처럼 발을 동동 굴렀다. 놀랍게도 아내가 거기 있었다. 사람 키에도 못 미치는 좁은 붙박이장 안에다 커다란 방석을 의자처럼 만들어 놓고 고양이처럼 몸을 웅그린 채 잠들어 있었다. 실내화를 이용해 문틈을 조금 벌려놓은 것을 확인했을 때에는 거창한 주제를 담은 행위예술이라도 보는 것 같은 착각이 들었다. 쌕쌕거리는 숨소리가 천연덕스럽기 이를 데 없었다. 그는 순간적으로 실내화를 밀어내고 붙박이장 문을 닫아버렸다.

넓고 넓은 이 집은 아내를 위해 장만한 것이었다. 하루 종일 소리 지르고 노래 불러도 뭐랄 사람이 없었다. 요가를 하든지 에어로빅 댄서를 하든지 순전히 그녀의 마음이었다.

조용히 잠잘 곳도 얼마든지 많았다. 푹신한 침대와 안락한 소파가 있었다. 그런데도 외톨이 들쥐처럼 구석진 방 구석진 곳으로 숨어드는 이유는 무엇일까. 그곳에 딴살림이라도 차릴 요량인가. 생각 같아서는 붙박이장에다 각목을 댄 뒤 못이라도 치고 싶었다. 그곳을 이 집안에서는 존재하지 않는 구역으로 만들어 버리고 싶었다.

3

아내는 술을 좋아했다. 그녀 말로는 고등학교 3학년 때부터 위스키를 홀짝이기 시작했다고 한다. 다행히 많이 마시거나 취하는 것을 목표로 삼지는 않았다. 적당히 취기가 오르면 말이 많아질 뿐 어느 선에서 스스로를 절제할 줄 알았다. 예쁘고 귀여운 모습이었다.

술이 오르면 그녀는 전혀 다른 사람으로 돌변했다. 평소에는 의기소침해 있거나 지나치게 진지하여 부담을 주다가도 술만 들어갔다 하면 헤실헤실 웃으면서 밉지 않은 시비를 걸거나 아무 데서나 노래를 부르고 춤을 추었다. 혹여 노래방이라도 들어가면 작은 몸을 껑충거리며 탁자 위로 뛰어 올라가 단순하지만 매력적인 춤동작을 반복했다.

아내는 그가 인천의 지역 운동 단체에서 일하고 있을 때 우연히 마련된 술자리에 끼어 있었다. 처음에는 음침한 여자가 구석진 자리에 앉아 삼겹살에는 관심이 없고 깡소주만 마셔대는구나 싶었다. 매력 없고 빈틈도 없이 목소리만 무지막지하게 큰 여자라고 생각해 쳐다보지도 않았다. 그런 여자를 꿈에서 본다면 틀림없이 악몽이다.

그런 그를 잡아끈 것은 그녀가 부른 노래였다. 2차로 간 곳에서 다수의 열렬한 박수를 받으며 일어나 한영애의 '누구 없소'를 쑥스러워하는 기색 없이 불렀다.

나와 같이 누구 아침을 볼 사람 거기 없소?

노래에 심취한 나머지 눈을 감은 채 몸을 좌우로 흔들어대다가 바닥에 고꾸라질 듯 주저앉는가 하면 어느 순간 물고기처럼 솟구쳐 올라 손가락으로 천정을 찔러댔다. 듣는 이로 하여금 어깨춤이 절로 나게 했다. 턱없이 열광하게 만들었다.

솔직히 그는 여럿 모인 자리에서 설치는 여자를 좋아하지 않았다. 그런 여자들은 자의식이 너무 강하거나 앞뒤 없이 푼수를 떨어 분위기를 야릇하게 흐려놓기 일쑤였다. 하지만 이상하게도 그녀는 달라 보였다. 누구 없냐며 목마르게 소리치는 여자에게서 그는 눈을 뗄 수 없었다. 마르고 왜소한 몸피와는 달리 강한 에너지를 지닌 여자였다. 점점 목이 말라오는 것은 그였다. 그렇다고 박수를 보내거나 환호하고 싶지는 않았다. 그녀가 그 앞에서 그렇게 노래하는 것은 괜찮지만 다수 앞에서라면 말리고 싶었다. 술자리를 아무리 둘러봐도 그 이외에는 온통 잡놈들뿐이었다.

그 후 이 년간 인사불성으로 쫓아다닌 끝에 마침내 그녀와 결혼에 이를 수 있었다.

물론 어려움은 있었다. 무엇보다 그가 미래가 불투명한 남자라는 것을 그녀의 집에서는 커다란 장애로 여겼다.

그는 급여가 거의 없는 지역 운동 단체에서 간사 일을 보고 있었다. 결혼을 하면 생활비가 만만치 않게 필요하고 머지않아 아이도 생길 텐데 그에 관한 대책이 전혀 없었다. 이 나라에서 최고로 치는 대학의 경영학과를 졸업했다는 것도 큰 도움이 되지 못했다. 세상은 달라져야 한다는 굳센 신념만이 그가 가진 전부였다. 개발을 위한 속도는 늦추고 이윤은 균등하게 분배되어야 한다. 그렇다고 여자를 얻기 위해 취직을 할 수는 없었다. 취직을 하는 척 속임수를 쓰고 싶지도 않았다.

다행히 그녀의 마음은 믿을 만했다. 자신의 선택에 대한 의지를 보여주기 위해 식구들과의 불편한 관계도 마다하지 않았다. 그녀가 연일 폭음을 하고 집에 들어가 어머니를 괴롭히는 게 어쩐지 께름칙하기는 했지만 모르는 척 잠자코 있었다. 그것은 싸움이었다. 술은 그녀가 원하는 것을 이루기 위한 수단이었다. 그녀의 신성한 싸움을 방관할 수밖에 없는 못난 남자라는 자괴감에 한때 회의가 들기도 했지만 위기는 그럭저럭 넘어갔다. 그의 집에서 아내에게 자그마한 가게를 내주겠다고 나선 것이었다. 그렇게 해서 그는 그녀와 살 수 있었다.

아내는 유아복 전문점을 열었다. 백일 된 아이, 돌 지난 아이들의 옷이 철철이 바뀌는 것을 보면서 그들에게도 하루 속히 아이가 생기기를 소망했지만 어찌된 일인지 종무소식이었다. 결국 삼 년쯤 지나서부터 난임 센터를 다니기 시작했다.

배란일 체크, 호르몬제 복용, 반복된 주사, 그리고 연이은 좌절.

아내가 점점 달라진 모습을 보이기 시작한 것은 그때부터였다. 가게 진열대는 먼지가 쌓이기 시작했다. 여자아이 옷과 남자아이 옷이 뒤섞이고 중고품처럼 변색된 유모차와 목욕통이

가게 한쪽 구석에 쌓여갔다.

한번은 헝클린 듯 불룩한 옷 더미에 손을 집어넣었더니 술병이 나왔다. 그는 너무나 놀란 나머지 이물스러운 술병을 바닥에다 떨어뜨릴 뻔했다. 배신감에 치가 떨렸다. 팔다리에서 핏줄 터지는 소리가 들리는 것 같았다.

임신에 방해될까 두려워 그는 술도 덜 마시고 담배도 끊었다. 아내가 아침마다 권하는 역겨운 녹즙도 묵묵히 마시고 유기농 채소와 잡곡밥을 마다하지 않았다. 아내가 회원으로 있는 '숲을 사랑하는 사람들의 모임'에 두어 번 따라나선 것은 순전히 그녀의 마음을 안정시키겠다는 의도였다. 임신이야말로 남녀의 몸과 마음이 최상의 상태라야만 가능하다질 않던가. 맨발로 깊은 숲 속을 배회하면서 그 역시 진심으로 마음이 편안했다. 그런 기회가 주어진 게 고마웠고 그의 마음에다 자연을 키우고 아로새기려는 아내가 자랑스러웠다. 그런데 정작 자신은 독한 술을 숨겨 놓고 혼자서 홀짝이고 있었다니.

그가 술 마시는 습관에 대해 다그치자 아내가 오랫동안 잊고 지냈던 이야기를 꺼냈다.

"언제는 술 마신 내가 예쁘다며? 이제 나는 더 이상 예쁘지 않아도 된다는 뜻이야?"

아내의 눈에서 전에는 보지 못했던 불통한 기운이 뿜어져 나왔다. 그는 잠시 할 말을 잊고 그녀를 멍하니 바라보았다. 임신에 술이 어떤 부작용을 미치는지 구구절절 설명할 필요는 없었다. 그것을 날마다 그에게 주입시킨 이는 아내였다.

그들 부부에게 필요한 것은 아이였다. 그는 하나 마나 한 그 사실을 다시 확인시키면서 술로 생긴 소란을 매듭지으려 했다. 그런데 아내는 그 사실을 의심하는 것 같았다.

"정말 우리에게 필요한 게 아이일까? 아이만 생기면 우리 앞에 놓인 생의 불합리함, 권태, 전도된 가치, 이런 것들이 바로잡아지는 걸까?"

그는 깜짝 놀랐다. 아내가 그와 같은 고민에 빠져 있을 줄은 꿈에도 생각지 못했다. 그런 거시적인 상상력은 남자들 것이라고 믿어 왔다. 장모님도 그녀를 앉혀 놓고 늘 말씀하시지 않았던가. 여자의 삶이란 남편과 아이를 통해 높아지는 거라고.

하지만 한 발만 물러나 따져보면 역시 어이가 없었다. 생이 불합리하다는 사실을 새삼 견디기 힘들어 술병의 뚜껑을 열었단 말인가. 전도된 가치에 염증이 나서 혼자 몰래 들이키며 울먹였다는 건가. 핑계 치고는 지나친 과장이었다. 용의주도하지 않은 그 점이 아내의 약점으로 다가올 때가 종종 있었다. 마음 같아서는 모순된 그것을 낱낱이 밝혀내고 싶지만 아내가 뒤로 넘어가는 꼴은 보고 싶지 않았다. 그는 조금 엄숙한 기분이 되어 헛기침을 두어 번 하면서 물었다.

"그럼, 당신은 아이를 원하지 않는다는 뜻이야?"

그녀의 치기 어린 갈등을 단순화시키는 것으로 그보다 나은 질문은 없었다. 그녀는 가끔 자신이 무슨 생각을 하는지 모르는 철부지 같았다. 이제는 생각과 행동이 어른스러워질 필요가 있었다. 문제의 핵심이 무엇인지 깨달아야 한다.

"이젠 모르겠어. 아이가 있으면 좋겠지. 병원에 다니는 것도 지겹고 힘드니까. 난자 하나를 키우기 위해 약 먹고 주사 맞는 것도 정말 신물 나. 어떤 날은 앰플 세 개짜리 주사를 맞고 병원 문을 나서면 하늘이 노랗게 흔들려. 꼭 실험용 쥐가 된 느낌이야. 난임 치료 몇 년 만에 진이 다 빠져버렸어. 이건 내가 꿈꾸던 삶이 아니야. 더 이상 이렇게는 못 살겠어."

아내의 눈에서 어떤 달갑지 않은 기운이 눈물로 뒤바뀌어 흘러내렸다. 그는 아내를 와락 끌어안았다. 그동안 이 여자가 그렇게 고통스러워했구나. 그런데 꿈이라고? 오랜만에 들어보는 이야기였다. 그 역시 이전에는 그것을 자주 언급하며 살았다. 그는 왜 여태 힘들다는 말을 하지 않았느냐고, 아내를 호통치는 것 외에는 달리 해줄 말이 없었다. 삶은 넝쿨처럼 뒤엉켜 복잡해 보이지만 조금만 깊이 파고들면 머릿속 생각보다 훨씬 단순하다는 것을 알 수 있다. 우리는 삶에서 명쾌한 무엇인가를 배워야만 한다. 병원에 다니는 것도 가게를 꾸려나가는 것도 쉬운 일은 아니었을 것이다. 그 역시 달에 한 번씩 난임 센터에 나가는 일이 끔찍하지 않았던가. 배란일을 의식하고 특별히 절제해야 할 규칙을 고르는 것이 생의 중요한 습관처럼 굳어가고 있다는 사실에 몸서리치지 않았던가 말이다. 아이 없는 서러움을 안고 유아복 파는 것도 못할 노릇이고 이미 학부모가 된 동창들 사이에서 느끼는 소외감도 견디기 힘들었을 것이다. 그는 알 것 같았다.

"걱정하지 마. 난 당신만 있으면 돼."

그는 진심으로 그렇게 말했다.

그즈음 그에게는 한 가지 은밀한 제안이 있었다. 지역 운동 단체에서마저 눈독을 들일 정도로 탄탄한 조직력을 자랑하는 노조가 있었다. 병원 노조였다. 그런데 아이러니컬하게도 그 병원은 망해가는 중이었다. 어떤 사람들은 노조가 너무 기승을 부려 병원이 망할 수밖에 없다며 터무니없이 모함하였지만 천부당만부당한 이야기였다.

그가 볼 때는 사용주 측의 고루하고 시대착오적인 경영 태도가 문제였다. 노후한 시설과 구태의연한 경영 방침으로는 살아남기 힘든 구조였다.

그때 돈 많은 친구 중 한 명이 그 병원을 인수하려는데 경영을 맡아서 도와줄 수 있느냐고 물어왔다. 지역 운동을 포기해야 할 것 같아 엄두가 나지 않았지만 그 병원에 대한 애착은 남달랐다. 오 년 넘게 관여해 온 노하우 탓에 그 제의를 받는 순간 향후 십 년간의 계획이 시나리오처럼 머릿속으로 장중하게 펼쳐졌다. 그는 자신이 있었다. 무엇보다 노사가 화합하여 일구어 낸 사업체가 얼마나 성공적으로 운영될 수 있는지의 전형을 보여주겠다고 생각하니 그 일이 특별한 의미의 새로운 운동인 것만 같았다. 그는 친구에게 해보겠다고 말했다.

병원 인수 작업은 무리 없이 진행되었고 그는 기획실장으로 전체 살림을 총괄해 나갔다. 우선은 과감하게 21세기형 병원이라는 타이틀을 박았다. 지역 노동자의 사랑을 받는, 노동자를 위한 병원이라는 기치를 전면에 내세운 뒤 대학 동창을 동원해 매스컴을 공략한 게 주효하게 먹혔다. 중앙 방송마저 앞다투어 그의 병원을 홍보해 주었다.

그가 높은 급여를 받는 덕택에 아내는 가게를 정리하고 쉬도록 했다.

노조 문제로 말썽이 생기고는 있지만 그는 여전히 의욕적이었다. 병원은 재정적으로 정상 궤도에 올라서는 중이어서 아내와 가족들에게도 면목이 섰다. 난생처음 사람 노릇을 한 것 같은 기분에 으쓱해지기도 했다. 그는 일에 관한 한 더 바랄 것이 없었다.

아내도 술을 끊는 성의를 보여 주었다. 처음에는 유혹을 견디지 못해 술을 입안에 넣고 양치질을 하듯 우르르 헹궈낸 다음 세면대에 뱉어내곤 했다. 그렇게 하면 욕망을 이겨낼 수 있다고 했다. 그런 아내에게 술을 필요로 하는 게 뇌가 아니라 겨우 혓바닥이냐고 놀려대는 재미도 나쁘지 않았다. 소주를 사서 '딱 한 모금'만 마신 뒤 나머지를 싱크대에 쏟아버리는 것은 숱하게 보았다. 하지만 차츰 그마저도 뜸해졌다. 그는 아내가 술을 끊은 줄 알았다.

4

어느 날 친구들과의 모임이 있다며 외출한 아내는 술에 잔뜩 취해 인사불성인 상태로 귀가했다. 새벽이 가까운 시각이었다. 얼마나 많이 마셨는지 그를 알아보지도 못했다. 몇 시간 뒤 따져보니 친구들과 헤어진 이후의 행적이 묘연했다. 아내는 두어 시간 어디서 뭘 했는지 설명하지 못했다. 하릴없이 길에 고꾸라져 있었거나 모범택시를 타고 서울 시내를 한 바퀴 돌았을지도 모른다. 상상만으로도 치가 떨렸다.

그는 화를 내기보다는 입을 닫았다. 집에 있는 시간을 최대한 줄이고 현관문은 직접 열고 드나들었다. 식사는 배고플 때마다 병원 근처에서 사 먹거나 삼각 김밥으로 때웠다. 거실에서 그녀와 마주쳐도 쳐다보지 않았다. 가까이 있다는 자체만으로 싫증이 났다.

아이 없는 부부가 한집에 살면서 말을 하지 않는다는 것은 기묘한 체험이었다. 순간순간의 외면이 상대방을 괴롭히는 비수로 작용했다. 완충 지대는 존재하지 않았다. 그런 상황을 답답해하고 아내의 뒷모습을 몰래 훔쳐본다면 그것은 싸움이 아니었다. 결말이 뻔한 투정이고 생떼거리였다.

그가 아내와의 긴장감이 갖는 정체를 제대로 깨닫게 된 것은 아내의 스트레스가 극에 달해 있을 때였다.

아내는 대답 없는 질문을 몇 번이나 반복하고 다시는 술을 마시지 않겠다는 각서를 써서 그의 책상 위에 올려놓았다. 밤에 그의 옆으로 다가와 몸을 더듬었으나 야멸스럽게 거절했다. 그래도 포기하거나 울음을 터트리지 않고 다음 날 아침에는 깨끗이 닦은 구두를 신기 좋도록 놓아두었다. 그렇게 해서라도 자신이 남편에게 이미 길들여진 존재라는 걸 입증하려는 노력은 눈물겨웠다. 그렇지만 그의 마음은 풀리지 않았다. 자신도 의아할 지경이었다.

하루는 그가 외면할 게 뻔한 아침상을 차리고 나더니 화장실로 들어가 부랴부랴 머리를 감고 세수를 하는 것이었다. 그가 막 출근하기 위해 현관을 나설 때에는 열쇠꾸러미를 들고 뒤따라 나왔다. 그러면서 다급하게 말했다.

"내가 태워다 줄게."

그는 오랜만에 아내를 멀뚱히 쳐다보았다. 간밤에 반주를 서너 잔 마신 그는 차를 병원에 두고 귀가했고 아내는 그 기회를 이용하려는 것이었다. 생각해 볼 필요도 없었다.

"됐어, 필요 없어."

그는 싸늘하게 내뱉고는 보기도 싫다는 듯 문을 닫고 나갔다. 그때 아내의 얼굴을 힐끔 쳐다보았더니 팥죽 귀신의 그것처럼 붉으락푸르락 난리였다. 눈두덩과 볼이 바람 마신 개구리의 옆구리처럼 부풀어 올라 있었다. 그는 밖으로 나가 고소를 물면서 택시를 불렀다.

그때 그를 지배하던 감정은 무엇이었을까. 오래전부터 고여 있던, 구멍 난 빈 독과도 같은 욕망은 질기고도 단단했다. 아내가 그에게 고통과 불편함을 주었으니 그도 그렇게 하겠다는 고집은 배짱이 아니었다. 그녀에게 고통을 주고 마음을 불안하게 만드는 게 그가 그녀에게 주는, 당한 만큼의 대가였다. 그저 그가 그녀에게 준 것이 그녀가 그에게 준 것보다 얼마나 대단한 힘을 지녔는지 그것만을 측정했다. 그가 준 고통이 받은 것과 크기가 비슷하다고 느낄 때 그는 비로소 마음을 풀고 입을 열 것이다. 그에게 사랑은 그런 것이었다.

그가 야비하게 밀어낸 만큼 아내도 어떤 식으로든 반응을 보이리라는 것은 이미 짐작하고 있었다. 아니, 예의 주시하고 있었다. 그녀가 어떻게 나오느냐에 따라 그가 입을 열 수도 있고 그렇지 않을 수도 있었다.

막다른 길에서 그녀가 선택한 방법은 정말 놀라운 것이었다.

그날 저녁 퇴근하여 현관으로 들어서던 그는 집을 잘못 찾은 줄 알고 되돌아나가려고 했다. 머리를 짧게 깎은, 남자인지 여자인지도 모호한 사람이 그의 등장은 아랑곳 않은 채 부엌에서 거실을 가로질러 베란다로 나가고 있었다. 그의 모습은 곧 시야에서 사라졌지만 완매한 이미지는 가슴속에 싸한 구멍을 뚫어 놓았다. 아무래도 아내 같았다. 그가 좋아했던 아내의 윤기 나는 긴 머리카락은 선머슴의 그것처럼 짧게 잘려져 있었다. 그는 구두를 아무렇게나 벗어던지며 베란다로 나가 아내의 이름을 불러댔다.

아내의 쇼트커트는 절묘한 구석이 없지 않았다. 그것은 자학임과 동시에 가학이었다. 그녀의 긴 머리카락을 보물처럼 아끼는 것은 그녀가 아니라 그였다. 그는 아내의 짧은 머리를 상상하는 것만으로 울기를 느끼는 사람이었다. 무엇보다 여자로 보이지 않을 것 같았다. 여태까지 머리 짧은 여자와는 잠자리를 같이 한 적이 한 번도 없었다. 접대를 하거나 받는 자리일수록 여자의 머리 스타일이 마음에 들지 않으면 2차를 가지 않았다. 거절하기가 어려워 어쩔 수 없이 가게 되더라도 다른 여자와 바꾸고 나서야 관계를 가졌다. 아내라고 해서 예외로 두고 싶은 생각은 전혀 없었다.

숲 모임에 나가 환경에 관심을 갖기 시작하면서 그녀는 자신의 긴 머리카락을 부담스러워하는 눈치였다. 수질 오염을 우려하여 한동안 밀가루로 머리를 감고 녹두 가루를 구해다가 세수를 하는 등, 요란을 떨었으니 당연한 일이었다. 여자들의 기다란 머리카락을 환경 파괴의 주범쯤으로 여기는 데에는 조금 어이가 없었다. 그때마다 그는 숲과 자연적인 것에 대한 아내의 유난스러운 몰두를 비난하거나 다독이며 긴 머리카락을 끝까지 사수했다. 거추장스럽더라도 남편의 유일한 즐거움 하나만은 남겨 놓아 달라며 애원하고 매달렸다.

그녀의 긴 머리카락은 두 사람의 결속과 사랑의 상징이었다. 어쩌면 아이와도 같은 존재라고 말할 수 있을는지 모른다. 그런데 그 머리카락은 반 토막이 난 것도 아니고 9할 이상이 잘려 나간 상태였다. 그는 모욕과 배반감을 이기지 못해 눈을 질끈 감았고 이혼이라도 불사하고 싶은 마음이 끓어올랐다.

하지만 살다 보면 이미 포기했던 일들이 용케 되살아나 에너지를 빵빵하게 채운 뒤 일상 한복판을 향해 돌진해 올 때가 있다. 때로는 그것이 큰 흐름을 좌우하고 눈앞의 것들을 전혀 다른 방향으로 이끌어나간다. 그로 인해 이전에 했던 작은 선택은 스스로 추진력을 잃고 다른 궤도로의 진입이 불가피해지는 것이다. 어쩌면 오늘날까지 운명론이 사라지지 않고 활개를 치는 이유도 그 때문이 아닐까.

공교롭게도 아내가 임신 사실을 알게 된 것은 그즈음이었다. 결혼한 지 십 년만의 경사였다. 시퍼런 복수심, 필살기의 부부싸움은 창을 넘어 달아나 버렸다. 아내의 짧은 머리카락도 심각하게 문제되지 않았다. 편집한 사랑과 자기중심적인 성향으로 심드렁하게 가라앉아 있던 집안 분위기는 아이라는 복덩어리 앞에서 환골탈태의 모습으로 거듭났다. 거실에는 늘 불이 켜져 있었고 웃음소리가 심심치 않게 울려 퍼졌다.

숲에 대한 그녀의 강박 관념도 차츰 느슨해졌다. 린스는 여전히 사용하지 않았지만 급할 때면 밀가루 대신 샴푸로 머리를 감았다. 퇴근하고 나면 『시베리아 늑대의 사계』나 『숲의 지킴이』 같은 책 대신 『태교의 길잡이』나 임신에 관련된 책이 식탁 위에 놓여 있었다. 아내는 모자를 쓰고 그가 근무하던 병원의 산부인과를 다녀야 했으나 부끄러워하기는커녕 어색해하지도 않았다. 그는 당당한 모습의 그녀가 진심으로 고맙고 눈물겨웠다. 그것으로 그의 삶은 완전히 정상궤도로 진입했고 더 이상 아무런 문제도 없을 줄 알았다. 아내가 자다가 비명을 지르면서 깨어나 뱃속에 검은 돌이 들었다며 소란을 피우고, 가끔 붙박이장 같은 곳으로 숨어들어 남편이고 뭐고 깡그리 잊어버리기 전까지는.

5

어둠 속에서 썰렁한 기운을 느끼고 깨어나 옆을 더듬었더니 아내가 없었다. 가만히 집안의 기척을 살폈으나 별다른 기미는 느껴지지 않았다. 사방에는 밤이 가득 차 있었고 안방에 붙어 있는 화장실에도 불이 켜져 있지 않았다. 그냥 모르는 척 잠들 수도 있었지만 불안하기도 하고 궁금하기도 해서 거실로 나가 보았다. 희미한 어둠 속에는 아무도 없었다. 그런데 그토록 편안하다는 붙박이장에도 얇은 숄 하나가 뒹굴고 있을 뿐 아내는 보이지 않았다. 또다시 울화가 치밀고 있었다. 이렇게 불안하고 이렇게 위태로워서야 잠인들 제대로 잘 수 있겠냐는 비명이 목구멍에서 터져 나오려는 찰나에 그의 귓전으로 희미하게 물소리가 들려왔다. 시냇물이 흐르듯 낮고 조용하게 졸졸거리는 소리는 놀랍게도 베란다 쪽에서 들려오고 있었다. 그는 가만히 물소리를 따라가 보았다. 베란다 세탁기가 놓인 자리 앞에 아내가 등을 보이고 앉아 있었다. 그는 기척을 낸 뒤 불을 탁 켰다.

"뭐하고 있어?"

가까이 다가가 진상을 확인한 그는 물으나 마나 한 질문을 던졌다. 가슴이 뛰고 숨이 가빠졌다. 세탁기에 물을 공급하는 수도꼭지의 여분에다 긴 호스를 달아둔 것은 거기서 걸레도 빨고 베란다도 청소하기 위해서였다. 그런데 아내는 잠옷 하나만 달랑 걸친 채 거기에다 물을 틀어놓고 호스를 조금 치켜든 채 단지 물을 흘려보내고 있었다. 손을 씻는 것도 아니고 베란다를 청소하는 것도 아니었다. 천진한 어린아이가 물장난을 치듯 가끔씩 호스를 바닥에다 툭툭 쳤다. 불면증으로 뒤척이던 사람조차 잠이 들었을 것 같은 시각이었다. 낙엽조차 다 져 버린 날씨는 쌀쌀하기 이를 데 없었다. 예상치 못한 그의 출현에 아내가 놀란 듯 벌떡 몸을 일으켰다. 순간 아내와 눈이 마주친 그는 경악을 금치 못했다. 아내는 울고 있었다.

"지, 지금 뭐하고 있는 거야?"

너무 당혹스러워 말까지 더듬었다. 낮에 드디어 시작된 피켓 시위 현장에서 불현듯 아내의 모습을 발견했을 때만큼 기가 막혔다. 그녀는 병원 검사를 하러 나왔다가 진료는 받지 못하고 그 위험한 현장을 지나게 되었던 것 같다.

"이렇게 막가파식으로 나오면 정말 곤란합니다."

그는 핸드마이크를 들고 노조원들을 향해 흥분한 채 열을 올리고 있었다. 그러다가 아내를 발견하고는 안전한 보호 조치를 취하기 위해 재빨리 그녀 곁으로 달려갔다. 하지만 아내는 고개를 획 돌리더니 이내 어딘가로 사라졌다. 한동안 병원 구내를 뒤졌지만 찾지 못했다. 이후 내내 기분이 꿀꿀했던 것은 그로서도 잘 설명하기 힘든 감정이었다.

옳고 그름이야 다 상대적인 것이라지만 몇 년 전까지만 해도 그의 입장은 지금과는 사뭇 달랐다. 그는 적어도 피켓을 든 사람들 편에 서 있었다. 하지만 그때에 비해 아무것도 달라지지 않았고 맹세코 신념을 저버린 적도 없건만 어쩌다 보니 입장이 뒤바뀌어 버렸다. 이것을 실로 그가 원했다고는 볼 수 없었다. 모든 것은 세월의 농간 탓이었다.

사랑하는 여자가 그가 어떻게 할 수조차 없는 결핍된 무엇 때문에 한밤중에 일어나 외롭게 눈물짓고 있다는 사실은 놀라움을 넘어 분명 섬뜩한 일이었다. 그것을 지켜보는 그는 아내보다 더 외롭고 절망적인 기분에 휩싸였다. 그의 추궁이 지나치게 뾰족하다고 느꼈는지 아내는 미끄러지듯 그의 곁을 지나 안

방으로 들어간 뒤 이불을 뒤집어썼다. 그는 이불을 걷어붙이고 그녀를 일으켜 앉혔다. 그러고는 베란다에서 왜 그랬는지, 무엇 때문에 울었는지 반복해 다그쳤다.

"잠이 오지 않았어. 그뿐이야."

여느 때처럼 아내의 변명은 빈틈투성이였다. 잠이 오지 않는데 왜 싸늘한 베란다에 나가 물장난을 치며 울고 있단 말인가. 그는 불이 들어오는 따뜻하고 안온한 공간을 두고 베란다나 붙박이장 같은 곳으로만 숨어드는 진짜 이유를 대라며 목청을 높였다. 아내는 소리 내어 울먹이더니 엉뚱한 소리를 늘어놓았다.

"이 방 안의 어둠이 무엇으로 가득 차 있는지 생각해 본 적 있어?"

"자다가 무슨 봉창 두드리는 소리야?"

그는 고함을 치면서 얼굴을 찡그렸다. 이상하게도 아내의 말이 '내 뱃속에 무엇이 들었는지 당신은 불안하지도 않아?'라는 말로 들렸다. 그는 양손을 앞으로 내민 채 절규하듯 흔들어 댔다.

"지난번 병원에 가서 함께 확인했잖아. 아이는 좋은 환경에서 잘 자라고 있어. 그런데 왜, 뭐가 그렇게 불안한데? 병원 약을 너무 오래 먹어서 그런 거야? 아니면 부모가 되기에 우리 나이가 너무 많아서 그래?"

그는 소리를 질렀다. 인내심은 바닥난 상태였다. 아내는 천천히 고개를 가로저었다.

"그럼, 뭔데? 왜 그러는데?"

이번에는 악다구니가 터져 나왔다. 이유 없는 불안, 회의적인 사고방식, 비관적인 가치관. 생각만 해도 지긋지긋했다. 불치병인데다 대책 없는 물귀신이었다.

"그냥 불안해…… 이 세상이, 내가, 당신이, 아이를 낳아 키우기에는…… 걸맞지 않는 것 같기도 하고. 내 아이가 따뜻한 인간의 자식이 아니라 괴물이면 어쩌나 하는, 그런 생각을 떨쳐버리려고 해도…… 눈만 감으면 검은 돌의 환상이 찾아와 잠을 깨우고 도망쳐. 여보, 아무래도 이 방의 어둠 속엔 무언가 숨어 있는 것 같아."

아내는 믿어달라는 듯 애원하고 매달렸다. 그는 아내를 뿌리치면서 일어나 불을 환하게 밝히고 창문을 와락 열어젖혔다. 그리고 미친 듯이 소리쳤다.

"자, 봐, 뭐가 있다고 그래, 아무것도 없잖아? 도대체 뭐가 있다는 거야?"

그는 장롱 문마저 열어대면서 성난 수소처럼 날뛰다가 이내 지쳐서 이불 위로 고꾸라졌다. 눈을 감았다. 아내가 불행한 상상 속으로 그를 자꾸만 끌어당겨서일까. 그의 머릿속에도 불순

한 내용물이 들어차기 시작했다. 양수에 담긴 아이는 후줄근하고 검은 돌은 빛이 났다. 아니, 아이는 보이지 않고 검은 돌만이 짙은 바닷속을 유영하듯 헤엄치고 있었다. 잠수함 같기도 하고 오래된 난파선처럼 보이기도 했다.

혼돈 속에 빠진 그는 눈을 뜨고 힘없이 아내를 돌아보았다. 그녀는 엎드린 채 어깨를 들썩이고 있었다. 아무리 주어도 만족하지 않는 이 여자를 어찌할 것인가. 아무리 성실하게 살아도 행복하지 않은 이 패배감을 어찌할 것인가. 그는 허전하게 드러난 아내의 목덜미에 시선을 붙박으며 넓적한 손으로 그곳을 쓰다듬었다. 아직은 깡총하게만 느껴지는 머리카락이 순간적으로 헛구역질을 불러일으켰다.

아내의 목을 졸라버리고 싶은 충동을 느낀 것은 그때였다. 붙박이장 문을 폐쇄하고 싶은 치기 어린 감정이 아니었다. 먼 곳에서 들려오는 잘못 맞추어진 주파수의 모호한 떨림이 아니라 손끝에서 생생하게 살아 움직이는 지독한 살의였다. 그는 이불 위를 고통스럽게 뒹굴다가 불현듯 무언가를 생각해 내고는 아내의 몸을 허겁지겁 끌어안았다. 아내가 앙탈을 하듯 사지를 버둥거리며 그를 뿌리쳤으나 개의할 틈이 없었다. 그 순간 폭풍처럼 몰려오는 무언가를 잠재우는 방법은 그것을 찢는 것밖에 없었다. 부수는 것밖에 없었다. 그래야만 비로소 따뜻한 바다 밑으로 잠수하여 편안히 쉴 수 있을 터였다. 잠시 후 그의 굵은 뿌리가 처음인 듯 아내의 몸속을 깊숙이 찢고 들어가는 순간 머릿속으로 커다란 새 한 마리가 날갯짓하며 나타났다. 눈이 부실만큼 윤기가 흐르는 새는 검은 날개를 천천히 움직이며 광활한 바다 위를 건너 어딘가로 유유히 날아갔다. 허탈했지만 숨통이 트이는 느낌이었다. 비로소 살았다는 안도감이 밀려왔다.

6

차를 몰아 아파트 단지 안으로 천천히 들어가고 있는데 군고구마를 파는 소년들이 눈에 띄었다. 크리스마스도 멀었고 겨울방학이 되려면 한 달 이상 남았다는 것을 감안한다면 제법 부지런한 아이들이었다. 빵모자를 눌러쓰고 여럿이 협심하여 연기를 피우고 있는 모양새도 그럴 듯해 보였다. 그는 차를 한쪽에다 세우고 그 애들 앞으로 다가갔다.

오천 원어치만 사도 될 것을 만 원어치나 샀다. 봉지 하나로는 모자라 두 봉지에 나누어 담았다. 그것을 팔에다 껴안자 양쪽 가슴이 훈훈해졌다. 혹시라도 둘이 먹기에 너무 많은 양이라면 베란다에 내놓았다가 내일 먹으면 될 일이었다.

오래전에 아내와 군고구마 장수를 한 적이 있었다. 연애 시절 그녀가 지역 아동 센터에서 보살피던 아이 중 한 명이 경제적인 여건 때문에 그나마 하던 공부마저 그만두어야 했을 때 아내는 자기 일인 양 과감히 팔을 걷어붙였다. 낮에는 군고구마를 팔고 저녁에는 아이들을 가르쳤다. 그도 날마다 시장 어귀에다 리어카를 끌어다 주는 것으로 톡톡히 한몫을 했었다. 그녀의 노력에도 아이는 두어 달 뒤에 결국은 지역 아동 센터를 그만두었다. 아내는 눈이 퉁퉁 붓도록 울었다.

따뜻했던 그 시절을 굳이 환기하지 않더라도 아내는 군고구마를 좋아할 것이다. 입김을 호호 불면서 껍질을 벗겨 턱 밑으로 들이밀면 어떤 표정을 지을까. 그 유혹을 물리칠 수 있을까. 그는 새삼 안달이 나서 서둘러 엘리베이터를 탔다.

벨을 눌렀으나 안에서는 기척이 없었다. 집 열쇠를 엄지와 검지 사이에다 정확히 장전하기는 했지만 조금은 기다려 보기로 했다. 아내에게도 기회를 주어야 한다. 붙박이장에서라도 벨 소리에 신경 쓰는 습관을 들여야 한다. 남편의 퇴근 시간을 의식하게 만들어야 한다. 그는 연속해서 벨을 눌렀다.

"넌 변했어. 나쁘게 달라졌어. 그런 너를 사랑해야 한다는 게 얼마나 큰 고통인지 알아? 하지만 여기까지야, 여기까지가 내가 이 세상에서 양보할 수 있는 전부야. 더 이상은 안 돼."

아내는 그렇게 말하고는 붙박이장으로 들어가 나오지 않았다. 벌써 이틀 밤을 거기서 잤다. 실내화도 치워버려 문은 완전히 닫힌 채였다. 아내가 어쩌자는 것인지 그는 도무지 알 길이 없었다. '여기까지'가 어디까지인지 궁금해서 견딜 수가 없었지만 아내는 말해 주지 않았다. 더 이상 안 된다는 말은 종잡을 수조차 없었다.

그녀가 음식물을 어떻게 섭취하고 배설 충동을 어떻게 해결하는지 알 수 없는 것처럼 두 사람의 미래가 어떻게 될 것인지는 장담하기 어려웠다. 물론 큰 걱정은 하지 않았다. 아내가 그를 얼마나 사랑하고 있는지 그가 아는 것처럼 그가 아내를 얼마나 사랑하고 있는지 그녀도 알고 있을 것이기 때문이다. 다만 아내가 빨리 문을 열고 그 안에서 나와 주기만을 그는 간절히 바라고 있었다.

따뜻한 군고구마 냄새가 아련하게 식욕을 자극해왔다. 생각해 보면 그 역시 이후로 식사를 한 기억이 없다. 아내와 뱃속 아이가 굶고 있는 마당에 혼자서만 음식을 섭취한다면 남편과 아버지 된 도리가 아니었다. 그는 조금 더 참을 수 있었다.

참을 수 없는 것은 혼돈이었다. 혼돈은 매듭도 없고 실마리도 내보이지 않는다. 고통에 대한 기억도 즐거움에 대한 추억도 그의 것이 아니었다. 그는 블랙홀에 갇힌 기분이었다. 너무나 외로웠다. 아내가 그리웠다.

그는 열쇠를 구멍 안으로 집어넣었다. 집안은 어둠으로 꽉 차 있었다. 저절로 한숨이 나왔다. 아내가 왜 이 집을 싫어했는지 알 것 같았다.

이제 남은 희망은 군고구마밖에 없다는 생각이 들었다. 하찮은 그것이 한순간이나마 희망이 될 수 있다는 것을 지금이라도 깨달은 것은 얼마나 다행한 일인가. 그는 작은방으로 들어가 전등 스위치를 올린 뒤 붙박이장 문을 열었다. 아내는 고양이처럼 몸을 오그린 채 잠들어 있었다. 오랫동안 그곳에서 자리를 펴고 살아온 듯 편안해 보이는 얼굴이었다. 악몽도 없고 추억조차 잊은 얼굴이었다.

그는 조금 망설인 끝에 군고구마 봉지를 안고 그 안으로 들어갔다. 가급적이면 아내를 건드리거나 방해하지 않으려고 노력했다. 그곳이 아내의 집이라면 그의 집은 아내였다. 그러니 그가 집을 찾아 그 안으로 들어가는 것은 어느 모로 보나 당연한 일이었다. 잠시 후에 그는 안에서 붙박이장 문을 조심스레 닫았다. 그리고 천천히 아내 옆에 몸을 뉘었다. 군고구마 냄새가 기분 좋게 퍼지자 그는 살그머니 미소를 지었다. 아내 역시 어떤 기미에 반응하듯 몸을 꿈틀거리는 것 같았다.

앞집 여자

1

내가 처음 시선을 주었을 때 그녀는 길에 서서 팔 차선 도로 한가운데를 바라보며 서 있었다. 아파트 단지 뒤편으로 난 출입문을 지나면 횡단 보도가 나오는데 그 건너편에서였다. 흐린 봄날이었고 인근 초등학교에서는 차임벨 소리가 흘러나왔다.

대형 마트 카트에 장 본 물건을 잔뜩 싣고 가까이 다가갔을 때 나는 그녀가 꽤 집중력 있게 한 곳을 노려보고 있다는 인상을 받았다. 신호등이 녹색으로 바뀌자 그녀도 나처럼 횡단보도를 건너기 시작했다. 도로 중간쯤에 이르자 그녀는 허리를 굽히고 반짝거리던 물체를 주워들었다. 다른 나라 동전 같았고 우리 돈 십 원짜리와 색깔이 비슷했지만 그것보다는 얇고 크다는 느낌이었다. 자세히는 못 봤지만 왠지 모르게 엔이나 달러는 아닐 것 같았다.

몇 걸음 걸어가는 동안 손안에 넣고 충분할 만큼 살피고 만져보았던 것일까. 여자는 실수인 듯 그것을 흘렸는데 공교롭게도 내가 끄는 카트 위로 떨어졌다. 동전이 묶음 판매용 바나나킥과 오징어볼 사이로 빠져 모습을 감추었다. 여자는 처음부터 동전을 가질 의향 같은 것은 조금도 없었으며 하필 남의 카트 위로 떨어진 건 오직 우연이라는 듯 아주 태연했다. 얼마쯤 카트를 끌고 가다가 뒤돌아보았을 때 그녀의 모습은 온 데 간 데 없었다. 그대로 횡단 보도를 되돌아 건너갔을 수도 있고 다 건너고 나서 다른 건물 안으로 사라진 것일 수도 있었다.

우리가 다시 만난 것은 아파트 엘리베이터 안이었다. 그녀는 같은 층에 사는 앞집 여자였다. 나는 새로 이사 온 사람답게 잘 부탁한다는 말로 인사말을 대신했다. 그녀의 얼굴을 처음 대면하는 순간이었지만 눈에 띄게 마른 체형이라든가 큰 키, 양 볼이 움푹 들어간 것에서 그녀가 횡단 보도에서 보았던 그 여자임을 단번에 알아볼 수 있었다.

여자는 작은 접시를 들고 있었는데 그 안에 담긴 것은 아무래도 방금 나온 것 같은 음식물 쓰레기였다. 물에 젖은 양파껍질과 흩어진 밥알 몇 개, 그저 그런 야채 조각이 조금 담겨 있었다. 휴일 오전 열 시경이었으니 아마도 아침 식사 이후에 나온 쓰레기인 것 같았다. 잘 아는 사이였다면 나는 분명히 음식물 찌꺼기를 그때그때 버리시나 봐요, 라고 말을 걸어보았을 것이다. 하지만 초면이라 오히려 못 본 척 다른 곳에다 시선을 유지한 채 엘리베이터가 어서 일 층에 도착하기만을 기다리고 있었다.

반면에 그녀는 나와 내가 데리고 나온 두 아이의 얼굴을 골똘히 들여다보는 것 같았는데 아무리 기다려도 항용 아이들에게 짓게 되는 엄마 미소를 보내지는 않았다. 그랬더라면 나는 아마 작은애를 가리키며 "이번에 이 학년 올라갔어요." 하고 묻지도 않은 말을 건네지 않았을까.

엘리베이터가 일 층에 도착했을 때였다.

"하나도 안 닮았어."

여자는 혼잣말처럼 중얼거리고 나더니 다시 한 번 우리 가족 세 명의 얼굴을 훑었다. 그런 다음 음식물이 담긴 접시를 처리하기 위해 쓰레기통이 있는 곳으로 걸어갔다. 아이들과 나는 서로 얼굴을 마주 보았고 그와 동시에 누가 먼저랄 것도 없이 외면한 채 극장을 향해 뛰어갔다. 우리는 할인이 가능한 조조영화를 보러 가는 길이었다.

월요일 오후에 N 학습지 선생이 집으로 들이닥쳤을 때 집에는 작은애와 나 둘밖에 없었다. 들이닥쳤다는 표현을 쓴 건 초대하지도 않았는데 그녀가 벨을 누르며 집안으로 들여보내 달라고 청했기 때문이다. 고객이 이사를 오고갈 때 학습지 회사는 긴장할 수밖에 없을 것이다. 잠깐만 방심해도 다른 학습지로 갈아타는 일은 얼마든지 일어날 수 있었다.

학교에서 막 돌아와 간식을 먹고 있던 작은애가 문을 열었다. 현관으로 들어서면서 N 학습지 선생은 다정하게 딸아이의 이름을 불렀고 아이가 인사를 건네는 순간 그 뒤에 서 있던 내 얼굴을 쓰윽 훑었다. 그런 다음 거실과 서재를 둘러보면서 "우와" 혹은 "어머"라는 별 뜻 없는 감탄사를 연발했고 바로 앞집 아이도 N 학습지를 하기에 여기 수업 끝나자마자 가게 되어 있다며, 그래서 더 좋다고 말했다. 나는 작은애와 내 골상이, 아니면 여타 어떤 것이든 우리가 친모녀 사이가 아니라는 것을 그녀가 간파했음을 눈치챘고 내가 눈치챈 부분까지를 그녀는 또 알아차린 것 같았다. 사적인 정보는 아무것도 주고받은 적이 없지만 이상하게도 우리 사이는 비밀이 없는 사이처럼 무엇인가 환하게 열리고 만 것이다. 비교적 차분한 분위기로 들어왔던 그녀가 약간의 호들갑을 떨기 시작한 것도 그때부터였다. 작은애에게 집에 책이 많다며 소감을 전하자 아이는 신이 나서 "우리 엄마는 작가예요."라고 자랑처럼 받아쳤다.

"어머, 정말이에요?"

이런저런 제스처를 섞어가며 작은애 방으로 들어가던 N 학습지 선생의 얼굴 위로 불안이라고 할 만한 그림자가 스쳐 지나갔다. 때맞춰 고객 관리에 들어가는 데는 성공했으나 또 다른 변수가 앞을 가로막은 셈이다. 그녀는 어색하지 않으면서 고객을 안심시킬 한 마디를 제대로 내놓지 못한다면 단칼에 잘리고 말 운명이었다. 집안 속사정을 깊숙이 눈치챈 타인이 매주 자기 집을 방문하는 일을 허용할 여자가 세상에 있을까. 게다가 계모로 보이는 상대는 작가라고 한다.

N 학습지 선생은 "상은이는 좋겠네, 엄마가 작가라서."라며 운을 떼었다. 최선을 다한 것이기는 해도 충분하다고는 할 수 없는 멘트였다. 뭔가를 갈무리하고 수습하기에는 어딘가 용량이 부족해 보였다. 하지만 무턱대고 당신들의 속사정, 비밀을 지켜드리기 위해서라면 서약서라도 쓸 수 있습니다, 라고 말할 수는 없는 일이 아닐까. 그런 점에서 볼 때 가장 큰 난관에 봉착한 사람은 아무래도 계모이면서 작가인 내가 아니라 N 학습지 선생이었다. 두 아이가 N 학습지에서 각각 세 과목의 문제지를 받아서 풀었으니 그녀가 월 이십만 원이 솟아나는 노다지를 지키느냐 마느냐는 오로지 그 순간을 어떻게 갈무리 하느냐에 달린 것이었다.

그런데 그 모든 것을 일축하고 해결하는 일성이 터졌다. N 학습지 선생이 아니라 작은애가 그 일을 해냈다. 녀석은 N 학습지 선생의 말을 듣고 하하하하 신나게 웃고 나더니 유쾌하고 천연덕스러운 음성으로 "우리 엄마 만날 빈둥빈둥 놀아요."라고 말한 것이다. 그것이 비난이나 냉소가 아니라 자기가 나름대로 파악한 내용을 주물러서 빚어낸 일종의 풍자라는 것을 작은애의 말투와 사랑스러운 표정이 확고부동하게 설명해 주고 있었다. 셋은 서로를 마주 보면서 하하 호호 마음껏 웃어댔다. 나도 N

학습지 선생도 어느 정도 무장 해제되었고 나는 그녀의 출입을 승인한다는 절차를 매듭짓기 위해 쟁반에 먹을 것을 담아 방으로 넣어 주었다.

하지만 첫 수업이 끝나고 그녀를 앞집으로 들여보내는 심정은 그리 깔끔하지 않았다.

2

N 학습지 선생은 앞집 여자에 대해 어떤 정보도 제공하지 않았고 나 또한 물어보지 않았지만 인상만으로 볼 때 나는 앞집 여자가 공부만 잘하던 모범생 출신 같다고 느꼈다. 그녀나 나나 학교를 떠난 지 오래된 일이고 보면 공부니 모범생이니 하는 단어가 지나치게 빈궁한 언어생활을 드러내는 것일 수는 있겠으나 나로서는 달리 표현할 적절한 말이 없는 것도 사실이다. 이를테면 그녀는 학구적인 태도로 사람들과 관계하고 궁금증을 발산시키는 쪽이었다. 그녀가 길에서 걸음을 멈추고 누군가와 이야기를 나누면 나는 지나가다가 나도 모르게 귀를 쫑긋 세우곤 했는데 아이들과 관계된 정보망이든 주식시장과 관련된 부분이든 간에 그녀는 평범한 방식으로 말하기보다는 요지를 파

악하고 뭔가를 결론 내리기 위해 상대방을 날카롭게 압박하는 모양새를 취하기 일쑤였다. 그러다 보니 N 학습지 선생이 아니더라도 그녀에 대한 정보를 취득할 기회가 아주 없는 것은 아니었다. 하지만 사람들이 그녀에게 갖는 다각적인 인상은 그녀가 명문대 출신이며 동 대표이고 남편 직업이 뭐라는 식의, 나로서는 별 관심이 가지 않는 내용으로 수렴되어 전달되는 통에 참고할 만한 정보는 거의 건져내지 못했다. 그 와중에도 나는 그녀가 다른 사람의 삶을 분석하고 파악해 판단 내리기를 즐기는 스타일이라는 인상으로 정리해 나갔다. 그런데 문제는 그녀가 나에 대해서도 집요하게 그런 태도를 보인다는 점이었다.

엘리베이터에서 두 번째인가 세 번째 마주쳤을 때도 나는 작은애와 있었다. 태어나 엄마라고는 거의 경험해 본 적이 없던 작은애는 시장이든 화장품 가게든 병원이든 닥치는 대로 따라다녔다. 앞집 여자는 작은애와 내가 나란히 서 있는 것을 보더니 "엄마와 아이들이 하나도 안 닮았어요." 하고 말했는데 그날따라 그녀의 목소리가 나에게는 무척 음산하게 들렸다. 작은애는 눈을 앞집 여자에게 고정시킨 그대로 슬그머니 더듬어 내 손을 잡았고 여자는 또 그런 작은애의 행동을 골똘히 들여다보는 것이었다. 그날은 그렇게 해서 대충 넘어갔으나 그 며칠 뒤 두 아이와 내가 그녀 앞에 노출되었을 때에는 말의 강도가 더 높아졌다.

“애들끼리는 닮았는데 엄마하고는 전혀 달라.”

그녀가 그렇게 말하는 순간 큰애가 어깨를 움찔, 하는 것을 나는 보았다. 큰애는 남자아이인데 매우 예민하고 까다로웠다. 새로 들어간 학원에서는 집으로 전화를 걸어 ‘명석한 아이’라며 입에 침이 마르도록 칭찬을 하더니 아직 초등학생인 아이를 외고 입시반에 넣자고 제안해서 나를 기쁨으로 들뜨게 한 일도 있었다. 하지만 내 입장에서는 딸인 작은애보다 두 배 세 배 손이 가는 데도 티가 나기는커녕 나의 앞날을 걱정해야 할 정도로 깊은 고민을 안겼다. 사이가 나쁜 것과는 전혀 다른 이야기였다. 열쇠는 착실히 목에 걸고 학원에 가지만 문 잠그는 것은 빼먹는다든가 입던 옷을 옷걸이에 끼워 방문에 걸어두어도 그걸 못 찾아 엄마를 불러대는 것이 그 애와 내가 그즈음 격하게 씨름하는 까닭이었다. 그런 아이가 어깨를 움찔하자 나도 덩달아 긴장이 되었다. 그런데 한 번에 꼭 한 꼭지만 노출하던 앞집 여자가 그날따라 이상하게도 한 박자 더 들어가는 모습을 보였다.

“애들은 얼굴이 갸름하고 콧날이 뭉툭한데 엄마는…….”

앞집 여자는 마침내 그렇게 말하기에 이르렀다. 나는 토끼몰이 당하는 기분이어서 처음으로 그녀의 눈을 똑바로 보았다. 스무 살 무렵 친구들이 “네 눈에서 불이 뿜어져 나온다. 완전 재수 없어.”라고 놀리던 바로 그 눈빛이 여전히 유효했으면 하는 바람을 담은 채였다. 솔직히 말하면 내가 그녀를 화나게 하기 위해 반응하지 않은 것은 아니었다. 요즘 아이들은 이런 경우 속된 말을 동원해 대꾸를 안 하는 게 더 사람을 빡치게 한다는 식으로 말하는 것을 나도 들은 적이 있었다. 나는 화나지 않아서 화를 안 낸 것뿐이었다. 그녀와 친해지고 싶은 마음이 조금도 없었으므로 교섭을 통해 마음을 맞출 일도 없다고 보았다. 그녀는 내가 내다보는 창밖의 풍경 속에 나타났으나 곧 사라지고 말 엑스트라에 불과했다. 감독의 명령에는 아랑곳없이 자기 기분과 리듬에 따라 마음대로 드나드는 그런 엑스트라라면 누구든 풍경을 구기는 그것이 빨리 사라지기만을 바랄 것이다. 그런데 풍경 속의 그녀가 자신을 보아 달라고, 나 여기 있다며 끝없이 말을 건네다가 안 되니까 이제는 삿대질을 하는 격이었다. 어떤 반응도 불러일으키지 못하다가 큰애의 사소한 반응 하나를 얻어내다 보니 재미있었던 걸까. 점점 우울한 빛을 띠어가는 그녀의 얼굴을 쳐다보면서 나는 크게 인심 쓰듯 한마디 하지 않을 수 없었다.

“제가 애들 둘을 한꺼번에 주워왔거든요.”

그러고 나서 “이제 됐습니까?”라며 한판 전쟁을 시작할 참인데 곧이어 뜻하지 않은 일이 벌어지고 말았다. 옆에서 듣고 있던 작은애가 두 주먹을 불끈 치켜든 채 씩씩거리더니 "주워온 건 바로 엄마거든요." 하고 받아친 것이다. 큰애와 내가 먼저 웃음을 터트렸다. 나는 그 작고 앙증맞은 주먹의 떨림이 귀여워서 웃었고 큰애는 시원해서 웃었다고 나중에 말해줬다. 작은애는 처음에는 우리가 웃는 이유를 전혀 몰라 당황했으나 "우리 엄마 빈둥빈둥 놀아요." 할 때처럼 어떤 신바람에 떠밀려 즉각적이고도 무조건적으로 웃음에 합류하는 데 성공했다. 엘리베이터가 일 층에 도착하고 앞집 여자가 어떤 표정으로 내려 어디로 갔는지도 살필 겨를이 없을 만큼 우리는 웃느라 정신이 없었다.

3

엘리베이터에서 마주치는 게 늘상 그녀와 우리 가족인 것만은 아니었다. 같은 동의 다른 사람도 있었고 또 나와 그녀의 가족이 부딪친 적도 있었다. 그녀는 딸 둘을 키우고 있었는데 처음 마주치는 순간 나는 적지 않게 놀랐다. 앞집 여자는 키가 컸지만 마르고 연약한 인상이었다. 그 연약함을 또 다른 성격을 동원해 만회하려는 것 같았다. 반면에 아이들은 키도 크고 덩치도 어마어마했으며 에너지가 철철 끓어 넘쳤다. 내가 그 집 식구들을 엘리베이터에서 본 게 여러 번이었는데 그때마다 엄마와 아이들은 대치 상태에 있었다. 여자는 윽박지르면서 이런저런 지적에 몰두하였고 아이들은 턱을 치켜들고 반발하면서 남이 있건 말건 험한 말도 꺼리지 않았다. 그때마다 나는 코뚜레가 없는 황소 곁에 서 있는 느낌이었다.

세 모녀가 조용하고 사이좋은 모습으로 엘리베이터를 탄 적도 있지만 그럴 경우마저 딸들을 향한 여자의 멘트는 "네가 내 말이 무슨 말인지를 잘 생각해 봐야 하는거야."라는 식의 테두리를 벗어나지 않았다.

한번은 그 집에서 반상회가 있었다. 노후한 엘리베이터를 교체하는 문제가 안건이었기에 빠짐없이 모이라는 통보를 받고 내키지 않았지만 문을 열고 들어갔다. 신을 벗다가 나는 잠깐 휘청거렸고 그 순간 중심을 잡으려다 신발장 위를 손으로 짚으면서 흩트리는 일이 생겼다. 깨진 도자기로 된 잡동사니 그릇 안에서 뭔가 밑으로 떨어졌기에 주워서 올려놓다가 그것이 먹고 난 아이스크림의 스틱이라는 것을 알았다. 거기에 글씨가 쓰였기에 무심코 읽었다.

김정미 미친년 정신병자 쓰레기…….

김정미가 그 여자의 이름이라는 것을 알고 있던 나는 흐헉, 하고 호흡을 미끄러뜨리며 그것을 원래 있던 곳에다 감추듯이 넣어놓았다. 그렇다고 내가 숨이 멎을 만큼 놀란 것은 아니었다. 자식이 엄마에게 욕을 하는 것도 어떤 상황 속에서 나온 순간의 감정일 뿐이므로 지나치게 뜻을 부여할 필요는 없다고 보았다. 아이들은 이미 자기들이 그런 낙서를 했는지조차 기억하지 못할 것이다. 하지만 어느새 다가온 여자가 그것을 가로채 읽기 시작하면서 분위기는 내가 뜻하지 않은 방향으로 흘러가려 했다. 나는 오직 내 자신의 안녕과 평화를 위한다는 심정으로 기지를 동원하지 않을 수 없었다.

"제가 엄청난 난시여서 안경을 안 쓰면 아무것도 안 보이거든요. 하마터면 넘어져서 다칠 뻔했지 뭐예요."

그러고 나서도 "집에서 잘못 넘어져 평생 재활 운동으로 말년을 보내는 사람도 있답니다. 이젠 저도 그것을 주의해야 할 나이가 되었나 봐요."라며 수다를 정신없이 늘어놓은 다음 언제 그랬냐는 듯 재빨리 안으로 들어가 사람들 속에 파묻혔다.

반상회가 끝났을 즈음 참가했던 사람들이 "어쩌면 집에 이렇게 아무것도 없어." 하면서 이 방 저 방 구경을 다닐 때 나도 은근슬쩍 끼어들었다. 그 집은 가구가 없는 정도가 아니라 휑하니 비어 있었다. 거실에는 그 흔한 소파는 물론 탁자나 장롱, 장식장 같은 일상용품이 일체 없었고 안방이나 아이들 방에서도 티브이는 발견되지 않았다. 아이들 방에서 기껏 본 색다른 물건은 피아노를 대신할 소형 전자오르간 정도였다. 부엌살림 역시 꽁꽁 숨기고 노출을 안 한 채였다. 집집마다 붙박이장이 두 개 있었는데 거기와 베란다에 나누어 모든 살림을 감추었단 말인가.

그 뒤로 한동안은 엘리베이터에서 마주쳐도 나에게 말을 건네지 않았다. 그렇다고 해서 그녀가 내 풍경 속에서 아주 퇴장해버린 것은 아니었다. 오히려 나에 대한 그녀의 겨냥은 더 집요해졌다.

내가 경비 아저씨나 같은 동 다른 층의 누군가를 길에서 만나 이야기를 나누고 있으면 그녀는 집으로 들어가다가 볼일 하나를 빠트리기라도 했다는 듯 다시 나와 내 옆을 스쳐 지나가기를 반복했다. 그때 그녀의 얼굴 위로 흐르는, 팽창해 있는 신경증적인 우울이 나는 부담스러웠다. 동시대를 사는 비슷한 나이의 여자에게 느끼는 싸구려 연민 때문은 아니었다.

역시 반상회에서였는데 그즈음 아파트마다 관리비를 줄이기 위해 한 동에 두 명이던 경비원을 한 명으로 줄이려고 논의를 시작할 때였다. 의견을 말하라기에 나도 한 마디 끼어들었다. 고용효과 어쩌고 하면서 경비원을 줄여서는 안 된다는 의견을 피력했을 것이다. 내가 발언을 시작한 지 얼마 되지 않아 그녀가 인신 공격적 발언을 하면서 내 말을 폭력적으로 잘랐다. "지나치게 감상적이다." "○○○당이냐."라는 말을 군데군데 끼워

넣고서였다. 그때 처음으로 장난이 아니구나 싶었던 것 같다. 큰일 났다는 생각도 했다. 원래 순발력이 떨어지기도 했지만 호되게 당한 다음 멀뚱히 앉아 있다가 집으로 돌아왔더니 울화통이 터져서 견딜 수가 없었다. 생각해 봤더니 내가 셔트를 누르기 위해 그녀라는 얼룩이 사라지기를 기다려도 그녀는 내 풍경 속에서 퇴장하지 않을 것 같았다. 그렇다면 내가 들여다보던 창을 닫고 다른 창을 열어 풍경을 인위적으로 변경시키거나 그녀를 내 시야에서 강제적으로 추방하는 것 말고는 다른 방법이 없었다. 첫 번째는 그다지 유효하지 않아 보였다. 나는 이미 그녀의 표적이 되어 버렸으니 그녀는 내가 바꾼 창을 굳이 찾아내 그 안으로 침입해 들어오고 말 것이 분명하기 때문이다. 두 번째 방법은 내가 원하지 않았다. 사실 나는 지금껏 살면서 싸움다운 싸움을 해본 적이 없었다. 나는 늘 미끄러져서 긴장이 팽배해 있는 영역으로부터 도망 다니기 바빴다. 혼자 있을 때 내가 가장 자주 곱씹는 것은 비겁함 이후에 필연적으로 맞게 되는 감정적 가난함이었다. 그러니 나는 큰일 난 게 분명했다. 계모라는 험난한 길을 선택해서가 아니라 나는 네가 계모라는 것을 알고 있다고 자꾸만 말하고 싶어 하는 이웃 때문에 그랬다.

4

그렇게 이러지도 저러지도 못하는 상황에 빠져 버렸지만 시간은 오랫동안 천천히 흘러가서 큰애는 중학생이 되었다. 나는 동 대표인 그녀가 부르는 곳에는 가급적 가지 않았으며 멀리서 마주 걸어오는 기미가 보이면 어떻게든 피하는 쪽을 선택했다. 내가 최선을 다한 것은 길에서 하릴없이 마주쳤을 때 인사를 꼬박꼬박 건넨 정도였다.

물론 동네 사람들이 모두 그 정도일 리는 없었다. 사실은 대부분이 무관심하거나 관심이 있더라도 앞집 여자와는 상반된 태도를 보였다. 대표적인 사람이 N 학습지 선생이었다. 그녀는 같은 단지 안에 살았고 큰애와 같은 학교 같은 반인 아이의 엄마이면서 나와는 나이가 같았다. 우리는 말을 트기까지 했다.

어느 날 N 학습지 선생이 아이들 수업과는 상관없이 만나자고 하더니 논술 수업을 한 팀만 해보라고 권했다. 큰애와 그 집 아이, 그리고 다른 아이들 몇 명으로 이미 팀을 만든 뒤였다. 나는 논술 수업을 하고 싶어 한 적은 한 번도 없었지만 제안을 받고 나자 이런저런 각도로 고민이 되었다. 특히 N 학습지 선생이 논술을 권하면서 했던 한 마디가 안테나에 걸려 있는 상태였다.

"논술이라고 다 같은 논술은 아닐 거야. 민국이 엄마가 하는 논술, 요리조리 재지 말고 일단 그거를 한번 해 봐."

이를테면 그녀는 나에게 "자꾸 겉돌지 말고 이리 가까이 와." 혹은 "겉돌지 않으려면 여기 내 옆으로 와."라는 식의 사인을 보낸 셈이었다. 그녀가 다가오라고 하는 자기 옆자리는 '친구'라는 포지션이 아니라 '민국이 엄마'임을 내가 모를 리가 없었다. 내가 작가이거나 자기 아들의 논술 수업을 지탱할 역량이 있다고 판단해서가 아니고 보면 고맙기 짝이 없는 노릇이었다.

나는 논술을 시작했다. 수업이라고는 하지만 어떤 부담이 있는 공부가 아니라 그냥 함께 책을 읽고 자기가 느낀 점을 글로 써서 발표하는 식이었다. 내가 집중적으로 한 것은 글쓰기 지도였다. 실제로 큰애와의 관계는 그 팀을 삼 년간 운영하는 동안 상당히 호전되었다. 나는 논술이라는 형식에다 하고 싶은 말을 담아 마음껏 했고 아이는 의심 없이 그 안으로 들어와 포섭되었다. 나는 큰애를 두고 내 손에 쏙 들어왔다고 느낀 적이 한두 번이 아니었는데 나중에는 이것이 또 다른 고민거리를 안겼다. 손바닥을 펴서 안을 없앴는데 아이는 나가지 않고 여전히 그 안에만 있으려고 했다.

논술이라는 새로운 창 안에 앞집 여자가 비집고 들어올 틈을 만들지 않는 게 중요하다는 것을 일찌감치 판단해버린 것은 퍽 다행한 일이었다. 그 집 큰애는 우리 집 큰애보다 한 학년 위였는데 나는 한 팀 이외에는 절대로 받지 않겠다고 선언한 뒤였다. 아이들이 글 쓴 종이 앞장과 뒷장에다 첨삭 지도를 하자 한때는 앞집 여자와 더불어 주변 엄마들 여럿이 아우성을 쳤다. 기왕 하는 거 한 팀만 더 만들어 달라고 했으나 나는 완강하게 거절했다. 아이들이 고등학교에 들어간 뒤에는 과감하게 해산시켰다. 이후 N 학습지 선생은 작은애를 중심으로 또 한 팀을 꾸려주었고 그 팀 역시 삼 년이 지나 해산시켰다.

우리 집에서는 논술 과정이 계속 진행되었다. 그것은 서로에게 맞는 적절한 담화의 방식이었다. 특히 학교생활에서 주제를 뽑아내 자유롭게 이야기했던 게 관계 확립에 많은 도움을 주었다. 내가 썼던 소설 대부분은 여기서 얻어낸 선물이라고 할 수 있다.

5

그 사이 앞집 여자에게도 이런저런 변화가 있었던 것 같았다. 엘리베이터에서 만나더라도 이전과는 다른 태도를 취했다.

"어쩌면 애들이 말끝마다 존댓말을 쓰고 말투도 저렇게 나긋나긋할까요?"

그것이 진심이 담긴 칭찬 혹은 부러움의 표시일 수도 있겠지만 초점을 맞추기 위해 렌즈를 조절하는 것일 수도 있겠다는 생각을 했다. 내가 "안 그럴 때도 많아요."라고 사실을 말하자 그녀는 정색을 하면서 "어떻게 안 그러는데요?"라며 다시 집요함을 드러냈기 때문이다. 애매해진 내가 궁색한 변명처럼 "남이 보고 있으면 더 나긋나긋할 수도 있는 문제 아니겠어요?"라면서 일반적인 이야기로 치환해버리면 그녀는 또 "애들이 그런 작전을 쓰기도 한단 말인가요?" 하면서 놀라워했다. 그쯤 되면 나는 "아이고 작전이라니요." 하면서 어떻게든 자리를 피할 궁리만 하게 되는 것이었다.

그녀와 가장 오래 앉아 이야기를 나눈 것은 N 학습지 선생과 셋이서 점심을 먹을 때였다.

어느 날 그녀가 우리 집 벨을 눌러서 나갔더니 책 한 권을 사인해서 줄 수 있느냐고 물었다. 나는 기분이 개운하지 않았다. 책이라는 것은 마땅히 자기 돈으로 구입하고 나서 사인을 부탁해야 한다고 생각해서이기도 했지만 그녀에게 주는 것은 왠지 모르게 불길했다. 나를 자기 수중에 넣으려다 실패한 화풀이를 책에다 하지 말란 법이 없다는 상상도 했던 것 같다. 하지만 거절하는 것은 또 다른 보복을 불러올 수 있기에 내가 쓴 책 중에서 가장 저학년용에 사인을 해서 건네주었다. 내키지 않는 행동을 할 때 나는 꼭 티를 내는 편인데 그날도 사인을 하다가 이름을 잘못 쓰는 실수를 저질렀다. 손이 떨려서 그랬는지 〈김증미 님께〉라고 적고 만 것이다. 그녀보다 내가 더 놀랐다. 내 입에서는 변명인지 비명인지가 마구잡이로 터져 나왔다.

"어머, 어떻게 해요. 이게 마지막 책이어서 다시 할 수도 없고…… 아유, 죄송해요. 제가 경상도 사람인데 'ㅓ' 발음 하고 'ㅡ' 발음을 헷갈릴 때가 있거든요. 은행을 언행이라고 하고 언행일치는 은행일치라고 하고 은영이라는 친구 이름을 아직도 언영이라고 불러서 욕을 얼마나 먹는지 몰라요. 그런데 발음뿐 아니라 그렇게 적기까지 하다니, 저 어쩌면 좋은가요? 아유, 아까운 내 책!"

그렇다고 내가 일부러 실수를 한 건 절대 아니었다. 내 책의 가치를 떨어뜨리는 일을 내가 왜 하겠는가.

"사인 따위야 뭐가 중요하겠어요."

앞집 여자가 음산하게 말하자 나는 또 흐헉, 하고 뜨거운 숨을 뱉었다. 그녀는 "내가 듣기에는 은행과 언행일치, 은영이라는 발음이 아주 정확한데요."라는 말을 덧붙이더니 "책을 받았으니 내가 밥을 살게요. 나도 그 정도의 예의는 차립니다."라고 해서 나를 혼비백산하게 했다. 하지만 김정미를 김증미로 만들어버린 뒤끝이라 아무래도 수세에 몰린 것은 나였다. 잠깐 망설이고 있는 사이 그녀는 "내일 요 앞 채식 뷔페에서 12시에 봐요."라며 일방적으로 약속을 잡고는 N 학습지 선생도 부르겠다는 말을 남긴 뒤 현관문을 닫고 나갔다.

어, 하는 사이에 사형선고를 받은 기분이어서 재빨리 N 학습지 선생에게 전화를 걸어 앞집 여자가 내일 점심 먹자고 하면 선약이 있다고 핑계 좀 대달라고 했다. 하지만 이미 한발 늦었다.

"오전에 전화해서 밥 먹자고 하기에 벌써 그러겠다고 해버렸는데?"

나는 당했구나, 했지만 도리가 없었다.

다음 날 밥은 먹었다. 셋이 먹다 보니 타깃이 되는 느낌은 거의 없었다. 토끼몰이 같은 일도 일어나지 않았다. 하지만 몹시 불편하고 꺼림칙한 점심 식사였던 것은 사실이다.

6

사춘기를 빨리 겪은 앞집 아이들이 중고등학교 학생이 되면서부터 그녀는 다른 것에도 취미를 붙이는 것 같았다. 여전히 학구적이기만 한 바보처럼 보였지만 이전과는 현저히 다른 양태를 보였다. 그녀는 성당과 관련된 팸플릿이나 책자를 손에 쥐고 다녔으며 급기야는 나에게 공부를 권하는 지경에 이르렀다.

"저는 성경을 통해 평안을 얻었어요. 한 번만이라도 좋으니 우리 성당에 꼭 놀러 와요."

그럴 때 잘못 고개를 끄덕이면 당장 언제 올 거냐면서 달력을 펴들 것 같은 분위기라 빈말이라도 그러겠다는 말은 하지 않았다. 그저 생각해 보겠다며 미루기만 했다. 이미 문학과 예술에 재미가 들린 사람으로 '하느님' 혹은 '성당'이라는 콘셉트가 매력이 없는 것도 까닭이 되겠지만 그보다 내가 꺼리는 것은 그녀가 있는 성당이고 그녀가 내가 들어오기를 기다리고 있는 성당이었다.

나는 교회든 부처님이든 별다른 거부감이 없는 편이었다. 집안 분위기도 그랬다. 친정어머니나 시어머니 역시 불교 신자였지만 자식들 중 하나가 독실한 기독교인을 배우자감으로 데리고 와도 그것 자체를 문제 삼은 적은 없었다. 우리 남매가 상대방 집안으로 온전히 흡수되어 기독교인으로 살아가더라도 잘못된 거라고 생각하지 않았다.

하지만 나는 누구와 함께 하는 것인지에 관해서는 꽤나 따졌다. 친해지고 싶은 어떤 사람이 나를 유인하는 장소가 성당이든 절이든 이슬람 사원이든 나는 거리낌 없이 그 안으로 따라 들어갈 수 있다. 그 안에 강제적으로 가두지만 않는다면 아주 오랫동안 머물 수도 있을 것이다. 세상일이 대체로 그렇듯이 나의 거절 역시 사람에 대한 거절인 셈이다. 끈질기게 성당을 권하는 그녀에게 그러한 생각을 전달할 도리는 없었으므로 앞집에 산다는 이유 하나만으로 꼼짝없이 고강도의 폭력을 체험하게 되는 날이 하루 이틀이 아니었다.

그녀를 거절하기 위해 취해야 했던 나의 변명은 나날이 또 얼마나 추잡해져 갔겠는가. 처음에는 부드러운 목소리로 "나는 아주 평안합니다."라고 했던 것이 시간이 지남에 따라 "난 아무하고나 사귀지는 않아요." "난 사람을 싫어합니다. 사람이 많은 곳에는 가지 않아요."라며 신경질적으로 변해 갔고 종내에는 "고통요? 절규요? 그게 나랑 무슨 상관인 거죠?"라는 식으로 고약해져 갔다.

어느 날부턴가 나는 기도에 빠져 있는 나 자신을 발견하게 되었다. 오늘은 제발 만나지 않게 해 주세요. 하지만 나의 기도는 하느님에게 미치지 못하여 슈퍼에 가다가도 그녀를 만나고 두어 정거장 떨어진 곳에 원두를 사러 가다가도 교회 다녀온다는 그녀를 만나게 되었다.

그러다가 그녀의 시야로부터 확실하게 벗어나는 일이 생겼다. 그녀가 같은 단지 안이지만 이웃 동으로 이사를 했고 때맞춰 작가로서나 생활인으로나 많이 급박해진 나는 버스로 이삼

십 분 거리에 있는 산동네 반지하에다 작업실을 마련했다. 도시락까지 싸서 아침에 출근하고 저녁에 퇴근하다 보니 그녀를 만날 일도 거의 없었다. 반상회가 있으면 작은애를 시켜 돈만 내고 오게 했다. 왜 진작 이런 방법을 찾지 못했던 걸까. 그 후 만 삼 년간은 작업실에 처박혀 내 인생에서 가장 평온하고 행복한 시간을 보낼 수 있었다.

그녀에게 그런 내 자신을 아주 들키지 않은 것은 아니었다. 큰애가 대학에 들어가기 위해 고군분투하게 되어 집에 머무르는 시간이 많아졌을 때였다. 집 근처 쇼핑몰을 다니면서 볼 일을 보다가 그녀와 마주쳤을 때 나는 섬뜩한 분위기를 느꼈다. 안 그래도 마른 체형이었던 여자는 살이 더 빠져서 오래 쳐다보고 있기가 거북할 정도로 핼쑥해져 있었다. 할 말이 없던 참에 큰애는 대학이 어떻게 되었느냐고 물었더니 대답은 하지 않고 난데없는 이야기를 했다.

"차 한 잔 마시고 싶은데 저기 스타벅스에서 잠깐만 기다려 줄 수 있어요?"

그동안 십 분이나 이십 분 자기 볼일을 보고 오겠다는 거였다. 그 또한 책에 사인을 해서 한 권 줄 수 있느냐는 제안과 비슷하다고 느꼈기에 거절은 아니지만 긍정이라고도 말할 수 없는 여운을 미소로 대신하면서 웃기만 했다. 여자는 내 마음에 번지는 뉘앙스를 알고 있다는 듯이 가까이 다가와 더럭 내 손을 쥐었다.

"차나 한잔 해요."

못을 박으려는 그 말투가 싫어 슬그머니 손을 빼면서도 나는 "그래요, 얼마든지."라고 대답했다. 하지만 여자가 황망히 자리를 떠나 어딘가로 사라지자마자 망설이지 않고 집으로 돌아와 외출복을 벗었다. 이상한 건 그때까지 그녀가 잡았던 손의 감촉이 떨어지지 않고 남아 있는 것 같았다.

7

그 후 일 년 정도 지나 그녀를 다시 만났다. 멀리서부터 나를 알아보고는 거기 서있으라며 손짓하는 모습이 군내버스를 잡아 세우려는 시골 할머니 같았다.

"아이구, 상은이 엄마"

그렇게 숨차게 다가와서는 등나무 밑으로 나를 잡아끌더니 강제로 주저앉혔다. 그런데 그 강제로는 그동안 내가 겪었던 강제로와는 왠지 모르게 좀 달랐다. 인간의 몸이 완력을 이용해 저지르는 그런 강제로가 아니라 신이 우리 몸을 타고 나타나 직접 행하는 듯, 나도 모르는 사이 군말 없이 승복하게 되고 말았다.

여자가 허겁지겁 물었다.

"별일 없으신 거예요?"

"왜요?"

"꿈을 꿨어요."

"꿈이라면, 제가 나오기라도 했다는 건가요?"

"네. 그 집 딸내미를 꿈에서 만났어요. 내가 너희 엄마 요즘 왜 안 보이시니, 하고 물었더니 상은이가 대답하길 우리 엄마 죽었어요, 라고 하더라고요. 혹시 무슨 일이 있으신 건가, 아님 꿈에 죽는 건 좋은 일이라고 하던데 어떤 좋은 일이라도 있으신지."

이를테면 그게 궁금했다는 것이었다. 그러면서 다시 한 번 무슨 일이 있느냐고 물었다.

"저는 보시다시피 아무 일도 없습니다."

나는 좀 수동적으로 대처하면서 얌전히 있었다. 여자는 다행이라는 듯이, 정말 다행이라는 표정으로 내 어깨를 만져 주었다. 표정이 많이 열리고 풀어져 있었다. 신경증의 자취는 사라지고 방금 들고 뛰었던 사람답게 꽃냄새, 바람 냄새를 풍겼다. N 학습지 선생으로부터 재수한 그 집 큰딸이 명문대에 합격해

다니고 있는 중이라는 소식을 진작 들었던 나는 아무래도 그것을 물어주는 것이 도리일 것 같아 모르는 척 입을 뗐다.

“딸은 어떻게 되었어요, 잘 갔죠?”

여자가 선보러 나온 시골 노처녀처럼 몸을 배배 꼬면서 어쩔 줄 몰라 했다. 그동안 그녀에게 쌓였던 해묵은 감정이 다 녹아 없어질 정도로 그 모습이 보기 좋았던 것 같다.

아무러하든 간에 잘된 일이었다. 그녀는 마침내 이겨낸 것이다. 그날 등나무 밑에서 우리는 처음으로 이런저런 이야기를 편하게 주고받았다.

막 헤어질 참인데 그녀는 다시 한 번 묻는 것이었다. 정말 아무 일도 없느냐고. 자기는 꿈을 자주 꾸는데 여태 살면서 지나쳐도 좋은 꿈은 한 번도 꾼 적이 없다고 했다. 그 결과 생각이나 기억은 못 믿어도 꿈은 믿게 되었다는 거였다. 그래서인지 내가 죽었다는 말을 꿈에서 들었을 때 가슴이 많이 아팠었다는 그녀의 이야기를 들으면서 나는 그것이 진심이라는 것을 조금도 의심하지 않았다.

“아~무 일도 없습니다. 걱정 마시고 어서 들어가 쉬셔요.”

나는 등을 떠밀었고 여자는 자기 집으로 가면서도 자꾸만 뒤돌아보면서 손을 흔들었다. 뒤돌아보는 것이 발걸음이 되어 마침내 아파트에 도착했고 이내 그 모습이 사라져 보이지 않았다.

그것이 그녀와의 마지막이었다.

사실을 말하자면 그녀의 꿈에서 작은애가 우리 엄마 죽었어요, 라고 하더라는 이야기를 들었을 때 나는 상당한 충격을 받았다. 마치 그녀의 뱃속에서 나의 혼잣말이 흘러나오는 줄 알았다. 단순히 기분이 이러저러하다는 것이 아니라 누군가 나의 전 인생을 들었다 놓는 것 같았다.

마침내 과녁이 명중하고 나는 당한 거라는 아찔함도 나를 스치고 지나간 수많은 감정 중 하나였다. 내가 그녀의 꿈을 믿을 수 없는 것으로 조작할 능력 같은 것은 없는 일이고 보면 그녀의 말은 사실로써 더 분명해지는 바가 있었다. 나는 비로소 앞집 여자를 조금은 알 것 같았다. 그녀는 계속해서 살아가기 위해 나를 이용해서라도 자기 자신을 좀 더 이해하고 싶었던 게 아닐까.

그즈음 우리 가족은 이전과 비교해 볼 때 별 차이가 없는 생활을 영위해 가고 있었다. 두 아이들은 잘 성장해 대학에 입학하거나 입학을 앞두고 있는 상황이었고 남편은 처음과 마찬가지로 성공보다는 실패에 가까운, 별 특징 없는 생활을 이어가고 있었다. 내가 글쓰기를 계속하는데 있어 크게 건드리고 방해하는 사람도 없었고 어떻게든 잘 해보라는 식으로 격하게 응원하는 사람도 없었다. 그렇게 모든 것은 이전 그대로인 듯했지만 내 마음 안에서는 커다란 변화가 일어났다. 우리가 한 가족을 이루는데 있어 가장 위태로운 요인이었으나 가장 큰 원동력이기도 했던 내 안의 엄마, 어느 날 아침 자고 일어났더니 불현듯 그 엄마가 사라지고 없었다. 그것은 정말이지 아주 이상하고도 기괴한 체험이었다. 마치 환각제를 먹었다가 약 기운이 다해 거기서 깨어나고 만 것 같았다. 손을 쓸 새도 없었고 쓸 수도 없었다. 그것은 오랜 시간을 두고 서서히 일어난 일이더라도 나에게는 어느 날 아침의 돌연사로 다가왔기 때문이다.

내가 추측하기로는 앞집 여자가 꿈을 꾼 것과 내가 내 안의 엄마가 죽었다는 것을 알게 된 시기는 상당히 일치했다. 아니면 앞집 여자의 꿈이 며칠 정도 앞섰을 수도 있었다. 나는 나의 죽음을 아무에게도 알린 적이 없고 어딘가에 메모조차 한 적이 없다. 그것은 당혹이었으며 혼돈 그 자체였기 때문이다. 그런데도 여자의 무의식은 그것을 응시해 내고, 꼭 그 때문이라고 확정할 수는 없겠지만, 고질적인 신경증마저 털어내기에 이른 것이다.

등나무 밑에서 여자를 집으로 들여보낸 뒤 나는 내가 살던 집으로 곧장 들어갈 수가 없었다. 번화한 지하철역 방향으로 나가 한참을 걸어 다녔다. 세상에는 이런 사람도 있고 저런 사람도 있지만 나를 드나드는 인격의 출입마저 내 뜻대로 통제할 수 없다는 것이 내 발길을 더 오래 길에다 묶어두었다. 나는 나인

가. 그 밤에 내가 해볼 수 있는 것은 그런 생각을 하면서 거리를 조금 더 걸어보는 것 말고는 아무것도 없었다.

그렇다고 가족에 대한 연민, 특히 엄마를 또 한 번 상실해야 할 아이들에 대한 걱정이 내 마음 한복판을 차지했던 것은 결코 아니었다. 솔직히 그건 더 이상 내 알 바 아니었다. 집에서 나가고 싶지만 나가는 방법을 모르는 것이 그 당시 내가 안고 있던 가장 큰 고민거리였다. 마치 손바닥은 펴졌으나 여전히 안이 있다는 착각에 빠져 그곳을 벗어나지 못하는 큰애처럼 나는 이상한 방식으로 길을 잃었고 방향 감각조차 상실한 뒤였다.

그 후 거의 공황 상태로 이삼 년간 숨을 고르며 시간을 끌다가 어느 날 불현듯 노트북 하나만 달랑 들고 집을 나와 다시는 돌아가지 않았다. 그리고 사람들이 왜 혼자냐고 물을 때마다 조금씩 다른 이유를 갖다 붙이곤 했는데 그런 나를 또 하나의 내가 조용히 내려다보는 것을 나는 또 물끄러미 바라보고 있었다.

5

삭발

1

릴리를 만난 것은 충남 보령 인근의 작가 레지던스에서였다. 갯벌을 끼고 있는 바다의 풍광이 아름다운 곳에 레지던스 프로그램 장소인 펜션이 있었다. 월 십오만 원의 관리비를 내야 한다고 들었을 때는 왠지 모르게 손해 보는 느낌이었는데 와 보니 그 이상을 내라고 해도 할 말이 없을 만큼 조건이 좋아 보였다. 배정받은 방에 들어갔을 때는 더 놀랐다. 난방이 얼마나 잘 되는지 훈훈한 실내 공기가 서울에서 꽁꽁 얼었던 마음까지 부드럽게 녹이는 것 같았다. 방은 인테리어 전체를 통나무를 이용해 배치했는데 침대와 욕조부터 작은 소품 하나까지 정성이 들어가지 않은 것이 없었다. 나중에야 알았지만 실제로 그곳은 호텔급 숙박업소로 운영되다가 여러 곳에 펜션들이 난립하면서 장사가 되지 않자 정부 지원금으로 운영하는 작가 레지던스로 영업 방침을 바꾼 경우였다. 방문을 닫고 오롯이 혼자가 되자 내려오기를 잘했다는 생각이 들었다. 난생처음 참가하게 된 프로그램인 만큼 잘해 보리라고 결의를 다지고 있을 때 바로 옆방으로 사람이 드는 기척이 들렸다. 문을 열고 내다봤더니 멋진 스카프를 두르고 펄이 들어간 굽 높은 하이힐을 신은 여자가 가방을 세워놓고 서 있었다. 그녀는 자기 이름을 릴리라고 소개했다.

짐을 풀면서 방을 나에게 맞는 공간으로 꾸미는데 약간의 시간을 할애했다. 못을 박는다든가 어디를 뚝딱뚝딱 고쳤다는 뜻은 아니다. 그저 주어진 한계 안에서 그곳이 나의 공간이다 싶을 정도로만 손을 댔다. 릴리는 두어 번 문을 두드리고는 방을 이용하는 수칙에 관해 확인하거나 지나치게 덥지 않느냐며 우울한 표정을 지었다. 그러고 보니 그런 것 같기도 해서 그녀가 자기 방으로 가고 난 뒤 나는 얇은 옷으로 갈아입고 문을 열어 환기를 시켰다.

저녁 식사 시간에 모두 일곱 명의 입주 작가가 들어온다는 이야기를 들었다. 펜션은 전체가 두 동이었고 내가 입주한 건물에는 사오십 대 작가들 넷, 다른 한 동에는 이삼십 대 젊은 작가 세 명이 든다고 했다. 나보다 두 살 위인 릴리 외에 우리 동 이층에 입주할 두 사람은 다음 날부터 하루 사이로 각각 나타났다. 그중의 한 사람인 M은 이미 한 달 동안 입주해서 생활하다가 잠깐 서울에 다녀오려고 떠났던 사람이었다.

처음 며칠은 우리 동 사람끼리도 데면데면하게 지냈다. 때가 되면 만나 밥을 먹고 서로 눈치와 기분을 살펴 가며 커피를 마시고 난 뒤 각자의 방으로 흩어졌다. 나는 다른 곳에서 운영하던 레지던스에 응모했다가 번번이 탈락했던 경험을 가지고 있었던 터라 그곳에서의 기회를 행운으로 알았으며 집중력 있게 일에 매달렸다. 글을 쓸 때마다 언제나 그러했듯이 이번에도 아무런 준비 없이 제목 하나만 달랑 만들어 놓고 시작에 나선 참이어서 매 순간 긴장과 집중을 게을리하지 않았다. 그 결과 일주일쯤 후에는 써야 할 소설의 윤곽이 잡히기 시작했다.

두 가지 복병이 나타난 건 그때부터였다. 우선 레지던스에 도착한 이후 잠을 제대로 자 본 적이 없었다. 나이가 들면서 집중력은 물론 체력의 한계를 느끼던 참인데 잠까지 못 자게 되니 당해 낼 재간이 없었다. 긴장은 서서히 풀어져 가고 나는 말이 많아졌다. 말을 많이 하다 보니 서로 간에 감정적인 뉘앙스가 생기고 그것이 다시 관계로 환원되면서 어색한 느낌으로 되돌아왔다.

"이야기 좀 해요."

우리 동에서 그런 식으로 먼저 분위기를 주도하는 것은 아무래도 좀 더 기운이 남아도는 두 명의 사십 대 작가였고 그중에서도 M이었다.

"그럽시다."

어차피 잠도 못 자서 몽롱하고 어지러운 참이다 보니 에라 모르겠다며 따라나서 위층 M이 거주하는 방의 다락으로 기어 들어 갔다. 하필 다락방이었던 이유는 M이 펜션 측에서 작가들이 모여 수군수군하는 것을 싫어한다고 귀띔했기 때문이다. 지붕창을 통해 주변 바다와 갯벌의 아름다운 풍광에 사로잡혀 대화고 뭐고 흐릿해질 즈음 누가 먼저랄 것도 없이 "둘만 있기 뭐하니까 다른 사람을 부를까요?" 하게 되고 그러다 보면 어느새 네 명이 모두 모여 수다를 떨고 있었다.

자기 얘기를 가장 먼저 하고 많이 한 것은 M이었는데 주제가 말이 안될 때가 좀 있었다. 이를테면 자기 사정을 하염없이 늘어놓은 다음 '제가 이혼해야 할까요?'라고 물어보는 식이었다. '제가 복직하는 게 나을까요?'도 주요 테마 중 하나였다. 그걸 왜 우리한테 물어보냐며 아무리 가로막아도 M은 다음 날, 그 다음 날 또 같은 질문을 반복했다. 그러다가 우리는 레지던스 스텝을 가지고 뒷담화를 시작했다. 펜션의 실제 주인인 P는 인근 소도시 관공서의 건축과 직원이었는데 가족들이 기다리는 집으로는 가지 않고 펜션에서 출퇴근을 했으며 아침저녁 식사 시간에 반드시 나타났다. 그뿐이 아니라 펜션 운영이며 작가 레지던스 전반에 관해 디테일하게 간섭하면서 주도해 나가는 편이었고 때로는 개인적인 부분에 해당되는 생활 규칙을 가지고 작가들에게 이래라저래라 말하기를 서슴지 않았다. 나 역시 그가 카페테리아의 고급스러운 테이블에 앉아 차를 마시면서 그곳을 거쳐 간 작가들을 내려다보며 품평하고 정부 지원금이 지나치게 적다면서 우리가 먹는 한 끼 식사까지 돈으로 환산해 따지는 것이 몹시 부당해 보이고 언짢게 여겨지던 참이었다. 물론 P에 대한 해석은 조금씩 달랐다. 심지어는 P가 행사하려는 주인 노릇을 부정적으로 평가하면서도 한편으로는 거기에 맞추고 부합하려고 할 뿐 아니라 다른 사람이 P에 대해 느끼고 파악한 것까지 억압하고 제지하려는 경향마저 아주 없지는 않았다. 그것이 작가들 개인과 개인 간의 관계를 복잡하게 만들었다.

릴리는 우리들이 나누는 수다스러운 작태에 적극적으로 끼어들기보다는 조금 떨어진 위치에 앉아 물끄러미 바라보면서 가끔 소리 내어 웃거나 우울한 표정으로 반응하곤 했는데 나는 릴리가 무슨 생각을 가지고 어떤 작품을 쓰고 있는지 조금도 알지 못하는 상황이었다. 다만 밤에 잠을 통 못 잤다고 할 때는 잠시 잠깐씩 매우 각이 져 있는 인격이 출현한다는 느낌을 받을 때가 있었는데 그것이 사실인지 아닌지 확인할 길은 없었고 굳이 애쓰며 확인할 일도 아니라고 생각했다.

M에 이어 두 번째로 자기 사연을 말한 것은 나였다. 나는 원래 내 이야기를 하지 못해 안달하는 성격은 아니었지만 세 명이 집중적으로 덤벼들며 관심을 보이는 통에 알면서도 당해 주는 격이 되었다. 하지만 오십 대의 평범한 가정주부에다 그저 그런 생활 수준을 운명처럼 겪어 나가고 있는 내가 이야기에 대한 그들의 남다른 요구를 감당해 내기는 어려웠던지라 삼십 분이 채

되지 않아 마이크를 내려놓는 수모를 겪었다. 세 번째는 사십 대 후반인 B가 나섰고 결혼하여 아이 둘을 낳아 키우면서 교사로 활동한다는 특징 없는 이야기가 신세 한탄이 섞인 조용한 어조로 전개되었다. 나는 그 모든 것이 지루했을 뿐 아니라 더럭더럭 하품까지 하고 말았는데 그렇다고 선뜻 일어나 내 방으로 걸어가는 성실성은 보이지 못했다. 내가 레지던스라는 국가적인 프로그램에 참여했으나 집에서 혼자 작업할 때보다 훨씬 타락한 모습을 보이고 게으른 생활 습관에 젖어버렸다는 자의식에 시달릴 즈음 마지막 타자인 릴리가 숟가락으로 만든 마이크를 거머쥐었다.

"제 아버지는 공산주의자셨어요. 이미 수십 년 전에 끝난 일이지만 그것은 지금까지도 제 이야기의 헤드라인입니다."

순간 나는 "어이쿠!" 하고 넘어지는 것 같았고 그 기분을 바깥으로 노출하지 않기 위해 허리를 세우고 앉은 자세를 고쳤다. 다른 사람들도 조금은 부담스러워하는 표정이었다.

2

삼십 분쯤 이야기가 진행되었을 즈음에는 반응의 양상이 확연히 달라졌다. 깊은 한숨과 분노가 일어났다. 특히 어린 시절 연좌제 때문에 받았던 핍박은 지금까지 들었던 유사한 사례보다 잔인하고 심각했다. 그 때문에 가족 중에는 자살자가 여럿 나왔고 릴리 자신도 수없이 자살을 시도한 경력이 있었다.

"미국에서 십육 년간 치료를 받아 지금은 완쾌되었습니다."

릴리는 동료 작가들을 안심시켰지만 이미 감정이 일어나 파도처럼 출렁거리고 있었다. 십육 개월의 시간도 한숨이 나오는데 십육 년이라는 시간을 치료하면서 소진하다니. 모골이 송연했다. 글쓰기는 치료받는 과정에서 우연히 시도하게 된 것이라고 했다. 그녀는 현재 자전적인 장편 소설을 집필하고 있었다.

릴리의 라이프스토리를 다 듣는 데 네 시간이 걸렸다. 우리는 질문하고 놀라고 반성하고 울다가 자기 방으로 흩어졌다. 그렇다고 창고 안 먼지 더미에 묻혀 있던 릴리의 과거사가 우리들 원고의 행간 속으로 즉각 수렴되었다고 말하기는 어려울 것이다. 우리는 저마다의 취향과 주제를 가지고 작업에 열중하는 사람들이었다. 나는 그날도 잠을 이루지 못했는데 이전과는 양상이 좀 달랐다. 릴리의 이야기를 듣는 동안 나는 강하게 자극을 받았고 심지어는 그녀의 무엇인가가 내 안으로 들어와 포개져 버렸다고 느꼈다. 하지만 그게 무엇인지, 왜 그런지는 알 수가 없었다.

내 예상대로 그 뒤 이틀간은 다락방에 모이는 일이 없었다. 식사 시간에 마주치더라도 밥만 먹고 헤어져 각자의 방으로 흩어졌다.

며칠 뒤 나는 약속이 잡혀 있어 새벽에 펜션을 출발해 서울로 향했다. 네 시경에 출판사 직원과 미팅을 마치고 나서 저녁을 먹기 위해 이름난 음식점에서 엄마를 만났다. 근황을 전달하던 끝에 레지던스와 다락방 멤버에 대한 이야기가 나왔다. 나는 릴리에게 들었던 이야기의 일부를 이렇게 전했다.

"고등학교 때 자기 손으로 세 번이나 삭발을 했다는 거야."

그러고 났는데 기분이 이상해지면서 아무 말도 하고 싶지 않아졌다. 사실은 더 이상 생각나는 것도 없었다. 나는 딱 그 지점에서 경직되었다. 엄마와 시무룩한 기분으로 헤어지고 나서 지하철을 타고 집으로 돌아가는데 어떤 거대한 소용돌이가 휘몰아쳐 오는 느낌을 받았다.

릴리, 릴리……

나는 그녀의 이름을 부르면서 고개를 갸웃거렸고 이불을 푹 덮어쓴 채 잠을 청했다. 하지만 곧 다시 일어나 집안을 배회하기 시작했다. 그러다가 한순간 머리에 전깃불이 들어오는 경험을 했다. 삭발. 문제는 그것이라고 말이다.

십여 년 전 열흘 코스의 템플스테이에 참가했을 때였다. 나는 열 살가량 연상인 여성을 보는 순간 그녀에게 정신없이 끌려 들어갔는데 그것은 사랑에 빠지는 것과 같은 몸살을 동반했다. 그녀는 두어 달쯤 전에 삭발했을 것 같은 머리카락을 고르거나 다듬지 않은 채 템플스테이에 나타나 자신은 그런 것쯤이야 아무렇지도 않다는 듯이 부엌과 법당을 휘젓고 다녔다. 나는 주최측의 규칙 따위는 몰라라 하고 오직 그녀의 주변만을 맴돌았다. 틈틈이 말을 걸었고 눈 한 번 마주치기 위해 별별 짓을 다 했다. 그녀는 눈도 마주치지 않았고 대꾸도 하지 않았다. 묵언이 규정이었고 우리는 그것을 지키기로 서약하고 들어온 참이었다. 내가 그녀에게 뭘 바라는지는 나도 잘 몰랐다. 프로그램이 끝날 때가 되고 그녀를 다시는 못 본다고 생각하자 죽을 만큼 초조해져서 앞뒤 생각하지 않고 그녀를 들이박아 버렸다.

"도대체 왜 그렇게 속을 안 보여 줘요?"

지금도 인정하고 싶지 않은 민망한 기억이지만 묵언이 풀리지도 않았는데 나는 소리쳤고 막무가내로 울음을 터트렸다. 하지만 그녀가 처음으로 반응을 보이는 성과가 나타났다. 나를 돌아보았고 나를 알아보는 것 같았다.

그녀가 말했다.

"난 속이 없어."

울먹이는 것 같기도 하고 읊조리는 것 같기도 한 말투였다.

나는 온몸의 힘이 빠져나가 거짓말처럼 폭삭 주저앉았다.

좀 변형된 형태이긴 하지만 나는 이 에피소드를 소설 속에 이미 써먹은 적이 있는데 그때도 코드는 삭발이 아니었다. 나는 숨이 멎을 정도로 그녀에게 사로잡혔지만 5센티미터가량 삐죽삐죽 자라난 흉한 머리카락 때문인 줄은 꿈에도 몰랐다. 사실은 모를 수가 없는 일이었다. 그 당시 거기서 본 그녀라는 인물 자체가 오직 삭발로써만 이목을 집중시키고 있었기 때문이다. 그럼에도 나는 그녀에 대한 나의 관심이 삭발하고는 무관한 줄 알았고 이후에도 삭발이 아니라 다른 인간적인 끌림인 것처럼 그녀에 대한 기억을 재구성했다. 그리고 릴리가 고등학교 때 자기 손으로 세 번 삭발했다는 고백을 들은 지금 내 안에서 억눌려 있던 무엇인가 되살아났다.

나는 릴리가 가버렸으면 어쩌지, 라는 말도 안 되는 걱정을 안고 바닷가 펜션으로 돌아갔다. 그녀는 떠나기는커녕 나를 몹시 기다린 것 같은 표정이었다. 내가 펜션 마당에 도착하기 무섭게 달려 나왔고 왜 이제야 내려온 거냐고 투정하더니 내 방으로 따라 들어왔다.

"이 방도 덥네."

그녀는 손부채를 만들어 부치면서 수선을 떨었다. 옷차림은 초여름 수준이었다. 무릎까지 내려오는 팔 없는 원피스에 스타킹은 물론 양말도 신지 않았고 원피스 속에는 얇은 티셔츠 하나만 걸친 채였다. 릴리는 너무 건조해서 콧속이 헐기 시작했다며 불편을 토로했다. 아무리 수건을 빨아 널어도 역부족이라는 거였다. 나는 그녀의 불만 사항들을 귓등으로 흘려들으면서 머리카락이며 두상 같은 것을 훔쳐보았다. 그러고는 나의 아버지는 공산주의자였습니다, 라는 고백을 다시 한 번 상기해 보는 것이었다. 그녀가 지나치게 덥다는 말만 해서였을까. 내 입에서는 감정과는 반대의 목소리가 흘러나왔다.

"그만 가요. 이따 식사 시간에 봅시다."

그녀는 자기 방으로 돌아가기는커녕 식당으로 사용하던 카페테리어로 가서 커피 두 잔을 만들어오더니 난데없는 고백을 시작했다. 자기 부친은 관청에만 들어가면 의식이 몽롱해지는 병이 있었는데 그 바람에 그녀의 출생 신고가 다소 잘못되었다는 것이었다. 장황한 사연이 소개되었지만 내용은 간단했다. 자신의 본명은 원래 명화였는데 관청에 들어가는 순간 기억 상실증이 와서 아버지의 이모 이름이었던 복례로 둔갑했고 나이도 실제로는 호적보다 두 살 어렸다. 결국 나와는 동갑이므로 서로 말을 놓자는 것이었다.

"그러자 복례야."

나는 놀리듯이 말하고 나서 빨리 가라며 그녀를 떠밀어냈다. 하지만 책상 앞에 앉자마자 나는 그녀가 몹시 궁금해져서 이번에는 내가 그녀의 방으로 달려가지 않을 수 없었다. 그녀와 내 방에는 다락이 없는 데다가 입주 작가가 밤이 되기도 전에 수다부터 떠는 것이 마땅하지는 않은 것 같아 구석진 곳에 숨듯이 마주 앉았다. 베란다 창문을 활짝 열어 놓은 상태여서 우리는 낮은 목소리로 조심스럽게 말했다. 그녀가 나의 어린 시절은 어떠했느냐고 묻기에 등단작이었던 단편 소설에 내용이 실렸었다는 식으로 우회해서 대답했다.

"노래를 부른다는 이유로 맞았단 말이야? 엄마한테?"

나는 저 푸른 초원 위에 그림 같은 집을 짓고 사랑하는 우리 님과 한 백 년 살고 싶어, 어쩌고 하는 남진의 노래를 아느냐고 물었다. 릴리는 당시에 내가 부른 노래가 무엇이었는지는 상관하지 않았다. 오직 부모의 매질만을 문제 삼았다. 그러다 보니 나의 관심사와 릴리의 관심사는 어느 순간 괴리되는 느낌이었다.

"아버지가 수시로 집을 나가 감감무소식이었던 거야."

릴리가 듣거나 말거나 나는 내 이야기를 끝까지 해치웠다. 뿐만 아니라 엄마가 매로 사용했던 싸리 빗자루에 관해서도 추억을 늘어놓았다. 나는 오랫동안 하얀 이팝나무를 싸리나무로 착각하고 살았다. 알고 봤더니 싸리꽃은 분홍빛을 띠고 있었고 줄기에도 붉은빛이 배어 있었다. 지금까지 하얀 이팝나무를 볼 때마다 울분 비슷한 감정을 체험했던 걸 생각하면 남의 산소에다 오랫동안 제사 지내고 절을 한 기분이었다. 아무도 나를 속인 적은 없지만 나는 왠지 속고 산 것 같았다.

릴리는 어떻게 그럴 수가 있느냐고 되풀이 한탄했는데 거기에는 내가 말도 안 되는 일을 당했다는 의견이 숨어 있었다. 사적인 문제들, 엄마의 개인적인 성향이 내 상처의 진정한 기원이라는 것을 릴리는 의아하게 여겼다. 그녀와 나의 가정환경은 그만큼 달랐다. 그녀는 현대식 교육을 받은 합리적인 부모에게서 태어나 자랐다. 그런 그 가족에게 국가는 사상이라는 이유를 달아 부당하고 비합리적인 핍박을 가한 것이다.

"그런데 삭발은 무슨 이야기야?"

릴리가 물었다.

"엄마에게 맞은 날이면 뒷동산 무덤이나 헛간, 방안의 장롱 같은 곳에 혼자 처박혀 울면서 스무 살이 되면 절에 들어가 중이 되겠다고 결심한 거야."

"왜 하필 절이었을까?"

정확히는 모르지만 엄마가 따라올 수 없는 확실한 피난처를 절이라고 생각했었던 것 같다고 대답했다. 산골의 폐쇄적인 장소에서 태어나고 자란 나로서는 그럴 수 있는 일이라고 생각해 왔다. 릴리는 그 대목에서 목이 마르다며 일어나더니 카페테리어로 가서 커피 두 잔을 더 만들어왔다. 그러고는 분명치도 않은 미래에 삭발을 하겠다는 상상이 어떻게 아이의 기분을 풀 수 있었는지, 이후로는 견딜 만해졌는지 자꾸만 물었다.

"견딜 만해졌으니까 견뎠겠지? 하늘에 대고 엄마에 대해 욕도 하면서 발산할 만큼은 했으니까."

"감히 엄마를 욕했었단 말이야?"

하지만 이후로 엄마와 나의 관계에 변화가 왔다는 이야기도 해 주었다. 기억해 보면 엄마로부터 부당한 매질을 당한 것은 어떤 한 시기에 있었던 일에 불과했다. 엄마는 자기 인생의 한 고비를 그렇게 넘겼던 셈이다.

릴리가 내 경험을 이해할 수 없었던 것처럼 나 역시 자기 손으로 직접 삭발을 감행했다는 릴리를 이해할 수 없었다. 거울 속으로 드러난 예쁘고 슬프고 아파서 더 애틋한 여자애, 빗고 또 빗겨도 더 빗겨 주고만 싶을 여자애의 머리카락에 어떻게 뭉툭한 가위를 들이댈 수 있단 말인가. 엄지손가락을 직접 놀려 가위를 작동시키고 말았다고? 사람이라면 어떻게 그런 짓을 할 수가 있지?

그녀는 나에 관해 계속 질문했으나 나는 그녀에게 질문함으로써 내 대답을 회피했다.

릴리의 상처는 대부분 굶주림과 연관되어 있는 것 같았다. 밥그릇은 언제나 텅 비었고 쥐가 득실거리는 집에서 산다는 이유로 학교에서는 왕따를 당했다. 그런데 아무리 이야기를 듣고 있어도 이해가 안 되는 부분이 있었다. 나는 그녀가 도대체 언제, 어느 지점에서 자살을 기도했는지 궁금했으나 그녀의 대답은 번번이 비껴가거나 나를 납득시키지 못했다. 하지만 지나치게 밀고 들어가 따지는 것은 자제해야 함을 나는 본능적으로 직감한 상태였다. 누가 보더라도 그녀는 여전히 우울증 환자였다. 어떤 유능한 의사가 그녀의 기억 파일을 A부터 Z까지 잘 갈무리해 놓았어도 언제 어디서든 사고가 일어날 수 있었다. 특히 나 같은 사악한 호기심쟁이가 어딘가를 잘못 건드리기라도 한다면 그녀에게, 혹은 그녀와 나 사이에 무슨 사달이 일어날지 모르는 것이다. 우리의 대화는 막다른 길에 봉착한 느낌이었다. 그렇지만 서로 떨어져 각자의 방으로 흩어지기에는 뭔가 아쉬움이 남아서 나는 하나 마나 한 질문을 계속 던졌고 뭐가 그렇게 못마땅했는지도 물었다. 그녀는 한동안 나를 멀뚱히 바라보더니 피식 웃었다.

"네 질문은 질문 같지가 않아."

"…… 왜?"

"당연한 걸 자꾸 물어보잖아."

"뭐가 당연하다는 건데?"

"정부는 일거수일투족을 감시했어. 뭔가 새로운 생계거리라도 시작하면 반경 몇 미터 근처에다 진을 치고 우리 가게에 드나드는 손님들을 일일이 체크했다고. 이웃 사람들은 그런 곳에는 얼씬거리지 않으려고 했어. 가게가 망하는 건 시간문제였지. 하지만 그게 끝이 아니야. 다 지나간 줄 알았는데 어느 날 그들이 나타나 아버지를, 이미 거덜 나 있던 내 아버지의 신체를 자기들 것인 양 끌고 가 화분을 파헤치듯이 쑤시고 짓밟았어."

나는 즉각 잘못했다며 고개를 끄덕였고 한참 동안 릴리를 달래고 위로했다. 안정을 취하기 위해 십여 분간 악보를 펼쳐 놓고 리코더를 불기도 했다. 나는 내가 릴리를 계산적으로 이해하려고 한다는 걸 의식했고 그런 나 자신에게 신물이 났지만 그 또한 순간이었다. 내 안에서는 그 망할 호기심이 여전히 득세하며 나를 충동하듯 떠밀고 있었다.

"내가 더 알고 싶은 건 네가 어떤 타이밍에서 네 머리카락에 손을 댔느냐는 거야. 고문당한 아버지가 피를 흘리며 집으로 돌아왔던 순간이라든가 하는 그런 게 있을 거잖아. 네 피부에 와닿는, 부당한 칼끝에서 도망치고 나서 보니 가위를 들고 거울 앞에 서 있더라, 하는 그런."

"소설을 쓰라, 소설을 써."

릴리가 못마땅하다는 듯이 중얼거렸다. 내가 릴리의 삭발과 나의 삭발에는 머리카락이라는 코드 외에는 어떤 공통점도 없는 게 아닐까 생각할 즈음 그녀가 유치하다는 전제를 하면서 하나 있기는 있다고 털어놓았다.

"우리 어렸을 때 학교에서 급식빵을 나눠줬잖아. 담임은 내게는 빵을 주지 않았어."

"뭐라고 하면서?"

"그건 정확하게 기억나지 않아. 확실한 건 그는 나에게 빵을 주지 않았고 나는 그 이유를 물어보지 않았어."

"왜? 나는 왜 빵을 안 주냐고 한 번쯤 물어볼 수도 있었잖아?"

"그걸 뭐 하러 물어봐. 입만 아프지."

"지금도 그렇게 생각해?"

"아니."

"으이그, 입이 아프더라도 좀 물어보지 그랬어. 나도 달라고 말을 해야 그 사람도 자기가 당연히 줘야 할 빵을 부당하게 주지 않았다는 걸 알게 되지."

"그게 부당하다는 걸 누가 말을 해 줘야 알 수 있는 건 아니었을 거야. 다만 내가 알고 있거나 상상할 수 없었던 다른 의외의 대답이 나올 수도 있었을 거라는 점에서 나는 그때 물어봐야 했고 물어보는 게 더 낫다고 생각한다는 거지. 사람 사이에서 멈추지 말고 계속되어야 하는 것은 그렇게 묻고 대답하는 흐름인 것 같아. 그 흐름을 끊은 게 나이기도 하다는 점에서 나는 과거의 책임에서 발을 뺄 생각은 없어."

내가 엄마한테 한두 번 얻어맞은 것에 꽁해 뒤끝을 드러내고 있을 때 릴리는 커다랗고 확고한 것으로 강요된 단 하나의 정치적인 뉘앙스에 갇혀 지냈던 셈이다. 사람이 사람을 위해 정치를 한다고 떠들어댔지만 실제로는 정치가 개개인을 통제하고 포박했던 시기였다. 그런데 그 소녀는 왜 하필 머리카락에 시선을 집중했던 것일까. 내가 그런 궁금증을 어떻게 처리해야 하나 궁리하고 있을 때 저녁 식사를 알리는 문자가 왔다.

릴리는 밥을 먹으려고 숟가락을 잡다가 나에게 귓속말로 "몇 번째인지는 모르지만 그 일 이후로 머리카락에 가위질을 했고 그것으로는 해결이 안 돼 자살 기도를 했었어. 나 참 유치하지?"라고 말했고 나는 그런 릴리를 물끄러미 바라보다가 내 숟가락을 잡았다. 그 후에 릴리는 별로 말이 없었고 남의 말을 듣는 것 같지도 않았다. 대신 뭔가를 집요하게 생각하는 눈치였다.

3

핸드 드립으로 커피까지 함께 만들어 마시고 식당 밖으로 나왔을 때 릴리가 젊은 작가들을 향해 방이 덥지 않느냐고 물었다. 젊은 작가들은 그렇긴 한데 더워서 더 좋다고 하기도 하고 잘 모르겠다고 대답하기도 했다. 얇은 티만 걸치고 있으면 크게 문제 되지 않더라는 이야기도 했다.

릴리는 자신은 더워서 잠까지 설치는 수준이라며 "지금 그쪽 방에 한 번 가 봐도 돼요?" 하고 양해를 구했다.

"네, 구경하세요."

나도 궁금하던 참이라 식당 건물 위층에 있는 젊은이들 방으로 따라 올라갔다.

"우와!"

아무 생각 없이 따라나서기만 했으나 결과적으로는 꽤 놀랐다. 그쪽 방들은 모두 복층으로 되어 있었고 다락에는 서너 개 이상의 지붕창이 달려 있었다. 거기 누워 잠을 자거나 휴식을 취할 수 있어 좋기도 했겠지만 복층 자체가 실내 온도나 환기에 있어 완충 역할을 할 수 있을 것이라는 판단이 들었다. 우리가 입주한 건물의 위층 역시 그러한 편이었다. 이를테면 릴리와 내가 거주하는 공간만 다락이 없었다. 그래서 더 아늑할 수도 있지만 건조함을 해소할 장치가 없어 답답한 느낌을 줄 수가 있었다. 릴리가 그와 같은 차이에 무감할 리 없었다. 우리 쪽 건물로 들어서자마자 격렬하게 불만을 터트렸다.

"P가 작가들에게 등급을 매기고 있는 것 같지 않아?"

"에이, 설마."

우선은 아니라고 말했다. 다락이 있는 방이라고 하더라도 거기에는 또 차이가 있었다. 영업하는 호텔로 보면 이러한 문제는 분명히 가격 차이에 반영이 될 것이었다. 하지만 다른 방과 비교만 하지 않는다면 내 방이나 릴리의 방 역시 상당히 고급한 수준이었다. 사람이라는 게 어디를 가나 타인의 주관적인 기준 속에 노출되기 마련이라고 보면 내가 당장 해야 할 일은 릴리를 가라앉히는 것인지도 몰랐다. 하지만 말리면 말릴수록 릴리는 더 벌컥거렸다.

"주관적인 기준을 강조하려면 작가 레지던스 하지 말아야지. 그게 무슨 권력이라고 자기가 챙겨야 할 사람한테는 좋은 방 주고 모르는 사람한테는 나쁜 방 주고 그러는 거야."

내가 나쁜 방이 어디 있냐고 답답해 했더니 릴리는 지금 자기 입안 헐고 입술에 물집 생긴 거 안 보이냐며 목소리를 높였다.

"내가 입주하고 싶은 방은 이렇게 외관만 번드르르한 게 아니라 일에 집중할 수 있는 보통 방이야. 나는 지금 왜 내 방만

덜 고급스럽냐는 이야기를 하는 게 아니라 편안하게 일하고 잠 잘 수 있는 공간으로서 이 방을 문제 삼고 있는 거라고. 내가 볼 때는 네 방과 내 방이 이곳에서 가장 건조한 것 같아."

"그건 맞아. 하지만 우리는 여기 와 있고 누가 되었든 우리 중 한두 명은 건조한 방에서 거주해야 하는 거잖아. 우리가 아니면 다른 후배 작가가 이 방에 들었을 거라고."

"그러니까 그냥 말없이 받아들이기만 해야 한다는 거야?"

"아니, 그렇지는 않아. 덥다고 말은 해보자. 온도를 조금 낮추거나 아니면 다른 방법을 찾아야 할 것 같아."

일단은 릴리의 방으로 들어가 의논을 시작했다. 릴리의 방에는 창문이 몇 개 있었는데 블라인드를 걷고 살펴봤더니 열 수 있는 것은 하나뿐이었고 그것을 열면 방 안이 바깥으로 훤하게 노출되고 마는 형국이었다. 결국 블라인드를 내리고 다른 방법을 궁구했다. 그 사이에도 우리의 이마에서는 땀이 흘러내렸다.

남은 것은 베란다로 나가는 밀문과 화장실 문이었다. 릴리는 이미 그것을 여러 번 여닫으면서 조절을 시도해 봤다는 것이었다. 가장 가능한 방법은 베란다 문을 열어놓는 것인데 그러고 나면 춥다고 했다. 커튼을 쳐서 바람을 막아도 소용이 없었다. 추워서 문을 닫고 나면 또 답답해 미칠 것 같고……. 그런 하소연을 듣고 있자니 내가 왜 이런 해결 불가능한 일에 말려들고 말았지, 라는 후회가 밀려왔다.

"그렇다면 방 안 온도를 낮추는 것밖에 없네. 그걸 부탁해 보자."

그렇게 믿고 사무실이면서 카페이기도 한 식당으로 가서 실무 담당자를 불러 사정을 설명했다. 펜션 명의자이면서 실무자이기도 한 D는 시큰둥한 반응을 보였으나 조절을 해 주겠다고 약속했다. 하지만 세 시간이 지나도 여전히 자기 방은 찜통이라며 릴리가 나에게 다시 와서 분통을 터트렸다.

"온도를 낮추지 않았단 말이야?"

별 뾰족한 해답을 찾지 못하자 릴리는 위층으로 올라갔고 잠시 후에 M의 방으로 올라오라며 나에게 문자를 보냈다. 내가 M 방으로 들어갔을 때는 B도 와 있었다. 우리는 다시 다락방으로 올라가 옹그리고 앉았다.

"여기 나름대로 사정이 있는 거예요."

제가 이혼해야 할까요, 물었던 M은 그곳 난방 시스템에 관해 이미 많이 알고 있었다. 그녀는 나나 릴리에 비해 한 달 전부터 들어와 있던 참이었고 우리가 오기 전에는 커피 타임을 핑계 삼아 P와 어지간히 어울렸던 모양이었다. P의 가정생활이며 그곳 펜션이 처하고 있는 어려움까지, 속된 말로 빠삭하게 꿰고 있었다.

나를 가장 멋쩍게 만든 것은 M이 릴리 문제에 있어 나와는 다르게 대처하는 점 때문이었다. M은 P에 관한 그 어떤 자극적인 뒷담화보다 릴리를 걱정하고 위로하는 데 시간을 쏟았다. M은 잠을 그렇게 못 자서 무슨 글을 쓰겠냐며 릴리의 손을 꼭 쥐고 이렇게 말했다.

"정 답답하면 제 방에 올라와 일하셔요. 다락방이 있으니까 저하고 나누어서 사용하면 돼요. 주무실 때도 그렇게 하세요. 보시다시피 여기 침대 많잖아요."

M의 방에 침대가 많은 것은 사실이었다. 이를테면 M이나 B의 방은 대가족을 받는 것이 가능한 시스템을 갖추고 있었다. 반면에 릴리와 나의 방에 침대는 이인용 하나씩이었고 가격도 가장 낮았다. 자기 방에 와서 작업을 해도 되고 자도 된다는 말을 빈말로 할 리가 없는 일이고 보면 M의 마음 씀씀이는 나를 머쓱하게 만들기에 충분했다. 비록 말로 그칠지라도 M의 그와 같은 배려의 말이 있고 나자 릴리는 조금 안심하는 눈치였다. 릴리를 충분히 위로했다고 생각하자 M은 난방 시스템에 관해 비로소 입을 떼기 시작했다.

"통나무에 비밀이 있어요."

"무슨 소리야?"

우리는 국가 기밀 사항이라도 다루듯이 머리를 맞대고 소곤

거렸다.

"바닷가인 데다가 난방을 하다 보면 안팎의 온도 차이가 생기는 거잖아요. 통나무에 소금기가 배지 않게 유지하려면 계속 불을 때 줘야 한다는 거예요. 이를테면 손님이 들지 않을 때에도 난방은 돌아가는 거죠. 그러다 보니 작가 레지던스를 하기 전, 손님이 거의 들지 않던 이 년 동안은 P가 마음고생을 얼마나 했겠어요. 관공서에서 벌어들인 월급을 여기에 다 쏟아부었다더군요. P의 아내가 여기를 괜히 안 와보는 게 아니래요. 그녀는 문을 닫으라고 한답니다. P는 작가 레지던스라는 방법을 찾았으니 일 년만 더 해보고 그래도 이윤이 안 생기면 이곳에다 불을 싸지르고 집에 들어가겠다고 말해 둔 상태라네요."

"와!"

듣고 있던 우리 셋은 입을 다물지 못했다.

"그럼 지금 통나무를 썩지 않게 하려고 사람은 숨이 막히든 말든 계속 불을 땐단 말이야? 난방비도 많이 들 텐데?"

"난방은 전기 코일을 넣어 하고 있는 것 같은데요?"

"그래도 온도를 낮추면 절약이 되는 거지."

그러자 릴리가 버럭 소리를 질렀다.

"지금 난방비가 문제예요?"

4

설상가상이라는 말은 꼭 이런 경우를 두고 하는 말일 것이다. 며칠 후 주말인 어느 날, 점심시간을 한 시간가량 남겨 뒀을 때였다. 물통을 들고 식당으로 갔더니 릴리가 카페테리어 카운터에서 커피를 내리기 위해 원두를 갈고 있었다. 그때 P가 식당으로 들어오더니 릴리더러 카운터에서 나오라고 했다.

"왜요? 지금 커피 내리고 있는 중인데요."

"글쎄, 이리 나오세요. 제가 할게요."

릴리는 카운터에서 나왔고 나는 물을 다 담았지만 커피 한 잔을 얻어 마실 수 있을 거라는 기대를 가지고 얼쩡거렸다. P가 핸드 드립 용기에 끓인 물을 부으면서 투덜거렸다.

"너도나도 여기 와서 커피를 내리고 하는데 커피야말로 알고 보면 예민한 식품이에요. 막무가내로 물만 들이붓는다고 되는 게 아닙니다. 저는 정식으로 배우고 이십 년을 내려 봐서 알아요. 그리고 아무것도 아닌 것 같지만 이거 원두 한 봉지에 얼마 주고 사 오는지 알기나 해요?"

"아……."

릴리와 나는 갑자기 어색해서 어깨를 움츠렸다.

"도대체 당신들이 하루에 원두를 몇 봉지나 소모하고 있는지 생각을 한번 해 보세요."

P의 그 말이 끝나기 무섭게 릴리가 카페를 나가버렸다. 나는 잠시 숨을 들이마시고는 입을 열었다. 무슨 말이라도 해야 할 것 같았기 때문이다.

"P선생은 분명 이 나라의 문화 예술을 위해 이 건물을 기부했다고 말했었죠? 그런데 왜 여전히 주인 노릇인가요? 그래요, P선생이 주인이라고 쳐요. 우리가 여기서 잠깐 주인 노릇 해보는 것도 안 되는 건가요?"

P는 주전자를 내려놓고 나를 쳐다보았다. 얼굴이 벌겋게 달아오른 상태였다. 나는 카페를 나와 릴리 방으로 갔다. 릴리는 짐을 싸고 있었다. 그런데 잔뜩 화를 내거나 혐오스러워할 거라는 예상과는 달리 릴리의 태도는 단순 명료했다. 어둡기보다는 오히려 밝음이나 긍정으로 돌아선 것 같은 표정이었다.

"여기서 떠날 거야!"

"릴리!"

일단 이야기 먼저 나누자며 아무리 설득해도 릴리는 캐리어 안에다가 막무가내로 짐을 박아 넣었다. 마지막으로 노트북을 챙기고 나더니 방 열쇠를 손에 잡았다. 나는 팔짱을 끼고 노려보면서도 설득하지 않을 수 없었다.

"커피는 P 말이 맞아. 사실 나도 그의 말을 듣고 깜짝 놀랐는데 커피는 우리 각자가 챙겨왔어야 했던 것 같아. 사람마다 취향도 다르고 마시는 양도 다른데 그걸 여기서 모두 감당해야 한다는 건 진짜 아니지. 난 내가 왜 미처 그 생각을 못 했었나 싶어."

"넌 내가 그까짓 커피 때문에 이러는 것 같아? 너도 옆에서 들었잖아, 그의 말투."

"말투가 뭐?"

"P는 날 무시하고 있다고."

"무시하기는 누가 무시해?"

"넌 그가 날 한 대 치는 것 같은 말투를 듣고도 그렇게 이야기하니?"

"치다니…… 그건 진짜 어불성설이다. 너 자꾸 그렇게 말하면 안 되는 거야. 우리는 누구나 상대에 대해 불만 같은 감정을 자유롭게 말할 수 있어. 그는 그걸 밝힌 거라고. 이제 남은 것은 우리가 그것을 어느 선까지 받아들이는지를 결정하는 거야."

"난 그럴 생각 없어. 너나 해."

"뭐라고?"

"난방 문제도 그렇고 툭 하면 돈 얘기나 하고…… 우리가 레지던스 와서 왜 그런 말을 듣고 있어야 해? 우리가 여기서 P한테 부당하게 얻어먹고 있는 거야? 왜 작가를 거지처럼 만들어?"

"정확히 말하면 우리가 아니라 너야. 난 그런 감정 느낀 적 없어."

"그래, 좋아. 나야. 난 참을 수가 없다고. 지금 당장 여기를 떠나는 게 내 목표야."

릴리는 마침내 문을 열고 나서 가방을 끌었다. 나는 잠시 릴리 방에서 움직이지 않고 가만히 있었지만 속으로는 매우 짜증이 났다. 최근 들어 내가 어떤 감정에 휩싸일 때마다 몹시 지쳐버렸구나 싶을 때가 있었는데 그 순간이 바로 그랬다. 해결해야 할 문제가 코앞에 있어도 아무것도 하고 싶지 않고 아무것도 참견하고 싶지 않았다. 내가 릴리에게 빵을 주지 않았던 담임에게 왜 빵을 주지 않느냐고 물어나 봤어야 한다고 했던 것도 반드시 그렇게 행동해야 한다고 믿었다기보다는 최근 새로 터득한 생각의 패턴을 근거로 이야기해 본 것뿐이었다.

그러니 요 모양 요 꼴인 거야.

나중에 통과의례처럼 그런 생각을 한번 하는 것으로 모든 것을 털려는 게 현재의 내 모습이었다. 그런데 릴리가 나가 버린 그 순간에 뭔가 쿵 하고 내 가슴 밑바닥으로 떨어지는 소리가 들렸다. 릴리를 잡아야 한다는 생각이 들었다. 릴리도 살고 나도 사는 방법이 거기에 있을 것 같았다. 하지만 저 고집불통을 내가 무슨 수로 잡는단 말인가.

밖으로 나갔더니 릴리가 자동차에다 가방을 얹고 있었다. 사무실 쪽에서는 P와 D가 동시에 그런 릴리를 내다보고 있었다. 나는 더 이상 말하지 않고 운전석 옆자리에 올라탔다. 그런 다음 릴리가 차에 타기를 기다렸다.

"내려. 나 진짜 갈 거야."

그녀가 차를 반 바퀴 빙 돌아와 내가 앉은 쪽의 문을 열고 소리쳤다.

"그냥 배웅하려고 그래. 근처에 가서 밥이나 같이 먹고 헤어지자."

"밥은 왜?"

"밥 먹을 때가 됐잖아."

"난 배 안 고파."

"내가 배고파서 그래. 그리고 잠깐 밥 같이 먹고 갈 시간도 안 될 만큼 집에 가는 게 급하지는 않잖아. 시어머니가 살림도 해주고 있다며? 우리 같이 맛있는 거 사 먹자. 부당하게 얻어먹는 게 싫으니까 우리 돈으로 사 먹자는 거야. 오케이?"

"그것뿐이야?"

"그럼, 그것뿐이지. 내가 뭐 집으로 가겠다는 너를 말리기라도 할 줄 알았냐? 빨리 타. 난 맛있는 밥집을 잘 고르는 편이야."

문을 닫은 릴리는 차를 반 바퀴 돌아 운전석으로 가서 앉았다. 펜션을 빠져나오면서 돌아봤더니 두 남자는 여전히 같은 자리에 같은 자세로 서 있었다. 마치 자세라는 건 쉽게 바꾸기가 어렵다는 듯이.

5

젓갈 백반이라는, 이름만 듣고는 결코 선택하지 않았을 메뉴를 소화한 우리는 드라이브 삼아 낯선 길을 이리저리 계획도 없이 달렸다. 그러다가 닿은 곳이 채석강이었으나 바람이 너무 심하게 불어 얼른 다시 차 안으로 숨어들고 말았다.

피하려고 했던 것은 오직 바람뿐이었다는 듯이 말없이 각자의 상념 속으로 젖어 들었다. 나는 휴대폰을 열자 M으로부터 부재중 전화가 와 있는 것을 발견했다. 장황하게 뭐라고 썼으나 이내 지웠다. 그러고 나서 밖을 내다봤더니 바람이 대단한 위력을 보이고 있었다.

"저것 좀 봐."

나는 릴리를 흔들었다.

"숲속의 대나무들이 휘몰아치는 바람에 맞서기 위해 몸을 360도 이상으로 회전시키고 있어. 꺾이지 않으려고 세상에 존재하지도 않는 각도를 개발해 자기 몸을 꺾고 있는 거라고."

"그러네."

릴리는 졸리는지 기지개를 한껏 켰다. 불현듯 나는 내가 꽤 멀리까지 나왔다는 생각을 했다. 펜션에서 멀리 나왔다는 것인지 삭발로부터 멀어진 것인지는 분명하지 않았다. 어쩌면 옆에서 태연하게 식곤증을 즐기고 있는 릴리 때문에 그런 생각을 하게 된 것인지도 몰랐다.

한참 후에 릴리가 먼저 입을 열기는 했는데 묻는 방식이 참으로 뜬금없었다.

"그래서 어떻게 되었기에 넌 여기 있는 거야?"

"뭐가?"

"넌 스무 살이 되었을 거잖아. 스무 살에 절로 들어가 머리를 깎겠다는 너 자신과의 약속, 지켰어?"

"아니. 그동안 까맣게 잊고 살았어."

"정말? 삭발까지 상상하게 만들었던 엄마와의 일을 잊어버릴 수 있었다면 나름대로 괜찮게 살았다는 이야기가 되는 거니?"

"오히려 그 반대였던 것 같아. 의도적인 기억 상실 같은 거 있잖아. 그러고 보니 삭발에 관련된 또 하나의 기억이 있어."

"뭔데?"

"언제부터였는지는 정확하게 기억이 안 나는데 친구들한테 난 쉰이 되면 삭발을 한 번 해보는 게 꿈이라고 말하고 다녔던 것 같아."

"맙소사. 그건 지켰어?"

"아니, 또한 깜빡했어. 살다 보니."

"너의 삭발은 지키지 못할 약속 같은 거구나. 애초에 지킬 생각조차 없는."

"애초에 지킬 생각조차 없었다는 건 사실이 아닌 거 같아. 난 지키려고 했어. 적어도 그 순간에는. 살다 보니까, 그걸 지키지 않았고 지켜야겠다는 약속조차 까먹은 것 같아."

"재미있다. 바보 같지만."

"현명한 거지."

차 안에 웃음소리가 가득 찼다.

"다른 사람과의 약속은 어때? 그건 잘 지키는 편이었어?"

"아, 네가 내 말을 오해하는 것 같은데…… 난 약속한 건 지키고 마는 성격이야. 그건 절대 까먹지 않아."

"자기와의 약속도 좀 지키지 그랬어."

"내가 삭발이라도 하기를 바라는 거야?"

"하하, 그건 아니지만 그러면 안 되는 것도 아닌 거잖아."

"그래, 그러면 안 되는 것도 아닌데 마치 그래서는 안 되는 것처럼 한 번도 못 해 본 건 사실이지."

"지금이라도 해 볼래?"

"미쳤어?"

"저거 봐. 삭발은 하면 안 되는 거라고 강하게 결심하고 있는 게 분명해. 그게 뭐 대단한 거라고 결심까지 하고."

"아이고, 맙소사."

그러다가 동시에 웃음이 뚝 끊어졌다.

우리는 갈 곳을 정해야 했다. 더 이상 미룰 수 없는 일이 되었다. 각자 가야 할 곳으로 가거나 함께 펜션으로 돌아가거나.

차는 출발했다. 채석강 바람이 우리를 따라오지는 않았지만 출처가 다른 바람이 우리를 저만치 앞질러 가면서 길잡이 노릇을 하려는 것 같았다.

"오른쪽으로!"

길도 모르면서 나는 간간이 아는 체하거나 즉흥적인 선택을 하면서 더 갈 곳이 남았다는 식으로 서울로 핸들을 틀지도 모를 릴리를 견제하고 있었다. 릴리가 서울로 돌아가면 안 되는 것은 아니었다. 다이얼로 자신에게 맞는 온도를 지정할 수 있는 집이 있고 가족들의 체온으로 자신을 덥힐 수 있는 장소가 릴리의 서울이었다. 글을 쓰는 데 불편은 있을 수 있다. 가족들은 그녀의 글쓰기를 끊임없이 방해할 것이다. 펜션은 한시적으로나마 릴리에게 새롭게 사는 것이 허용된 장소였다. 다만 P를 받아들여야 한다는 전제가 필요했다. 하지만 릴리는 P를 거절하고 집으로 가는 길을 선택하고 나선 것이었다.

조금도 내색하지는 않았지만 내 생각에 릴리는 가족들과의 사이도 원만하지 못할 것 같았다. 그녀는 한곳에 머무르지 않고 이동하기만 하는 사람으로 보였다. 거절과 거절로 이어지는 순환선 열차를 탄 사람. 나는 궁금했다. 도대체 그녀는 왜 미끄러지지 않고 왜 거짓말놀이를 하지 않는가. 그것이 그 순간 내가 릴리를 통해 시달리고 있는 강박이었다. 이를테면 릴리를 서울로 가지 못하게 하는 것은 릴리가 아니라 나를 위해서인 셈이었다. 나는 릴리의 손을 꼭 쥐고 내가 미끄러지는 것을 통해 그녀를 미끄러뜨리고 싶었는지도 모른다.

그때 릴리가 내 이름을 불렀다.

"너한테 분명히 말해줘야 할 것 같아."

"응. 해 봐."

나는 방심한 채 전방에서 자꾸만 차선을 변경하는 트럭에만 주의를 기울였다. 트럭이 일부러 그러는 것 같지는 않았지만 왜 그러는지도 불분명했다. 릴리도 트럭에 신경을 곤두세우고 있었다. 앞지르는 것을 체념한 그녀가 속도를 늦추면서 말했다.

"난 이미 레지던스에서 나왔어."

"알아. 우리는 낯선 도로를 달리고 있잖아."

"그 말이 아닌데."

"응?"

"벌써 끝났어."

"……다 나왔다는 거야?"

"맞아. 나오는 것이 완료되고 말았어. 설사 내가 너와 다시 레지던스로 가더라도 그건 이미 돌아가는 게 아니야."

"……."

"그러니 미련 접어."

"……알았어."

허탈했다. 이제야 막 시작되고 있을 뿐인데 "나는 이미 쌌어."라고 남편이 고백할 때와 유사한 기분이었다. 당했다는 느낌도 수습이 필요한 감정이었다. 릴리의 ESC는 그만큼 신속하고 감쪽같았다.

6

한동안 길이 나타나고 사라지는 일만 반복되었다. 어느 순간 내비를 배반해 버린 릴리가 약 십오 분쯤 정신없이 달렸을 때였다. 오른쪽 낮은 능선을 넘어 갔더니 순한 바다가 나타났다. 작은 해수욕장을 메운 모래는 부드러웠고 색이 고왔다. 으르렁거리던 바람의 자취도 찾아보기 어려웠다.

“여기서 잠시 쉬자.”

모래사장에 당도하자 릴리는 신을 벗었으나 한쪽 스타킹을 벗어본 이후에는 도로 신었다. 햇살은 남아 있었지만 발을 담글 날씨는 아니었다.

우리는 사진을 찍으면서 해변을 거닐었고 화장실에 다녀왔으며 각자 서울 집에 전화를 걸었다. 릴리가 집에 오늘 돌아가겠다고 했는지 아닌지는 알 수 없었지만 전화기에 대고 어머니를 부르는 소리는 여러 번 들을 수 있었다. 전화를 끊고 나서는 시어머니라며 묻지도 않은 말을 하기도 했다.

“시어머니한테 아주 살갑네.”

너답지 않게 말이야, 라는 말을 덧붙이고 싶었지만 참았다. 우리는 자판기 커피를 가지고 언덕 위 벤치에 걸터앉았다. 릴리는 “시어머니는 나를 많이 사랑해 주셔.” 하면서 먼 바다를 바라보았다. 나는 그건 다행이고 릴리 넌 복이 많은 거라고 말해 주었다.

“친정어머니는 돌아가셨어?”

“뭐야, 내가 이미 M의 방에서 그렇다고 말했었는데.”

"아, 미안."

나는 남의 말이 늘 기민하게 들어오는 것은 아니라고 변명 아닌 변명을 늘어놓았다. 사실 나는 릴리에 대해 폭넓은 관심을 가지고 있는 것은 아니었다. 타인에 관해서라면 대체로 그랬다. 부모와도 오래전에 감정적 분리가 이루어졌다. 릴리는 나와 반대였다. 부모님이라는 단어만 나와도 눈물을 글썽거렸다.

"아버지는 평생 고문 후유증에 시달리다가 몇 년 전에 돌아가셨어. 어머니는 내가 고등학교에 입학하자마자 교통사고를 당했고 석 달 후에 합병증이 생겨 그만……. 마산에서 태어나 진주여고를 졸업하고 서울의 명문 여대를 나왔지만 어머니가 마지막으로 했던 돈벌이는 가락시장 앞 대로변의 야채 노점상이었어."

나는 손을 잡아 주거나 안아 주는 것은 생략한 채 릴리를 오래 바라보면서 고개만 끄덕였다. 교통사고는 어머니의 일터였던 바로 그 자리에서 일어났다고 한다. 아버지가 얼마나 힘들어 하셨는지 몰라, 라고 할 때 릴리의 눈은 붉게 타올랐다.

"두 분은 의가 좋았어?"

"응. 아주 많이."

"그래, 넌 많이 사랑받고 자란 것 같아. 그 어렵고 힘든 가운데서도."

"그건 그렇지 않아."

"뭐가?"

"두 분은 서로 사랑했지만 나에게는 관심을 기울이지 않았어."

"아. 그래? 그건 좀 의외네."

"난 아버지와 어머니가 나를 한 번만 봐 줬으면 할 때가 많았어. 학교에서 일어난 일과 느낀 일, 누구와 몹시 친구가 되고 싶은데 그 애는 내 이름도 잘 모른다는 거 같은 이야기, 두 분의 무관심이 다행일 때도 있었지만 섭섭할 때가 더 많았어. 그 당시 유행한 초등학생용 새마을 운동 기억나? 학교에서 꽃 한 송이 가져오기 운동을 벌였을 때 그 문제를 해결할 방법을 몰라 당황했던 게 생각나네. 우리 집에는 돈이 없었으니까 산이나 들판으로 가서 꽃 한 송이를 뽑았어야 했는데 이상하게도 나는 그 한 송이의 꽃을 흙에서 무사히 뽑아 올리는 방법을 모르겠는 거야. 그때 외로움이라는 단어의 의미를 알게 되었던 것 같아. 나는 나의 모든 것들, 나를 스치고 지나간 감정 같은 것까지 그분들에게 들려 드리고 싶었어. 하지만 마치 책 속의 인물들인 것처럼 두 분에게는 틈이 없었지……."

"아고……."

"난 요즘 시어머니에게 그런 이야기를 낱낱이 들려 드리고 있어. 서울 집으로 돌아가면 너에 대해서 뭐라고 떠벌릴지 몰

라. 어쩌면 사실과는 상관없이, 네가 원하는 방향과는 전혀 다르게 말하지 않을까 싶어."

"괜찮아. 나도 그럴 거니까."

"치이. 넌 이미 오래전부터 그래왔으면서. 그랬어야 하는데 그러지 못했던 건 나지."

"맞아. 그런데 궁금한 게 있어."

"말해 봐."

"초등학교 때 담임이 네 급식 빵을 빼돌렸다고 했던 거 사실이야?"

"그럼, 사실이지. 틀림없이 그랬어. 하지만 그 직후에 삭발을 했거나 자살 기도를 했었다고 내가 말했다면 그건 사실이 아닐 거야."

"헐헐"

"그건 희망 사항이지. 일종의 짜 맞추기. 내 고민은 수없이 머리를 깎고 자살 기도를 했지만 내가 왜 그랬는지 모른다는 거야. 십육 년간 나를 치료한 의사하고도 그걸 확정하지 않은 채 헤어졌어. 그냥 나는 자살 기도를 한 적이 있고 그 이야기를 하다 보면 연좌제는 물론 별별 이야기가 다 딸려 올라온다는 거지. 지금의 나는 서로 모순되고 앞뒤도 안 맞는 사실과 사실들을 그저 '그리고[and]'로만 연결할 뿐 이것과 저것을 합하거나 분류하고 싶지 않아. 그랬더니 의외로 살 만 해졌어. 이해가 가?"

"아…… 살 만해졌다는 거, 그냥 그 말뜻은 조금 알 것 같아."

"그래, 다 이해하지는 말고 조금쯤은 남겨 뒀으면 해. 네가 다 이해해버리면 나 섭섭할 것 같아."

"그래."

"숫자를 세기는 해."

"응?"

"횟수."

"무슨 횟수?"

"아무튼."

릴리는 모래사장으로 내려가 커다란 사람과 작은 사람의 형상을 그렸다. 작은 사람은 커다란 사람의 십 퍼센트 크기였다. 우리는 그 앞에 쪼그려 앉았다.

"여기 작은 사람은 너지?"

"응."

"큰 사람은 아버지?"

"응."

"아버지를 이렇게 그린 걸 보니까 너한테는 우람한 분이시구나. 네 이 작은 신체 안에 다 담아낼 수 없을 만큼. 아버지를 그렇게나 사랑했어?"

"사랑하기도 했지만 사랑하지 않을 때가 많았어. 사실은 아버지를 저주했어. 지금도 아버지가 이해가 가지 않아. 어떻게 그랬는지, 어떻게 그럴 수가 있었는지. 하지만 아버지가 몹시 보고 싶어. 너무나 그리워."

"그래……."

파도가 다가와 물보라를 일으키며 위협했으나 릴리가 그려 놓은 그림은 아슬아슬하게 살아남았다.

"한번은 유럽에 갔었는데 에펠탑 근처에서 어떤 동양인이 나에게 다가와 말을 걸었어. 그가 뭐라고 물었는지 알아?"

"뭐랬는데?"

"아버지 이름을 말하고 나더니 혹시 부친이 아니냐고…… 쏙 빼닮았다고. 기분이 참 이상했었어."

나는 릴리를 껴안고 등을 토닥여 주었다. 도처에 널려 있는 수많은 '나'들에서 어디까지가 진짜 나이고 누가 아버지이며 내 어머니는 어디에 있는가. 잠깐이지만 나는 릴리가 내 안에서 흘러나온 것 같은 착각에 빠졌고 할 수만 있다면 내 안으로 다시 집어넣고 싶었다. 그것이 릴리에 대한 내 뜨거움의 정체인 것 같았다.

"그런데 엄마는 어디 계셔?"

"여기."

"그건 아버지라며?"

"어머니이기도 해."

"그게 뭐야?"

"이 작은 아이는 저 안에 들어가 온전히 깃들고 싶어 해. 셋이 하나가 되는 게 이 아이의 꿈이야."

"뭘 꿈일 것까지. 지금 당장 그러면 되잖아."

"어떻게?"

"이렇게 하면 되잖아."

나는 작은 아이가 그려진 곳의 모래를 펴서 커다란 사람 속으로 포개고 다졌다. 그 모양을 바라보고 있던 릴리는 갑자기 구두를 벗더니 큰 그림 안으로 들어가 웅크리고 앉았다.

"추운데 구두는 왜 벗어?"

"벗어야 할 것 같아서. 예의가 아니잖아."

그러더니 구두를 저만치 치우고 몸을 기울여 거기에 누워 버렸다. 나는 얼른 말했다.

"밟아도 돼. 그래야 지나갈 수 있을걸. 모든 아이들은 부모보다 용량이 커. 자식은 부모 안에 들어갈 수가 없어. 들어가지가 않아. 그러니 딛고 지나가는 것 말고는 방법이 없는 거야."

"아, 몰라. 난 지금 편하고 좋아."

몇 분 동안 말없이 모래에 누워 있던 릴리가 몸을 일으킨 것은 전화벨 소리를 듣고 난 뒤였다. 전화기에는 눈도 주지 않은 채 그녀가 말했다.

"난 이제 내가 원하는 나로 돌아왔어. 함께 하는 나."

나는 엄지 척을 해 보였다. 그런 다음 약 삼십 년쯤 전에 고향 인근에 있는 봉암사라는 절에 갔었던 이야기를 들려주었다. 오십 명도 넘을 것 같은 스님들이 정렬한 채 법당에 앉아 있었는데 가지각색인 뒤통수를 보는 순간 적지 않은 충격을 받았다고 말했다.

"뒤통수마다 글자라도 적혀 있었어?"

"글자보다 더 명료한 흔적이 남아 있는 거야. 칼자국, 꿰맨 자국, 흉터, 부스럼 자국 기타 등등. 다 다른 피부 색깔과 서로 다른 두개골의 생김새는 또 어떻고. 찌그러진 머리 모양, 동글동글 잘 생긴 머리 모양, 휘어진 모양, 베개에 눌린 것 같은 모양. 어느 잡지에 썼던 글이라 분명히 기억하는데 그때 내가 떠올린 문장은 이거야. 뒤통수는 살아있다."

"알 듯하면서도 어렵네."

"뒤통수에도 표정이 있었던 거야. 흉터를 통해 짐작해 낼 수 있는 개인의 역사가 아니라 그것을 지우며 나타나는 순간의 인상 같은 거, 아니 그냥 수줍음이라고 해야 하나?"

"음…… 뒤통수의 표정이라. 그런데 그거 알아?"

"뭐?"

"그것도 삭발이라는 거, 넌 정말 못 말리는 삭발 중독이야."

릴리는 빙긋이 웃더니 나를 힘주어 안았다가 놓아 주었다.

"보고 싶을 거야."

나는 한 번 더 그녀의 손을 잡아당겼다.

"대답해봐. 넌 왜 삭발이었어? 왜 머리카락이야?"

릴리는 잠깐 내 눈을 응시하더니 이렇게 대답했다.

"나만의 것도 아니고 나를 아주 벗어나 있는 것도 아닌 것이 내 몸이고 그중에서도 머리카락일 때가 있어. 그런 머리카락을 내 것으로 되찾는 방법이 그것 말고 또 있을까. 내 손으로 직접 머리를 깎을 때만 나는 나로 돌아올 수 있었어. 그때만이 살아 있는 것 같았어."

그것이 마지막이었다. 펜션까지 태워다 달라는 주문도, 태워다 주겠다는 배려도 없었다.

이후 나는 택시를 잡기 위해 몇 발짝 걷다가 미용실을 발견했는데 지금이야말로 해묵은 약속을 지켜야 할 때가 아닐까 생각했지만 가까이 다가가기보다는 옆길로 빠지는 쪽을 선택했다. 미용실이 녹슨 가위처럼 허름해 보이는 게 마음에 안 들기도 했지만 삭발을 며칠 연기한다고 큰일 날 일도 없을 거라는 생각은 여전했다. 무엇보다 내가 머리를 깎는다 해도 머리를 깎인 것이 나라는 것을 어떻게 확신한단 말인가. 삭발은 한 시도 나의 삭발인 적이 없었기에 삭발을 결심한 순간에만 그것은 나의 삭발일 수가 있었는지도 모른다. 그러니 지지부진한 소설이 기다리는 나의 책상만이 내가 찾아가야 할 나의 현실이었다.

택시가 펜션에 도착할 즈음 릴리가 보낸 카톡이 도착했다.

167번째 소풍을 끝냈다.

뭔가 더 이어질 것 같은 느낌이라 진득하게 기다렸더니 과연 한 통의 카톡이 더 날아왔다.

어머, '나와의 채팅'을 누른다는 게 그만…… 쏘리. 아이 앰 쏘리.

• 이 소설에 등장하는 인물과 사건, 공간은 작품상 필요에 따라 모두 각색한 것임을 밝힙니다.

5

장부

•

바깥에서 기침 소리가 나자 잠시 베틀을 멈추었던 희규는 정신을 가다듬으며 코피를 풀어낸 손수건을 치마 속에 감추었다. 내려놓았던 북을 서둘러 잡고 끌신을 당기는데 할머니가 문을 열었다.

"다 됐나?"

허리가 굽은 할머니는 양손으로 문지방부터 짚었다. 명주를 끊으러 올 때면 안으로 들어와도 되는지 아닌지부터 살피는 습관이 있었다. 문턱이 높아 하루 두 번 오르내릴 곳은 못 된다고 생각했음이 분명했다. 베틀이 있는 아래채 큰방이 위채에 비해 문지방이 턱없이 높았던 이유는 각혈병(폐병)에 걸렸던 증조모를 모시려고 따로 지은 건물이기 때문이다. 밥을 들여 주는 사람과 밥을 받는 사람의 눈높이가 어느 즈음에서 만났을지 자세히 따져본 적은 없다. 증조모가 그 안에서 삼 년을 앓다가 돌아가신 해 초겨울에 쑥을 피워 안을 샅샅이 그을린 다음 베틀을 앉혔고 오늘에 이르렀다. 상방 마루에 놓았던 베틀이 멀리 떨어진 아래채로 이사 나는 날 작은오빠 내외도 분가를 해서 둘이던 베틀은 하나씩 나누게 되었다. 이제는 모여서 실은 같이 감아도 틀을 돌리는 것은 제각기 하였다. 작은올케도 좋아하고 희규도 마음이 들떴었지만 이듬해에 시집을 가게 될 줄은 꿈에도 몰랐다. 시집가기 전에는 높은 문지방을 보면 공연한 안도감에 마음이 든든하였지만 친정 온 지금은 한번 내려가면 다시는 올라오기 힘든 아득한 낭떠러지가 되었다.

"거진 돼 갑니다."

신을 벗고 안으로 올라온 할머니는 베틀 옆에 앉아 혹시라도 골 진 부분이 있는지 살피다가 베틀 아래로 고개를 숙였다. 이기 뭐라? 한참 만에 고개를 치켜든 할머니의 손가락에 핏방울이 묻어 있었다. 허리는 꼬붓한 양반이 눈은 어찌나 밝은지 날아가는 새의 다리가 부었는지 말았는지를 분간할 때도 있다는 소문이 돌 지경이었다. 희규가 코피를 흘렸다고 했더니 쯧쯧 혀 차는 소리가 들렸고 이내 낮은 한숨이 흘러나왔다. 명주에는 묻지 않았다고 하자 할머니는 "비오리가 떨어지면 멀쩡하다가도 날이 궂더라." 하며 딴소리였다. "시집왔을 때 너 엄마도 그래 코피를 쏟았느니라."라는 말은 한참 뒤에 나왔다. "아 낳을 생각은 안 하고 부엌 아궁이에 불을 쳐댈 때도 코피가 나고 파를 뽑다가도 코피를 흘려서 어른들한테 무지하게 타박을 먹었다. 한약이라도 한 재 지어 먹였으면 싶었지만 층층시하라 그럴 수가 있어야지. 얼른 마무리 짓자." 할머니가 서둘렀다. 희규가 베틀 방에 더 있고 싶어 시간을 끈다는 것을 할머니는 모를 리 없었지만 그렇다고 베틀 방이 지은 희규 마음을 속속들이 다 아는 것은 아니었다. 자식을 여럿 거느린 할머니는 희규에게 그만한 관심까지는 가질 여력이 없었는지도 모른다.

희규에게 친정집은 상방이나 안방, 부엌이 아니었다. 그렇다고 허름한 용마루일 리는 더더욱 없었다. 친정집을 그릴 때마다 눈에 떠올린 것은 실꾸리와 베틀, 물레 같은 것들이 자리 잡고 있는 아늑한 베틀 방이었다. 베틀 방이 곧 친정집인 셈이다. 그 안에서 명주를 한 필 한 필 완성하는 나날들이 언제까지나 계속되기를 바랐지만 꿈은 이상한 방식으로 깨어졌고 이제는 그 마음까지도 버려야 할 시간이 임박했다. 해는 서산으로 기울었고 들에 나간 식구들은 곧 돌아올 것이다. 동생이 소죽을 끓이기 위해 가마솥에다 구정물 쏟아붓는 소리가 여러 번 들린 뒤였다.

차르락차르락

꾸리를 감은 북이 얼마간 날실과 날실이 벌어진 사이를 통과하고 나자 위로 올라가던 잉앗실이 팽팽해지더니 북이 더 이상 지나갈 수 없게 되었다. 희규가 도투마리를 넘어뜨림과 동시에 할머니가 몸을 일으켜 바디집을 빼고 가위로 날실을 끊었다. 사린 명주를 꾹꾹 눌러 접는 할머니 손길이 부드러우면서도 엄숙했다. 친정 온 지 반 년 가까이 되었고 오늘 마지막으로 짠 한 필을 보태면 명주는 딱 스무 필이었다. 해마다 봄누에를 두 칸씩 쳤지만 고치가 몇 섬이나 나온 것은 올해가 처음이었다. 오빠들은 체면을 내려놓은 채 뒷마당에서 실 째는 것을 도왔고 할머니는 실을 감았으며 나머지 식구들은 베매기에 열을 올려 아름다운 실꾸리가 베틀 방에 돌탑처럼 쌓였었다. 한나 두울…… 세어 보지 않아도 빤한데 할머니는 보따리를 끌러 자꾸자꾸 명주를 세었다. 두 번을 세고 세 번을 세어도 스무 필이 넘거나 모자라지는 않았다.

"니 그간 고생 많았데이. 이젠 밍지(명주의 경상도 방언) 같은 거 잊어뻐리고 더 좋은 거 하민서 살아라."

따뜻이 위로하고 달래는 어투였지만 말에 뼈가 있음을 희규는 모르지 않았다. 스무 필을 끝내고 시집으로 돌아가겠다는 약조는 친정 식구 모두 앞에서 내린 선포였다. 그 약조가 있었기에 큰올케가 선선히 베틀을 내어준 것인지도 모른다.

"해 넘어가기 전에 바구지(동네의 얕은 골짜기)에나 다녀올랍니다."

"할미가 같이 가 주랴?"

"혼자 다녀올게요."

"그래라, 그럼."

골방에서 옷을 갈아입고 나오다가 도로 들어가 얇은 시첩을 챙겨 가슴팍에 넣었다. 시첩으로 만들고 시첩이라 부르지만 그것은 명주 장수 어머니가 남긴 장부였다. 외상 놓은 것을 그 안에 꼼꼼히 표시했으나 다른 사람이 알아볼 정도는 아니었다. 어머니는 글을 조금만 아는 사람이었고 그마저도 자의적이었다. 아버지와 오빠들은 외상값을 받아내려고 돌돌 말린 장부를 들고 몇몇 동네를 돌면서 탐문에 나섰으나 그것을 사람들 앞에 펼쳐 보이지는 않았다. 장부를 보여 주더라도 알아보는 사람도 없었겠지만 외상을 졌다는 사람이 자발적으로 나설 거라고는 믿지 않았던 것 같다. 그만큼 장부는 어머니만의 암호로 되어 있었다. 기껏 짐작해낸 글씨가 '남원'이나 '마성'이라는 한글이어서 큰오빠와 아버지는 인근에 장이 서는 날을 골라 마성으로 달려갔으나 '귀정'이라는 글자에 막혀 길을 잃고 돌아왔다. 희규는 '마성'을 '내성(봉화의 옛 명칭)'으로 읽어야 한다고 해 봤지만 아버지는 어림없는 소리 말라고 했다. 내성이라니, 거기가 어딘 줄이나 알고 하는 소리냐? 어림없기는 남원도 마찬가지였다. 희규는 아버지가 어머니의 행보를 장부를 통해서가 아니라 당신의 상식으로 가늠하려 한다는 인상을 받았으나 아버지가 오래 해 오던 습관을 바꿀 리는 없었다. 어머니가 그 먼 곳까지 행상을 갔으리라는 짐작은 아버지가 끝내 차단해 글씨 아닌 글씨들은 어머니의 알 수 없는 속내로만 남았다. 식구 중에서 그 속내에 닿아 보고자 장부를 오래 들여다보고 만지작거린 것은 희규가 유일했다. '귀정'이라는 글자가 시커멓게 뭉개진 채 늘어나 형체를 알아볼 수 없게 된 것도 희규 탓이 컸다.

어머니가 행상 다니는 동안 아버지는 집에서 칠언절구로 이루어진 한자 책을 읽었고 그러다가 지루해지면 방문을 열고 나와 시첩의 재료인 한지를 만들었다. 속에서 알 수 없는 천불이 치받칠 때도 한지를 만들거나 노끈을 꼬았다. 희규는 그 모든 과정에 기꺼이 동참하면서도 아버지가 바라는 세상은 다시 오지 않는다고 소리치는, 아버지 앞에서 불효를 저지르고 싶은 충동을 느낀 게 한두 번이 아니었다. 그렇게 만들어진 장부를 오늘 어머니에게 돌려드릴 작정이었다. 그것을 이대로 두고는 시집으로 돌아가지 못할 것 같았다.

바구지 산꼭대기 어머니 무덤 앞에 이르러 두 번 절하고 시첩을 감춘 다음 집으로 돌아왔더니 저녁상이 차려져 있었다. 상방으로 상이 두 개 들어가고 나머지 식구들은 마루에 둘러앉아 저마다 수저를 집어 드는 중이었다. 마루 끄트머리에 애매하게 걸터앉아 보리밥을 비비고 있던 큰올케가 부엌으로 들어가 희규의 밥그릇을 들고 왔다. 할머니가 칭얼거리는 조카들을 어루만지다가 희규에게 말했다.

"야야, 밍지를 반으로 가르기로 했다."

발간 물김치를 숟가락에 떠 맛을 보고 있던 희규는 무슨 말인지 몰라 가만히 눈치를 살피다가 뒤늦게 "뭐라고요?" 반문해 보았다.

"시집올 때 빈손으로 왔다고 너 시할마씨가 성구리(폐백 드리는 것)도 안 받을라 했다매? 밍지 가지고 가서 팔면 뭔 수가 날 거다."

자신이 진정으로 원하는 것이 그것인지 헤아려 보느라 고개를 갸웃거리는데 "싫다고는 안 하네?" 하는 소리가 들려와 스스로 무르춤해졌다.

다음 날 이른 아침 가족들의 배웅을 받으며 집을 나섰다. 장꾼들이 상주장으로 질러가기 위해 이용하던 느즈목 고개와 황령이라는 큰 고개를 넘고 상주에서는 다시 화령재를 넘어야 시집이 나온다. 느즈목 고개는 비교적 밋밋했으나 다른 고개들은 가팔랐다. 무엇보다 오늘 안으로 돌아와야 할 큰오빠의 입장을 배려하지 않을 수 없었다. 어머니가 돌아가셨다는 소식에 시집을 나서 울면서 화령재를 넘었던 게 엊그제 같았다. 야심한 밤이다 보니 나이 어린 신랑은 머슴 등에 업혔다가 걷다가 하면서 칭얼대기 바빴다. 희규는 명주 열 필을 등에 지고 앞장서던 큰오빠를 윗마을 갈림길에서 불렀다.

"바구지 엄마한테 잠깐 다녀가면 안 될까요?"

날카로운 눈으로 바라보던 큰오빠가 잠시 난감한 표정을 지었으나 곧 걷는 방향을 바꾸면서 아량을 베풀었다. 골칫거리 여동생이 시집 문간으로 발을 들이밀기 전까지는 뭐든 참겠다는 심산인 것 같았다. 왜냐고 묻지도 않고 어제 다녀오지 않았느냐 잔소리조차 하지 않는 오빠에게 고마워할 틈은 없었다. 희규는 재빨리 앞장서 들고 뛰어 산으로 올라가 어제 묻은 장부를 파내 흙을 털어 냈다. 안도감이 전해져 왔다. 간밤에 잠을 설쳐 가며 내린 결론이었다. 아무도 거들떠보지 않는 골방에다 골동품처럼 장부를 남겨 두고 시집으로 돌아가고 싶지도 않았지만 산중에 버려두는 것은 더 못할 노릇이었다. 식구들을 먹여 살리기 위해 식은 밥을 얻어먹고 가랑비에 옷을 적셔 가며 낯선 동네를 부지런히 돌아다녀야 했던 어머니의 시간을 떠올리면 그리 해서도 안 될 일이었다.

고만 내삐리라.

외상 진 사람을 한 사람도 찾아내지 못하자 아버지는 그것을 창고 앞 거름 더미 위로 던져 버렸다. 다음 날 희규가 나무 장대를 이용해 조용히 끌어내려 감춘 뒤로 어머니의 장부를 다시 거론하는 식구는 없었다. 숨겨둔 장소가 기억나지 않아 골방을 다 뒤져도 안 보이더니 어느 날 불현듯 눈에 띄어 챙긴 것인데 이제는 마음 깊이 들어와 굳은살처럼 박혀 버렸다. 다시는 장부와 헤어질 수 없을 것 같은 불안감은 상서롭지는 못하나 불쾌는 아니었다.

갈림길까지 되돌아왔을 때 왠지 그 기분마저도 오래 감당할 수 있을 것 같아 집 쪽으로 시선을 주었더니 뒷밭에서 김을 매다가 이쪽을 쳐다보는 사람의 실루엣이 잡혔다. 아버지인 것 같았고 왠지 모르게 희규를 보고 있는 듯했다. 밥하고 김매는 것에 무관심했던 어머니처럼 호미 잡는 것을 그토록 꺼려하던 아버지가 거기 서 있다는 건 자식의 뒷모습을 한 번이라도 더 보고파서일까. 죽었다 깨어나도 그건 아니겠지만 그렇다고 마음이 간결해지는 것은 아니었다. 모든 것을 다 보고만 아버지와 눈이라도 마주친 느낌이었다.

해가 한 발가량 떠올랐을 때 큰고개 중턱에서 잠시 짐을 내려놓았다. 희규가 주먹밥 싼 보자기를 풀고 있을 때 소피보러 숲에 들어갔던 큰오빠가 영지버섯 세 송이를 들고 돌아왔다.

"얼마나 고운지 봐라. 아주 발갛구나."

그중 하나는 크고 실해서 상주 장터에 내놓으면 장돌뱅이들의 시선을 끌고도 남을 물건이었다. 버섯을 코에 갖다 대자 숲 냄새가 진동했다. 집안이 필 모양이다. 기분이 좋아진 큰오빠가 주먹밥 한 덩이를 통째로 입에 넣고는 신나게 씹었다. 잠시 후에는 옆에 놓아둔 희규의 보퉁이를 끌어당기더니 영지버섯을 그 안에 넣었다.

"큰오빠, 그걸 왜 거기 넣어요. 싫습니다."

막무가내 손길을 이기기는커녕 어머니의 장부조차 들키고 말았다. 이발한 지 오래되어 덥수룩한 큰오빠 머리에서 땀 한 방울이 내려와 귀밑으로 흘렀다. 큰오빠는 장부를 못 본 척 넘어가 주었다.

"논농사 밭농사도 짓다 보면 재미나다. 너 시집에는 땅도 많고 하니 살림은 순식간에 피어날 거야."

그러니 그렇게 죽을상 짓지 말라는 뜻인 것 같았다. 세 살 어린 신랑만 생각하면 가슴 벌렁거리는 사연을 큰오빠가 알 리는 없었다. 담 너머로 보따리 좀 넘겨 달라기에 시키는 대로 했다가 날벼락을 맞았다. 알고 보니 동네에서 같이 어울려 다니던 종말이 아재와 농에 있던 양복기지를 훔쳐 서울행을 준비하고 있었다. 어비 겉은 기 밥도 못하고 문단속도 못하고…… 저걸 뭐에다 쓸꼬? 시어머니의 야단법석이 오래가지는 않았지만 가슴속에 뜨거운 돌멩이 하나가 자리 잡은 느낌은 아프고 쓰라렸다. 희규가 하고 싶은 것은 뭔가 돈벌이 될 만한 것에 몰두하는 것이었다. 다른 건 몰라도 명주 짜기는 자신 있었다. 작은올케는 며칠을 붙잡고 있어도 안 되지만 그녀는 신들린 사람처럼 하루 만에 한 필을 뚝딱 짜낸 적도 있다. 희규가 명주를 짜고 어머니가 팔러 다닐 때가 가장 행복하고 좋았지만 이제는 물거품이 되었다. 시집 식구의 밥그릇은 열일곱 개가 넘었다. 그걸 혼자서 떠안다 보니 어디가 앞이고 어디가 뒤인지도 모르는 사이에 하루해가 저물었다. 그 동네는 베틀을 아는 사람은 없고 그저 구경해 본 사람이 있는 정도였다.

"지금은 네가 아무것도 할 줄 모르지만 배우자고 치면 순식간이야. 세상에 밥상 차리는 여자 따로 있고 명주 짜는 여자 따로 있겠나?"

골난 표정으로 큰오빠의 잔소리를 듣고 있다가 영지버섯을 다시 꺼냈다. 하지만 어느새 눈치를 챈 큰오빠가 어르신 드리라며 가로막더니 몸을 일으켰다.

큰고개는 험난했다. 가쁜 숨을 내쉬며 꼭대기를 지나 내리막길에 이르니 다리가 후들거렸다. 산을 다 내려가자 여기저기 밭일하는 사람들이 보였다. 큰오빠에게 그만 돌아가라고, 혼자 갈 수 있다고 큰소리쳤다. 장터를 지나 화령재를 넘어가야 시집이 나오는데 거기까지 갔다가는 큰오빠의 귀가가 늦어질 수 있었다. 희규의 거듭된 설득에 결국 큰오빠가 마음을 바꾸고 왔던 길로 되돌아갔다.

큰오빠에게 넘겨받은 명주를 머리에 이고 작은 보따리는 허리에 묶었다. 찌는 날씨였지만 참을 만했다. 장터 같은 번화한 거리에 이르면 희규만 하는 습관이 있었다. 간판 글씨를 읽으며 돌아다니는 일이었다. 상주 이발소, 문경 방아깐, 김천 빵집, 상주 기계 공업사, 점빵…… 학교에서는 창씨를 개명하라고 난리고 거리에는 일본어로 된 간판도 눈에 띄었지만 그런 건 얼마든지 못 본 척할 수 있었다. 한글이나 한자로 된 글씨의 의미를 하나하나 새겨가며 읽고 있노라면 아무 생각도 나지 않고 걱정도 사라졌다. 화령 장터의 간판은 초라하고 작고 개수도 몇 안 되지만 가끔은 없는 것을 보는 재미도 누린다. '이희규 명주 전문 상회' 라는 번듯한 간판은 언제나 연두색으로 채색되어 있었다. 아버지나 오빠들이 알면 다른 건 몰라도 이희규라는 이름은 떼어 내라고 할 것이다. 여자 이름을 거기 붙이는 법이 어디 있느냐고 하면서.

눈앞에 육촌인 말숙 언니네 '지름집' 간판이 나타난 것은 그때였다. 안으로 들어가 언니를 불렀지만 처음부터 어떤 계산이 있어 한 행동은 아니었다. 보따리를 내려놓는데 며칠만 명주를 맡아줄 수 있느냐는 말이 불쑥 튀어나왔다. 말숙 언니가 눈을 휘둥그레 뜨면서 고개를 가로저었다.

"그거 맡겼다가는 오늘 안에 술값으로 아작 난다."

그러면서 턱짓으로 안채를 가리켰다. 생각해 보지도 않은 일이었지만 사정이 그렇다 보니 영지버섯만 팔고 일어서지 않을 수 없었다. 말숙 언니가 싸 준 찐 감자를 보따리에 챙겨 넣고 시집으로 가는 척하다가 상주역으로 향했던 순간에는 마음이 어느 정도 정리가 된 다음이었다. 어머니 장부에서 엿본 긴가민가한 글씨가 물음표를 던지며 평생 귀신처럼 따라붙고 말 일이었다. 그렇게 쫓기느니 늦기 전에 봉화 장터로 가서 귀정에 관한 비밀을 파헤쳐 보는 것이 백 번 옳은 일이라 확신하였다. 그래야만 어머니 딸이고 그래야만 이희규라는 이름이 부끄럽지 않을 것이다. 권월호라는 멋진 이름이 있었지만 나이 든 상꾼이 흰 옷을 입고 지붕으로 올라가 어머니의 죽음을 하늘에 고할 때에는 그 이름이 나오지 않았다. 어머니는 그저 무슨 성씨 집안 누구누구의 처였다. 그때의 충격을 희규는 아직도 잊지 못하고 있다.

"봉화에 가려고 하는데 차를 어떻게 타야 합니까?"

표를 끊은 다음 화장실에 숨어 긴 머리를 상투 틀고 사내 옷으로 갈아입었다. 잠이 오지 않는 밤에 일어나 틈틈이 지은 신랑 옷이었다.

봉화에 도착한 것은 다음 날 정오 무렵이었다. 갖은 고생을 다했어도 '봉화'라고 적힌 간판 글씨를 발견했을 때에는 다리에서 힘이 났다. 짐작한 대로 장날이 맞는 것 같았다. 성장을 하고

장에 다녀오는 사람들을 심심치 않게 볼 수 있었다. 그날이 봉화 장날이라는 단서는 어머니의 장부에서 찾았다. 봉화장은 상주장과 같은 쪽 앞뒷면으로 표시되어 있었기에 마성처럼 보이는 글자를 내성으로 읽어야 한다고 주장해 보았으나 아버지와 오빠들은 귀를 기울이지 않았다. 그다음 쪽은 어디라고 뚜렷이 표시되어 있지는 않았지만 희규는 화령이라고 믿었다. 상주장과 봉화장 다음 날이 화령장이기 때문이다. 화령 다음 쪽은 은척이고 은척 다음 쪽은 농암일 것이다.

배는 고픈데 주먹밥이나 감자는 남아 있지 않았다. 번잡스러운 장터에서 명주 보따리를 풀기 전에 허기부터 달래 놓는 것이 여러모로 좋을 것 같았으나 사람들에게 말을 걸기가 주저되었다. 여자 목소리를 숨기기 힘들었다. 상투도 마음에 걸렸다. 입은 닫아 놓을 수 있었고 벙어리 흉내도 가능하지만 상투는 아니었다. 열차 칸에 상투를 튼 사람이 한 사람도 눈에 띄지 않아 얼마나 당황스러웠는지 모른다. 하룻밤을 명주 보따리를 등에서 풀지 않은 채 출입구 좌석 뒤에 앉아 버티었고 누가 다가와 옆에 앉더라도 낭패를 당하지 않으려고 창문을 향해 돌아앉았다. 다행히 승객이 많지 않아 꾸벅꾸벅 졸다가 눈까지 잠깐 붙였다.

봉화에 도착하면 상투 튼 이가 몇몇은 눈에 띄지 않을까 기대했으나 오산이었다. 편하고 쉬운 것에 사람들이 이토록 빨리 적응하게 될 줄은 몰랐다. 상투가 표식이 되어 누군가 시비라도 걸고 주재소에서 순사라도 나오면 꼼짝없이 군대나 공장으로 끌려갈 것이다. 가정의 생계를 위해 딸이나 여동생을 팔아치우기도 하는 세상이니 두말하면 잔소리가 된다. 어쩌지? 희규의 마음은 자꾸만 움츠러 들었다.

길모퉁이를 돌았을 때 마침내 장거리가 보였다. 왁자지껄한 고함 소리며 물건을 흥정하는 소리가 흥겹지 않은 것은 아니었으나 아무래도 파장에 가까운 것 같았다. 정오가 지났으니 그럴 만했다. 곧장 복판으로 들어가지는 않고 닭이며 강아지들이 오들거리며 붙잡혀 있는 입구로 쭈뼛쭈뼛 다가가 짐을 내렸다. 반대편 뒤에는 빈대떡을 붙이고 있는 아낙네도 보였다. 냄새가 식욕을 자극해 정신이 혼미할 지경이었다. 멀찍한 거리에서 가만히 사고파는 것을 구경하고 있자니 빈대떡 한 장의 가격이 저절로 가늠되었다. 동전을 알맞게 꺼내 건네면서 손가락 두 개를 펴 보이자 아낙네가 커다란 양은그릇에다 빈대떡을 담아 주었다. 허겁지겁 배를 채우고 물도 얻어 마시고 나자 용기가 생겼다.

"말 좀 묻겠습니다."

남정네 목청을 흉내 내려다보니 의젓하지는 않고 거만하게 비친 것일까. 젊은 아낙네가 퉁명스럽게 말을 받았다.

"내가 여인이라 말을 묻는 것은 도와줄 수 없고 그나마 말귀는 알아듣는 편이니 어디 들어나 보지요."

이것이 장터의 가락인가 싶었으나 웃음은 나지 않았다. 아낙네에게 귀정을 아느냐고 말해 보려고 앉은걸음으로 조금 더 다가서고 있을 때였다. 어디서 나타났는지 갈래머리 처녀가 지나가다가 희규와 눈이 마주쳤는데 이후에도 시선을 떼지 않았다. 가던 걸음을 멈추고 뚫어져라 얼굴을 훑어보면서 고개를 갸웃거리기까지 했다. 한눈에 말괄량이임을 알 수 있었다. 신경이 쓰여 자리를 뜨려고 좌우를 살폈지만 늦은 것 같았다. 처녀가 양손을 허리에 얹은 채 장터가 떠나가라 고함을 질렀다.

"아무리 봐도 여인이 아닙니까? 여인이 왜 남복을 하고 있답니까?"

희규는 감싸고 있던 보따리마저 잊고 벌떡 몸을 일으켰다. 물러날 곳이 없을 때에는 맞서서 대거리하는 게 최고라고 어머니에게 배웠지만 막상 닥치고 나니 쉬운 일이 아니었다.

"지금 뭐라는 겁니까? 당치도 않아요. 어디서……."

처녀는 "당치도 않아요."를 여자 음성임을 강조해 가면서 흉내 내고 나더니 턱을 희규 코앞까지 들이밀었다.

"어디서 뭐 말이요? 말을 꺼냈으면 마무리를 지어 보든가."

"관둡시다. 내 참."

"관두기는. 이 장터에서 남복을 하고 무슨 사기를 치려 했는지 어디 말해 보아요."

"사기를 치다니, 정신 나갔어요? 정말 어이가 없군요."

아무리 봐도 평범한 처녀였다. 볼일이 있어 장에 나왔으면 가던 길을 가면 되지 남이야 남복을 했든 여복을 했든 웬 시비란 말인가. 하지만 그런 말로 따지고 든다고 해서 해결될 일이 아니었다. 불리한 것은 희규였다. 그 길로 명주 보따리를 들고 뒤도 돌아보지 않고 장터 안쪽을 향해 빠르게 걸어갔다. 도망치는 것 같아 기분은 좋지 않았으나 다른 도리가 있는 것도 아니었다.

이제는 따돌렸겠지 싶은 곳에 이르러 무거운 보따리를 추스를 때였다. 어느새 처녀가 비웃음을 날리며 눈앞에서 알짱거렸다. 그뿐이 아니었다. 한껏 의기양양해서 손에 들고 있던 작대기로 자신의 손바닥을 탁탁 내려치면서 위협적인 태도를 취하고 있었다. 그런데 뭔가 이상하다 싶어 다시 봤더니 그녀가 잡고 있는 것은 작대기가 아니었다. 우두망찰하다가 처녀에게 말까지 새치기당했다.

"수상하다 했더니 아니나 다를까. 너 도대체 정체가 뭐냐?"

기회를 보다가 처녀가 무례하게 휘두르는 그것을 손으로 잡아챘다. 하지만 빼앗지는 못하여 둘이 마주 잡고 힘겨루기하는 꼴이 되었다. 그것은 작대기가 아니라 어머니가 남긴 보따리 속 장부였다. 처녀의 다른 손에는 희규의 작은 보따리가 들려져 있었다. 급하게 도망치느라 작은 보따리는 빠트린 모양이다. 장부를 묶었던 끈이 풀어진 것을 보면 그새 보따리 속 치마저고리를 들킨 것은 물론 장부까지 뒤져본 게 분명하다. 두루마리가 찢어지거나 상할까봐 희규는 손을 놓고 말았다.

처녀가 소리쳤다.

"주재소로 끌려가지 않으려면 곱게 나를 따라와."

변명할 틈도 없이 끌려간 곳은 장터에서 멀찍이 벗어나 있는 한적한 정자였다. 처음에는 어느 귀한 댁의 마당인가 싶어 어리둥절했으나 처녀가 여기 정자에서 잠깐만 기다려, 라고 말해서 정자인 줄 알았다. 연못가 뭍에는 별채가 있었고 마을 노인들이 앉아 여담을 나누고 있었다. 상투 튼 사람이 있었지만 조금도 반갑지 않았다. 처녀는 그 노인들에게 희규를 맡기고는 어딘가로 서둘러 사라졌다. 노인 중 옷을 잘 갖춰 입은 이가 어디서 왔느냐며 말을 걸기에 갈골이라고 동네 이름을 댔더니 더는 묻지 않았다. 노인들이 곰방대를 빠끔거리며 먼 산을 볼 때 달아나려고 슬금슬금 보따리를 챙기다가 스스로 낭패감에 휩싸였다. 처녀는 작은 보따리는 돌려주었지만 장부는 들고 갔다. 장부 때문에 봉화에 왔고 장부 때문에 오해를 받았다고 하더라도 장부를 두고 달아나듯이 떠나는 것은 용납되지 않았다. 하릴없이 길에 묶여 버린 셈이다.

가만히 앉아 애를 태울 때 처녀가 다시 나타나 고갯짓을 보냈다. 장부는 듣고 있지 않았다. 해명할 기회도 없이 사기꾼으로 몰려 불쾌했으나 처녀를 따라가지 않을 수 없었다.

"아까 가져간 것은 어떻게 했습니까? 그건 내 어머니가 남긴 유품이란 말입니다."

"어머니가 남긴 유품? 그걸 날더러 믿으란 말이야?"

맙소사. 내가 하는 말을 믿지 않으면 뭘 가지고 나를 판단할 건데? 마음이 답답하게 옥죄어 왔다. 그런 생각을 하는 사람들로 가득 찬 곳이 희규가 살아가고 있는 환경이었다. 진실은 마음 깊은 곳 항아리 안에 잘 감추어져 있으므로 겉으로 드러난 것은 무시해도 되고 무시하는 게 당연하다는 생각은 비 오는 밤 외딴집에서 혼자 꾸는 악몽 같았다. 내가 사기꾼인지 아닌지 알려면 너의 상식이 아니라 내가 하는 말부터 받아들여야 하는 거야. 하지만 가만히 차림새를 훑어보니 자신이 할 소리는 아닌 것 같았다. 여자가 남복을 했다는 것은 이미 거짓말하고 있다는 증거였다. 그런 생각으로 속이 달아오르던 차에 처녀가 지나치는 말투로 성씨를 물었다. 이가라고 했을 때에는 수수께끼의 정답이 뭐였더라, 고민하는 표정이었다.

처녀가 앞장서 들어간 곳은 어느 수수한 기와집이었다. 방문이 열리고 나이 지긋한 부인 둘이 바느질하는 모습이 보였다. 그 사람들 앞에 끌려온 것인가 싶어 억울하고 분했다. 안내에 따라 안으로 들어가기는 했으나 문 앞에서 애매하게 웅크렸다. 나이가 더 들어 보이는 부인이 희규의 얼굴을 요리조리 살피더니 잘 모르겠다고 했고 그 옆의 사람은 공연한 짓을 한 게 아니냐며 처녀를 나무랐다. 아마도 희규가 남복을 한 게 사실인지 아닌지 짐작해 본 것 같았다. 잠시 후 나이 지긋한 부인이 바느질감을 내려놓으면서 어디서 온 누구인지 물었다. 희규가 대답을 끝낸 뒤 남복했음을 착실하게 고백하자 부인이 바느질 그릇에 숨겨둔 장부를 꺼냈다.

"이건 틀림없이 내가 아는 아지매의 손때 묻은 장부인데 어쩌다 자네가 지니게 되었는가. 저 아이가 딴에는 걱정이 되어 뛰어온 거라네."

그러면서 희규를 데려온 처녀가 자신의 조카이며 이름은 명은이라고 소개했다. 성은 어머니와 같은 안동 권씨였고 굳이 따져보면 먼 친척뻘 된다는 것이다. 명은이가 워낙 덤벙거리는 성격인데다 서울에서 오라비들이 가지고 내려온 '어린이'며 '신여성新女性'이라는 잡지를 읽은 뒤부터 그 모양이 되었다며 혀를 찼다. 희규보다 두 살 아래인 명은은 책에 나오는 탐정놀이에 빠져 있었다. 간판 글씨만 봐도 가슴이 두근거리던 희규는 책이라는 말에 흥분이 되었고 탐정놀이가 무엇인지 듣고 났을 때에는 그 단어에 매료되어 호흡이 가빠졌다.

"뉘 집 개가 짖거나 뒷산에서 새만 울어도 조사해 봐야 한다고 뛰어다니니 아주 집안의 골칫거리가 되었다네."

나이 지긋한 부인이 밉지 않은 시선으로 명은을 흘겼다. 기분을 상하게 한 게 있더라도 이해해 달라는 말로 들렸다. 화제는 다시 장부로 돌아갔다. 부인은 문경은 알겠는데 갈골은 어디인가 하다가 옆에 사람을 향해 아지매는 가실목 사람이라고 하지 않았던가, 물었다. 희규는 본가는 갈골이고 가실목은 외가라고 해명했다. 부인은 고개를 끄덕였지만 완전히 수긍하는 것 같지는 않았다.

"그래, 봉화에는 무슨 일로 왔는가?"

갑자기 말문이 막혔다. 책과 탐정놀이라는 말에 지나치게 넋을 놓았던 것인지도 모른다. 희규 개인에게는 용건이 분명한 걸음이었지만 남의 입장에서도 그런 것은 아니었다. 어머니가 남긴 장부 속 뭉개진 글씨들, 그게 무엇인지 알고 싶습니다. 어떻게 그런 말을 한단 말인가. 그때 명은이가 끼어들며 가실목 아지매를 어머니라고 했으나 참말 같지는 않다고 일렀고 성씨도 사는 곳도 애매한 이가 아지매의 장부를 가지고 있으니 분명히 무슨 사단이 난 거라는 소리를 두 번이나 반복했다. 사단이 나기는 났습니다, 하려다가 머뭇거렸다. 평소 건강했던 어머니가, 숱한 우여곡절 다 이겨내며 장부(丈夫)처럼 큰 짐을 지고 먼 길을 오갔던 어머니가 동네 낮은 산비탈에서 미끄러진 일이 빌미가 되어 유명을 달리하게 되리라고 누군들 상상이나 해보았겠는가. 희규에게도 거짓말 같은 일이니 길에서 만난 봉화 사람들이야 말해 무엇 할까. 안 믿는 게 당연하고 못 믿는 것도 이해가 갔다. 머리를 스치는 온갖 생각으로 마음이 어지러울 때였다. 얼굴이 뜨뜻해짐과 동시에 뜻 모를 감정이 왈칵 솟구쳤다. 자분자분 말하던 부인이 저, 저, 저, 저, 당황하며 몸을 반쯤 일으켰다. 이상한 생각에 얼른 소매를 얼굴에 댔더니 아니나 다를까 주책없이 코피를 흘리고 있었다. 희규는 손수건을 꺼내 조용히, 그러나 힘주어 코를 풀어냈다. 그것만이 코피를 빨리 멈추게 할 방법이었다.

"아까워서 이 노릇을 어째야 하나."

부인은 어머니가 돌아가셨다는 말에 눈물을 보였다. 아직 창창한 사람이라는 말을 반복하면서 안타까워했다. 명은이도 많이 놀란 것 같았다. 희규는 옆방으로 가서 남복을 벗고 자신의 옷으로 갈아입을 수 있었다. 난데없게도 믿음은 코피에서 왔다.

코피를 흘린 것보다는 코피를 수습하는 방법이 더 영향을 미친 것 같았다. 다른 사람들은 코피가 나면 고개를 젖히거나 어떻게든 틀어막으려고 하지만 희규와 어머니는 그냥 풀어 버렸다. 큰 핏덩이가 나오고 나야 코피가 멎었기 때문이다.

바느질 방으로 돌아갔을 때 명은이가 장부를 뒤적이며 어떤 쪽을 펼쳤다.

"아마 이게 가실목 아지매 코피 자국일 겁니다."

봉화나 상주 쪽은 아니었다. 앞에서 두 번째로, 별로 주목하지 않았던 쪽이었다. 어머니가 거기에 코피를 떨어뜨린 이유는 따로 밝혀지지 않았다. 코피를 흘릴 때 우연히 그쪽을 넘기고 있었는지도 모르겠다. 코피가 또 나는 것은 아닌지 걱정될 정도로 속에서 뜨거운 것이 치받쳤다. 장부에 표시되었다고 해서 모두 외상 기록이 아니라는 사실도 놀라웠지만 장부 안의 얼룩 중에 그와 같은 흔적이 숨어 있을 줄은 몰랐다.

이야기를 나누면서 알게 된 내용에는 또 다른 것도 있었다. 명은이가 말했다.

"여기 내성이라는 글씨는 우리 집에서 쓴 것입니다. 마침 제가 붓을 쓸 일이 있어 잡았던 차에 가실목 아지매가 부탁해서 여기다가도 이렇게 썼던 거예요. 봉화가 아니라 내성이라고 써달라고 하더군요. 지지난 번 봉화에 왔을 때인 걸로 기억합니다."

지지난 번이라고는 하지만 햇수로는 사 년 전이었다. 이를테면 필기도구를 지니고 다닐 수 없었던 어머니가 장부에 흔적을 남긴 도구는 먹물이었다가 숯이었다가 했던 것 같다. 염료인지 꽃물인지 의심케 하는 자국도 있었다. 글씨가 될 만한 도구는 뭐든 사용했지만 글씨에 이르지는 못하고 거무스레하거나 갈색으로 짓뭉개져 어머니의 알 수 없는 마음으로 남았다. 희규의 가슴이 먹먹해졌다. 봉화에 와 보길 잘했다는 생각이 들었다. 내친김에 귀정이라는 구절을 짚으며 무엇인지 물었더니 정자를 말하는 것 같다고 했다. 명은이가 나를 기다리라고 해 놓고 자리를 떴던 바로 그 정자였다. 청암정이라는 이름이 있었지만 거북 등 껍질처럼 생긴 바위 위에 세워졌다고 하여 한자를 섞어 그렇게 부르는 경우도 없지 않다고 했다. 수수께끼 중의 수수께끼라고 생각했으므로 허탈하지 않은 것은 아니었으나 궁금한 것을 모두 알아냈다는 생각에 뿌듯함도 없지 않았다. 어머니가 곁에 있다는 생각이 들 정도였다.

이번에는 나이 지긋한 부인이 장부를 잡고 쪽수를 넘겼다. 부인은 안 그래도 가실목댁이 올 때가 되었는데 소식이 없어 궁금했다고 한다. 그러면서 가느다란 싸리나무 작대기가 있었을 텐데 어디로 갔는지 물었다.

“싸리나무 작대기요?”

"이 안에 갈피처럼 표시하는 것을 내가 분명히 보았다네."

희규는 따로 챙겨두었던 싸리나무 작대기를 꺼내 부인 앞에 내밀었다. 명은이도 본 적 있는 모양인지 고개를 끄덕이며 아는 척했다. 그런데 작대기가 왜 이렇게 섞여버렸는가? 부인이 물었다.

"어머니가 돌아가시고 나서 안을 넘겨보다가 영문을 알 수 없어 그만……."

부인이 희규의 등을 토닥여 주었다. 놀랍게도 그것은 주문량의 개수를 표시한 것이었다. 어떤 쪽은 종이의 모서리 부분이 삼각형으로 접혀 있거나 절반이 접힌 채 가느다란 작대기가 갈피처럼 들어가 있었다. 시간이 지나고 여러 사람이 뒤져 보는 사이 갈피는 제 자리를 떠나 어느 한 군데로 모이게 되었던 것이다. 작대기는 쓸모없는 표식 같았지만 버릴 수가 없어 모아두었고 개수가 맞는지도 알 수 없었다. 어쨌거나 그것으로 봉화 사람들과 희규 사이에 있었던 의심은 완전히 거둬졌다. 부인은 명주 세 필을 어머니에게 주문했으며 물야댁이라는 분도 한 필을 주문했고 다른 이도 더 있는 것 같다고 했다. 결국 가져온 명주 보따리를 끌러 사람들 앞에 펼쳤다. 곱네, 참 고와.

"가실목 아지매가 자기 집에서 직접 짠 명주라고 했는데 참말입니까?"

명은이가 물었다. 희규는 마음이 들떠 명주 짜기에 관해 열심히 설명했다. 누에를 쳐서 실을 뽑고 명주를 짜기까지 얼마나 시간이 걸리는지도 이야기했다. 봉화에서도 간혹 서너 칸씩 누에치는 집이 있고 뽕이 모자라면 이웃 마을에 가서 얻어올 때도 있다는 것이다. 명주로 지은 잠옷은 누에처럼 다른 인생으로 다시 태어나는 염원이 담겼다는 이야기가 오가는 사이 다른 부인들이 바느질 방으로 찾아왔고 순식간에 명주 여섯 필이 팔렸다. 어떤 이는 명주값을 쌀로 주겠다고 해서 당황했으나 간단히 해결되었다. 쌀은 쌀집에서 돈을 내고 가져갔다. 믿음이 생기고 나자 국수도 말아 주고 다과도 권하였다. 저녁에 갈 데가 없으면 바느질 방에 묵어도 좋다고 했다. 어머니도 봉화에 오면 그곳에 거처를 정해 놓고 물건을 팔러 다녔다고 한다. 아주 가끔은 동행이 생겨 십이령을 넘어 울진으로 간 적도 있다는 말에 입이 딱 벌어졌다. 어머니가 장꾼들을 따라 큰고개와 말티재를 넘어 보은으로 갔었다는 이야기는 들어봤지만 봉화에서 열두 고개를 넘어 울진까지 갔으리라고는 상상도 해보지 않았다.

그만 집으로 돌아가겠다며 인사를 하고 보따리를 챙기자 바느질 방 사람들이 남복으로 갈아입으라고 충고했다. 조금 더 그럴듯하게 보이도록 하기 위해 상투는 어떻게 틀어야 하고 걸음걸이는 어때야 하는지 조언을 아끼지 않았다.

동구 밖까지 바래다주겠다는 명은이와 정자로 갔다. 청암정이라는 한자를 눈이 뚫어져라 구경하고 마음에 새긴 다음 정자를 세운 바위가 정말 거북 모양인지 살폈다. 연못에 담긴 물은 빈약하지도 넘치지도 않았다. 발길을 자꾸 붙잡아 매는 것 같은 마음이 아쉬움인지 그리움인지 분명치 않아 보따리 속 장부를 꺼내 펼쳤다. 귀정에서 귀정을 보고 있자니 분명해지는 바가 있었다. 그것은 자기 몫의 삶을 감당하기 위해 바다를 떠나 뭍으로 올라온 거북이의 형상이었다. 실제로 청암정이 세워질 당시에는 물이 없었으나 거북이의 향수를 달래고자 연못을 만들어 물을 채웠다고 한다. 귀정은 봉화를 기억하기 위한 어머니만의 방법이자 떠도는 마음을 여밀 안식처는 아니었을까. 희규에게는 어머니를 어머니로 기억할 또 하나의 단어가 생긴 셈이다. 그런데 귀정을 기준으로 보면 동서남북에 짓뭉개진 얼룩이 다섯 무더기로 표시되어 있었다.

"이건 뭘까?"

희규는 봉화 쪽에서 왼쪽으로 치우친 얼룩을 가리켰다. 명은이는 골똘히 생각하는 표정이더니 이렇게 결론 내렸다.

"여긴 해저 마을 같아요. 저기 내성천을 따라 걷다 보면 작은 개천을 만나는데 거기서 가깝습니다. 여기는 아마 저 아래 신암 마을일 것이고요."

"신암 마을?"

"틀림없어요. 그러고 보니 이건 가실목 아지매가 귀정을 중심으로 그린 봉화 지도네요."

그렇다면 다섯 무더기의 얼룩 가운데 심처럼 박힌 짙은 표식은 무엇일까. 평소 음흉한 성격은 아니었지만 그 생각만은 명은이에게 말하지 않고 숨겼다. 감추려 했다기보다는 확인하기 전에는 쉽게 입을 떼기 어려운 무엇이 있었다.

"언니, 잘 가요."

희규는 고맙다며 명은이 손을 잡아 주었다. 꼭 탐정이 되었으면 좋겠다는 말도 잊지 않았다.

내성천을 따라 부지런히 걸었더니 신암 마을이 나왔다. 영주역으로 가는 길이라며 들러 몇 가지를 수소문했고 어머니를 안다는 중년의 아주머니를 찾아냈다. 어머니 대신 왔다고만 했는데도 아주머니가 먼저 외상 이야기를 꺼냈다.

"안 그래도 왜 안 오시나 했었네."

명주값을 갚으려고 어머니를 기다렸으나 소식이 없어 그 돈을 다 써버렸다고 한다.

"추수 끝나고 다시 오면 반드시 갚겠네."

고마운 마음에 희규는 몇 번이고 허리를 조아렸다. 아주머니의 소개로 신암 마을에서 명주 한 필을 더 팔았다. 그렇게 귀정에 대한 수수께끼를 완벽히 풀어내고 영주역을 향해 서둘러 걸어갔다. 내일이 화령장이라는 계산이 머리에서 떠나지 않고 있었다.

화령장에 도착해 말숙 언니네 가게 앞에서 명주 보따리를 막 풀었을 때였다. 다급한 목소리로 그녀의 이름을 부르는 사람이 있었다.

"희규야!"

돌아보니 친정 큰오빠가 아닌가. 땀을 뻘뻘 흘리며 끌고 온 리어카를 한쪽으로 치우고 나서 희규 앞으로 달려왔다.

"지금 여기서 뭐하는 것이냐?"

큰오빠의 울울한 목소리에도 희규의 시선은 리어카에 가 있었다. 거기에 실린 것은 친정집 아래채에 있어야 할 베틀이었다. 베틀을 리어카에 싣고 뭉우릿재(무운고개)를 넘고 함창으로 돌아 화령장까지 왔다는 이야기가 된다.

"희규야!"

금세 따귀라도 날릴 것 같은 표정이었으나 희규의 관심은 오직 베틀에만 가 있었다.

"큰오빠, 베틀을 왜 가져온 거예요?"

그러자 큰오빠는 주인에게 돌려주려고 가져왔다는 것이었

다. 그렇게 큰맘 먹고 달려왔는데 너는 왜 장터를 서성거리고 있느냐고 다그쳤다. 희규는 얼른 명주 일곱 필을 팔고 세 필만 남았다고 고백했다. 나이 어린 여자의 몸으로 마땅한 일이 아니라는 것은 알고 있었다. 무엇보다 위험천만한 짓이므로 오빠의 화를 돋우는 격이 될 것이다. 하지만 반드시 그렇게 해야겠다고 처음부터 계산하여 저지른 일은 아니었다. 어쩌다 보니 명주 보따리를 앞에 놓고 장터에 앉아 있는 꼴이 되었다. 우리는 원래…… 큰오빠 목소리가 떨렸다. 뒷말을 이어 붙이지는 않았지만 어쩐지 그 뜻을 알 것 같았다. 우리 집안이 원래부터 상인 집안인 것은 아니고 그런 재주도 없단다. 그러니 다시는 장터에 얼씬거리지 말거라. 큰오빠의 눈이 그렇게 말하고 있었다.

"큰오빠, 명주를 시집으로 그냥 가져가면 이리저리 허무하게 나눠져요."

인근에 달성 서씨 친인척이 많으니 달라는 사람도 있고 줘야 할 사람도 생길 것이다. 백 번을 생각하고 만 번을 생각해도 그것은 아닌 것 같았다. 희규는 그 마음을 전달하려고 배에 찬 전대를 슬그머니 보여 주었다. 그러고는 확인하듯이 베틀을 가리키며 왜 가져왔는지 다시 물었다.

"너 큰올케는 베 짜는 거 답답해서 못하겠단다."

감정이 격해진 듯 잠시 뜸을 들이고 나서 큰오빠가 말을 이었다.

“식구들이 저마다 나서 이거는 하겠다 저거는 못하겠다며 내 색을 하니 난들 도리가 있어야지. 그래서 든 생각인데, 앞으로 너는 베를 짜고 장에 내다 파는 것은 오빠들이 맡아 하면 어떻겠니?”

희규는 기쁜 마음에 배시시 웃으며 정신없이 고개를 끄덕였다.

오후 두 시 넘어 명주 세 필까지 판 돈을 합쳐 소 한 마리를 샀다.

“내가 집까지 데려다 주마.”

소는 앞세워 걸리고 리어카는 밀며 끌며 화령재를 넘었다. 큰오빠는 시집에다가 봉화에는 간 적이 없고 친정에서 지금 오는 길이라고 말해야 한다며 신신당부를 잊지 않았다. 1943년 7월 18일 해거름 녘으로, 희규의 나이 열일곱이었다.

• 이 소설은 필자가 구술 정리를 맡았던 「평생 못 잊을 일」(『샘이 깊은 물』 5월호, 1993.) 중 남정규(필자의 고모할머니) 편에서 일부 에피소드를 가져와 사용하였다.

게재 작품 발표지면

「매듭」 – 『문장웹진』 8월호, 2007.

「도라지꽃 신발」 – 『문장웹진 글틴』 12월호(2009)에 「대입검정고시 홀로서기 총정리」로 발표.

「요이지 커피」 – 『동리목월』 여름호, 2015.

「군고구마」 – 『작가』 봄호(2004)에 「눈부신 검은 돌」로 발표.

「앞집 여자」 – 『작가』 상반기, 2016.

「삭발」 – 『문학의 오늘』 가을호, 2017.

「장부」 – 『보보담』 가을호, 2020.

오래 된 탁상시계

문학 강연에 다녀와 몹시 피곤한 상태로 일찍 잠든 날 새벽에 어머니가 불현듯 전화를 걸어와 잠을 깨우고 물었다.

"거실 서랍 안에 든 탁상시계 네가 가져갔니?"

얼마 전 어머니는 여수 막내딸 집에 가서 며칠 묵었는데 비어 있는 집이 불안해 내게 이런저런 심부름을 시켰고 나는 아무도 없는 집에 가서 시키는 일을 하다가 서랍에서 고장 난 옛날 시계를 발견했다. 건전지를 갈아 볼까 하는 마음에 그 길로 들고 내 집으로 왔는데 깜빡 하고 말을 하지 않았던 것이다. 어머니는 우연한 계기로 그 시계가 없어졌음을 알고 초저녁부터 집안을 뒤졌으며 한밤중에 이르러서야 내가 가져갔을지도 모른다는 추리를 해낸 것이다. 야심한 시각이다 보니 내게 전화를 해야 하나 말아야 하나 꽤 망설였을 것이다. 다음 날로 미루면 당신이 잠을 못 잘 것 같고 당장 전화를 걸어 확인을 하면 딸이 잠을 못 잔다. 둘 다 예민하기에 한번 잠에서 깨면 다시 잠들기 어렵다는 것을 서로 너무 잘 아는 상황. 어머니는 내 어머니답게 당장 전화 거는 쪽을 선택했다. 연세가 적지 않은데다 최근 들어 물기가 퍽 말랐다고 느꼈고 남아 있는 날이라야 길면 오 년, 짧으면 삼 년 정도가 아닐까 가늠하고 있던 터라 당장은 나쁜 소식이 아니어서 안도의 한숨을 내쉬었다. 하지만 자다 깨어나 사라진 탁상시계에 대해 흥분된 설명을 끝까지 듣는 일은 쉽지 않았다. 이런 해프닝에 적응이 돼 간단히 '나-전달'만 하는 편이었다. "나는 깊이 잠들었었다."와 "나는 피곤했다."를 복창한 다음 "필요하다면 내일 직접 가서 시계를 돌려주겠다."고 말한 뒤 전화를 끊었다. 자식이라면 연로한 어머니를 먼저 다독이고 재우는 것이 순리일 테지만 나는 그러지 않았고 아침이 되자 약간의 죄의식이 마음을 파고들었다. 하지만 시계를 당장 가져오라는 명령이 없었기에 나는 어머니한테 가지 않고 시간을 끌었다.

하루가 더 지나 어머니에게 갔더니 보고 있던 티브이를 슬그머니 끄고는 얼마 전에 새로 개통한 휴대폰을 들고 방으로 들어가 그것을 들여다보는 모습을 연출했다. 뒷모습이 무척 외롭고 쓸쓸해 보였다. 나는 그냥 어머니 근처를 어슬렁거리면서 "왜 티브이 안 봐?" 하고 물었고 어머니는 "재미있는 게 없어."라고 대답했다. 어머니 목소리에서 갈등 상황이 모두 종료되었음을 확인한 나는 사진 한 컷을 몰래 찍은 다음 집으로 돌아왔다.

지금의 어떤 나는 어머니와 함께 하는 인생을 통해 갖추어졌을 것이다. 생활에서 오는 긴장감이 내 안에서는 비교적 잘 관리되는 편이지만 가끔은 맥없이 범람하거나 불길이 옮겨 붙는다. 「도라지꽃 신발」의 딸을 통해 아빠 한 사람이 이 세상에 나타날 수 있었듯이 「앞집 여자」의 그녀나 「삭발」의 릴리가 없이는 '나'의 출현도 불가능하지 않았을까. 그렇게 서로가 서로에게 내맡겨지는 일은 위험하면서도 매력적인 일이다. 소설은 이런 문제를 사유하기에 좋은 장르여서 분명히 힘에 부치는 데도 여태 노트북을 덮지 못하고 있다.

내가 있는 여기가 어딘지는 아무도 모를 것이라고 여겼으나 한 번의 평론으로 꼼짝 없이 존재를 들키고 만 것 같다. 선행 연구의 부재에도 여러 권의 작품을 두루 살펴보면서 감동적인 평론을 써 준 전상기 평론가와 이제는 슬슬 노트북을 덮고 퇴장해야겠다고 결심한 내게 출간 제의를 해 다시 소설 속으로 밀어 넣는 역할을 맡아 준 이민호 시인께 깊은 감사의 마음을 전한다. 이 소설집이 지나간 날의 기록이 아니라 다가올 미래의 조짐이었으면 좋겠다.

2021년 새해 겨울

남상순

'여성-서사'와 '웅숭깊은' 페미니즘이 나아가는 지점

- 남상순의 『도라지꽃 신발』론

전상기 | 문학 평론가

1. 남상순의 작가적 행정行程

1992년 『문화일보』 추계 문예 공모에 「산 너머에는 기적소리가」가 당선되어 문단에 나온 뒤에 곧이어 1993년 장편 소설 『흰뱀을 찾아서』(1949년 12월 24일 벌어진 '주흘산 주민 학살 사건'이 언급되지 않으나 강력하게 작용하는)로 제17 회 '오늘의 작가상'을 수상함으로써 작가적 역량을 떨친 소설가 남상순은 1986년 10월 28일에 건국대에서 벌어졌던 '애학투련(전국반외세반독재애국학생투쟁연합)' 집회를 둘러싼 서울 시내 한 대학교 동아리 학생회의 후일담을 다룬 장편 소설 『나비는 어떻게 앉는가』(민음사, 1995)를 발표하는 기염을 토한다. 한국 현대사의 굵직굵직한 사건들을 배경으로 전개되는 주인공들의 정신적·심리적 혼돈과 아픔을 극복, 혹은 그대로 안고 살아가는 내적 성장기와 여전한 방향 모색을 그대로 보여주던 그는 돌연 침묵한다.

2003년에 첫 소설집 『우체부가 없는 사진』(문이당)이 나오고, 이어지는 작업으로 청소년 소설 『이웃집 영환이』(사계절, 2005)와 『나는 아버지의 친척』(사계절, 2006)이 출간된다. 2007년도에는 장편 소설 『동백나무에 대해 우리가 말할 수 있는 것들』(하늘재)이 발표되지만 의욕적이고 발 빠른 행보를 보였던 데뷔 초기의 모습과는 대조적인 행보를 보인다. 하지만 한편으로 그는 계속해서 청소년 소설과 동화 쓰기에 주력한다. 『특별한 이웃=ㅁ』(사계절, 2010), 『라디오에서 토끼가 뛰어나오다』(시공사, 2011), 『키스감옥』(문학과 지성사, 2012), 『사투리 귀신』(창비, 2012), 『인간합격 데드라인』(시공사, 2013), 『코끼리는 내일 온다』(해와 나무, 2015), 『스웨어 노트』(바람의 아이들, 2015), 『걸걸한 보이스』(실천문학사, 2016), 『애니멀 메이킹』(시공사, 2018), 『비공개 2인 카페』(풀과 바람, 2020)까지 지치지 않고 왕성한 창작 능력을 과시한다. 성인 대상의 소설로는 2011년에 연작 소설 형태로 발표한 장편 소설 『희망노선』(하늘재)이 있을 뿐이다.

그러니까 남상순의 이번 작품집 『도라지꽃 신발』은 (청소년 소설을 제외하면) 두 번째에 해당되고 통산 전적으로 따져도 장편 소설을 포함하여 여섯 번째로 단행본을 엮어 펴내는 셈이다. 알다시피 전업 소설가로서 한국 사회에서 살아가기 위해서는 경제적인 문제뿐만이 아니라, 사회적 편견과 부딪치게 된다. 일상생활 곳곳에서 돌출하는 장애와 시시각각 공격해 오는 복병들이 자존심을 무너뜨리는 까닭에 인내하기가 여간 어려운 일이 아니다. 대인 관계에서는 그만큼 노하우를 갖추고 있어야만 한다. 그중에서도 가장 고통받고 시달리기로는 경제적 궁핍이 무시 못 할 위협이라서 부업 차원 내지 알바 개념으로 청소년 소설을 쓰거나 동화 창작에 곁눈을 팔기도 한다. 그래서 작가들 내부에서도 전업 동화 작가와의 미묘한 견제, 알력, 깔봄, 무시 등의 경원시 현상이 나타나기도 한다. 남상순은 어떤가? 아니다. 이 점이 중요하다.

데뷔작 「산 너머에는 기적소리가」에서도 그랬지만 『흰뱀을 찾아서』의 주인공 경경이의 나이도 고작 초등학교 이삼 학년에 불과하다. 불행하고 안정적이지 못한 우경경의 삶은 가부장적인 집안 분위기와 아내와 자식들을 돌보지 않는 무책임하고 무능력한 아버지에 기인한 바 크다. 그렇지만 인생 자체가 독립된 개별 주체로 살아가기가 녹록치 않다는 인식을 일찍이 깨닫고 있다는 점이 눈여겨볼 만하다. 어린 시절 경험한 가족의 죽음과 아버지의 폭력, 어머니에 대한 연민과 분리 불안, 지역 사회의 폐쇄 구조와 이데올로기적 강박 신경증 등은 작가의 일생을 따라 다녔다. 그래서 그는 어떻게 하면 독립과 자립을 하며 살아갈까를 필생의 고민거리로 화두 삼고 모대꼈다. 누구의 아들, 딸, 손자, 손녀, 아내, 남편, 며느리, 사위, 엄마, 아빠, 이모, 고모, 삼촌도 아닌 나, 나의 삶의 자유(로움)을 어떻게 이들 주변 사람들과의 관계 속에서 연루되어 긴밀하게 끈을 놓지 않으면서도 현명하고 지혜롭게 운용하며 살 것인가. 그는 천부적이고 선천적으로 주어진 공간과 시간, 주변의 여건과 상황, 문제 발생과 모색의 다종다양한 국면 속에서 굽히지 않고 회피하지도 않으며 삶의 주체적 가능성을 타개해 나가기 위한 탐구를 계속했다. 경경이가 글짓기 대회에서 겪은 일들은 중학교 삼 학년 무렵이었으니 그 나이대와 절대절명의 동일시를 이루고 공감선이 통한다. 「산 너머에는 기적소리가」 '나'의 일곱 살부터 아무리 높게 잡아도 스무 살을 넘지 않는 '사고 실험으로서의 소설 주인공의 탐색기'가 동화와 청소년 소설에도 해당되는 것이다.[1)]

남상순의 청소년 소설들에서 가족과 친구들, 선생님들, 지역사회와 제도적 교육 체계, 전통과 가치관들 간의 길항·압력을

1) 이에 대한 더 자세하고 심도 있는 논의는 다른 자리를 필요로 할 것이다. 아울러 남상순 작품 전반의 의미 탐색과 평가는 또 하나의 글로 쓸 필요가 있다.

받아 느끼는 갈등과 대립, 싸움을 지양하고 해결하는 지혜 중에 '우정의 연대'가 주목된다. 사랑과 복종, 공감과 동일시, 희생(/헌신)과 인내 등도 관계성의 상호 작용 수단 혹은 목적으로 활용되고 권유된다. 하지만 주체와 대상이 동등하고 존중되는 가운데 성향과 기질에 따른 개성은 그대로 인정하고 개별 주체의 독립과 자주·자립성은 권장된다. 그래서 가깝지도 멀지도 않은 친구 사이, 즉 '우정의 연대'를 제안한다. 이는 비단 친구 사이만이 아니라 노소와 남녀, 인종, 종교, 국가와 지역을 넘어 빈부와 계급, 계층 간에도 요구되는 최대 최고의 덕목이 아닐까 싶다. 은근하고 설득력 있는 사유思惟/事由로 보인다.

"하지만 과연 '친구'라는 것보다 더 멋진 말이 있을까? 우리 사이를 '친구'보다 더 잘 표현할 수 있는 단어가 생각나면 언제든 나한테 말해 줘."

'우훅'이라는 별명은 그 순간 지어졌다. 내 입에서 우훅, 역겨움인지 감탄사인지 알 수 없는 딸꾹질이 튀어나온 것이다. 웃기기도 하고 놀랍기도 하고……. 뭐 아무튼 우훅은 그런 비슷한 뜻이다.

어쨌거나 어른들은 진짜 웃긴다. '엄마라고 부르기 싫거든 그냥 친구라고 생각해'라고 하면 될 것을 온갖 폼을 다 잡아 가면서 멋지게 말하려고 한다. 친구? 그렇게 쉬운 걸 도대체 왜 어렵게 말

하나.[2]

아빠하고 우혹은 한참 "어이, 동창!" 하는 식의 대화인지 싸움인지 하는 것을 주고 받았다. 아빠는 애한테 너무 무관심한 거 아니냐는 것이었고, 우혹은 애들도 문제 해결 능력을 가지고 있다며 맞받아쳤다.[3]

이렇게 '우정의 연대'에서는 호칭을 자유롭게 쓰면서 아주 자연스럽고 치열하게 토론이 이루어진다. 끝장 토론이 아니라 끊임없이 생성되고 끊임없이 되풀이되는 자기 의견 개진과 상대 의견 개진이 맞붙어 각자의 상황과 여건, 논리에 맞는 지혜로운 해결책이 나오게 되는 것이다.

2. '친구', 상호 이해와 연대

남상순의 이번 작품집에서 공통된 것이 있다면 서로를 이해하고 각자의 삶의 간난신고艱難辛苦를 연민에 가득 찬 마음으

2) 남상순, 『특별한 이웃=ㅁ』, 사계절, 2010, 35쪽.
3) 위의 책, 88쪽.

로 공감하며 더 나아가서는 내 안에 있는 '나'들에 관한 사유가 깊이 있게 천착穿鑿되고 있다는 점이다. 이전 작품들에서는 개별 주체의 누구에게도 침해받지 않고 오롯이 자기 스스로의 삶을 구성해 나가는 인물들을 형상화했다고 한다면, 이번 소설들에서는 '나'의 존재가 관계성의 맥락과 교통 속에서 주체적으로 구성되고 조형되었음을 알린다. 마치 자기밖에 모르던 유아적 주체가 상호 관계의 혼돈과 무질서 속에서 점차로 성숙한 자기가 되는 면모를 보이는 것이다.

세상에는 이런 사람도 있고 저런 사람도 있지만 나를 드나드는 인격의 출입마저 내 뜻대로 통제할 수 없다는 것이 내 발길을 더 오래 길에다 묶어 두었다. 나는 나인가. 그 밤에 내가 해볼 수 있는 것은 그런 생각을 하면서 거리를 조금 더 걸어보는 것 말고는 아무것도 없었다(「앞집 여자」, 176~177쪽).

도처에 널려 있는 수많은 '나'들에서 어디까지가 진짜 나이고 누가 아버지이며 내 어머니는 어디에 있는가. 잠깐이지만 나는 릴리가 내 안에서 흘러나온 것 같은 착각에 빠졌고 할 수만 있다면 내 안으로 다시 집어넣고 싶었다(「삭발」, 221쪽).

가족 유사성을 띠는 남상순 소설의 인물들이지만 인용한 작품은 각각 「앞집 여자」와 「삭발」이다. 앞의 작품은 계모로 들어와 아들, 딸을 양육하며 살고 있는 '나'에 대한 집요하고 과도한 관심으로 무례를 범하던 '앞집 여자'를 이해하고 그녀로부터 자신이 독립해야 함을 깨닫는 '이혼전말기離婚顚末記'이다. 그녀 역시 왕성하고 활동적으로 두 딸들을 키우면서 겪었던 삶의 무게와 스트레스를 풀었으리라는 전말서. "그녀는 계속해서 살아가기 위해 나를 이용해서라도 자기 자신을 좀 더 이해하고 싶었던 게 아닐까"(175쪽) 하고 느낀다.

「삭발」은 충남 보령 인근의 작가 레지던스에서 만난 릴리와의 우정과 연대를 기록의 형식으로 반추하는 가운데 '삭발'의 통과 의례를 '나'는 어떻게 의식하면서 새로운 '나'로 태어날 것인가를 묻고 있다. 어린 시절의 외로움과 삶에 대한 불안을 겪은 '나'와 릴리의 상처와 그 치유를 위한 몸부림은 '삭발'의 강렬한 기억과 더불어 자기 서사를 풀어내는 작가의 길로 인도했던 바, 내 안의 아버지와 어머니, 그리고 살아오면서 만났던 사람들, 현재 만나 나의 일부가 된 이들은 모두 다 나이면서 또 다른 이야기를 구성하는 요소들로 되살아나 영원히 살아있는 생명체를 이루어 간다. 나를 살게 하고 나를 죽게 하는 필수 불가결한 동료이자 인생의 동반자임을 이토록 '뜨거움의 정체'로 고백함이랴.

'나'들의 복합적이고 역동적인 주체는 이제 누구를 만나서나 집중을 하고 진중한 태도를 갖는 순간 '친구'가 된다. 「매듭」에서 삼촌과 숙모 커플은 초혼 실패를 하고 다른 배우자와 결혼생활을 하다가 재결합 얘기가 오간 끝에, "우린 그냥 친구처럼 지내기로 했어. 나도 그게 편하고 좋아."(41쪽)로 결말지어진다. 거기에 이의를 다는 사람은 화자인 나를 제외하고는 집안 식구들 모두가 원만하게 해결되어 뿌듯하다는 반응을 보인다. 관록과 경륜의 베테랑들의 눈에 비친 삼촌과 숙모의 이별과 재회의 곡절은 곡진한 이해와 배려가 아니고서는 도저히 납득할 수 없는 처사이다. 시아버지인 할아버지의 여든 네 번째 생신을 맞아 직접 찾아온 숙모의 성심誠心과 식구들의 당혹감을 일시에 풀어 주는 것은 할아버지의 며느리 사랑이 빚어낸 역사歷史/役事였다. 삼촌의 뒤늦은 사과와 숙모의 너그러운 용서 역시 떨어져 사는 동안 역지사지易地思之하고 산전수전山戰水戰을 겪은 뒤였기에 생명을 가진 자의 연민과 용기, 지혜가 작동했던 것이다.

표제작인 「도라지꽃 신발」에서는 재혼한 아버지와 가출하여 결혼하겠다는 열아홉 살 딸의 신경전이 벌어지는데, 딸을 강제로 끌고 집에 들어가는 어리석은 행태가 벌어지지 않는다. 딸의 생모와 헤어지고 새 여자를 들인 뒤에 모범생이던 딸의 가출이 이어지고 '그'도 건강을 잃으면서 헤어진 전처와 "아빠가 내 집을 없앤거야"(63쪽)라던 딸의 절규를 곱씹고 곱씹었기 때문이다. 사위 자리를 선보려던 약속이 어긋나고 식당 근처에 한 달간 회사의 말미를 얻어 혼자 공부하면서 친환경 흙집을 짓고 있는 사내와 얘기를 나누면서 '그'는 무력감과 연민을 느끼는 한편, 딸의 결정을 인정하기로 한다. 살다보면 누구나 겪는 희로애락과 간난신고를 스스로 겪고 삶의 주체로 사는 사람은 딸이기 때문에 대입 검정고시를 새로 시작하는 것처럼 그 몫을 지켜보는 수밖에 없다. 그렇게 돼야 비로소 딸은 예전의 사랑스럽고 귀여운 아이의 삶(의 표정)을 되찾고 아빠와 같이 험난한 인생길을 헤쳐 나가는 친구가 되는 까닭이다. 전처와 딸아이가 친구였듯이 말이다.

'우정의 연대'는 비단 이 뿐만이 아니다. 「장부」와 「요이지 커피」에서도 찾아볼 수 있다. 어머니가 남긴 유품인 '시첩(장부)'의 암호를 풀기 위한 딸 희규의 명주 팔이 행상은 아버지에게 기대지 않고 "밥하고 김매는 것에 무관심했던 어머니"(237쪽)의 행보를 추적하고 어머니의 독자적이고 돈독하게 엮인 고객들과의 관계를 확인하는 추모 행사의 성격을 띤다. '뭔가 돈벌이 될 만한 것'에 몰두하여 '이희규 명주 전문 상회'를 갖는 것이 꿈인

희규의 명주 짜기와 행상은 어머니의 DNA를 그대로 물려받은 딸의 '코피'와 같은 표지로서 일회성의 성격을 띠고 있지만 아버지의 비분강개悲憤慷慨나 세 살 어린 희규 신랑의 서울행 도주 행각으로 보건대 '화령 장터'에 '지름집'을 낸 육촌 말숙 언니처럼 가게를 차릴 가능성은 충분히 예상된다. 열일곱 나이에 이미 명주 열 필 판 돈으로 소 한 마리를 사서 육 개월 만에 시댁으로 돌아가는 희규가 아니던가. 모전여전母傳女傳의 대물림은 단순히 가내 수공업의 전근대적 전문 기술 전수로 그치지 않고 딸 대代에 이르러 확장·발전할 소지가 다분하다. 이러한 청출어람青出於藍의 이윤 축적 전략은 어머니와 딸 간의 '우정의 연대'를 더욱 단단하게 할 기반으로 작용할 것이다.

「요이지 커피」는 작가의 소설 창작 방법론을 탐구·모색하는 작품으로 소재를 선택하고 소설의 얼개를 짜며 주제에 집중하여 얼마나 정직하게 써야 하는지를 습작생인 곽 할머니를 할아버지와 오버랩시키면서 소설가의 자의식을 드러내고 있다. 작품의 진실은 무엇인가, 독자와 작품은 어떻게 만나고 만나야 하는가, 인간의 본질을 탐구하고 인생에 대한 진지한 모험을 벌이는 소설을 창작하는 작가의 고뇌는 무엇인가를 털어놓는 것이다. 작가에 의해서 소설이 창작되고 초고 원고가 편집자와의 생산적 투쟁의 과정을 거쳐서 책으로 묶여 서점에 진열(전시)되고 독자가 소설을 선택하여 읽고 미적·정서적·사상적 인식을 갖게 되는 일련의 전 과정이 기술된다. 할아버지 → 나 → 곽 할머니의 유전流轉/遺傳과 혼종混種은 종縱/從과 횡橫의 질서는 물론이고 그 속성을 알아볼 수 없을 정도의 뒤엉킴을 본래적 작용인作用因으로 한다. 이는 시공간·물적 존재·의식(관념)·가상 세계와 우주 공간까지를 포함·인유引誘하는 인간 활동의 존재론적 본질인 까닭에 소설과 문학이 있어야 할 이유이다. 포송령蒲松齡(1640~1715)의 『요재지이聊齋志異』가 표본으로 언급되는 소이所以와 같이 '우정의 연대'는 곽 할머니와 나만이 아니라 돌아가신 할아버지를 소환(할머니의 '귀신'과 마찬가지로!)하고 기꺼이 주고받는 대화와 추모, 그리고 나의 소설 속에서 빛나는(곽 할머니의 '글'속에서도) '빛의 잔영'(109쪽)이 된다.

3. 집을 둘러싼 쟁투의 몸부림

아직까지 거론치 않은 「군고구마」까지도 '우정의 연대'를 마음이 멀어진 부부 사이라고 해서 운위 못할 까닭은 없다 하겠으나, 다른 여섯 편의 작품들과 비교해서 이 소설은 이색적이고 갈등이 첨예하게 부딪쳐 파열하는 비극을 연출하고 있다. 예전에는 지역 운동 단체의 활동가였다가 '지역 노동자의 사랑을 받는, 노동자를 위한' '21세기형 병원' '기획 실장'으로 전신하여 분주다망奔走多忙한 활동을 벌이고 있는 '그'에게 닥친 안팎의 시련과 위기는 노동 쟁의와 아내의 악몽이다. 고구마를 먹었을 때 막히는 숨처럼 전도유망前途有望한 그는 동료라고 믿었던 노조에 배신을 당하고 몇 번의 실패 끝에 기적같이 찾아온 결혼 십 년 만의 임신에 기뻐하지 않고 '검은돌'을 품었다고 출산을 탐탁지 않게 받아들이는 아내에게 분노를 느끼며 어쩔 줄 몰라 한다. 넓고 쾌적한 집을 마다하고 작은방 붙박이장 안에서 잠을 청하는 아내, 그의 소원대로 유지하던 긴머리를 자르고 노골적으로 매몰차게 대하는 아내와 화해를 시도하지만 좋은 추억의 매개체인 '고구마'를 아내가 먹을지는 아직 모른다. 그의 다각적인 화해를 위한 노력과 대화 시도에도 불구하고 노조는 끝내 파업 선언을 했듯이 장롱 안으로 숨는 아내의 칩거는 아기집子宮 안의 '검은 돌'과 같이 이물적異物的이고 위태롭다.

휴식과 재생의 공간이자 삶의 터전인 집이 어느 순간 감옥으로 변하고 죽음의 장소로 느껴질 때 대부분의 사람은 그곳을 떠나거나 탈출을 시도한다. 남상순 소설의 추억의 보고寶庫이면서 떨치고 싶은 지옥인 집은 양가적이거나 다층적인 의미를 함유하고 있다. 「장부」의 희규의 (시)집과 어머니의 (시)집, 「도라지꽃 신발」의 전처와 딸애가 탈출한 집, 그리고 집 짓는 사내와 아내가 부순 양옥집, 「매듭」의 삼촌과 숙모의 신혼집, 「앞집 여자」의 그녀의 집과 '나'의 집, 또는 성당, 「요이지 커피」의 우리 집과 어린 순주의 집, 그리고 갇혀 있던 집(과 창고), 「삭발」의 릴리의 집과 작가 레지던스의 펜션, '나'의 집, 이 작품들 모두에서 남성 인물들에게 편안하고 익숙한 집(심지어 「매듭」의 삼촌이 혼자 살던 집조차도……, 또한 위태롭고 아슬아슬함에도 끝내는 나가지 않을 「군고구마」의 남편인 '그'의 집)은 얼마나 다르고 어마어마한 차이로 인식(의식)되는가.

양가성만이 아닌 다층성의 지배력과 영향력은 「군고구마」의 아내의 자궁, 붙박이장 속, 부부의 침대가 놓인 안방과 아내 친정까지 두루 미친다. 그곳에서 아내는 자신의 일부이자 자신이 갖고 있는 점유·처분권자임에도 그 처분과 사용에 제약을 받는다. 데뷔작 「산 너머에는 기적소리가」에서 '나'는 아버지 집에서 쫓겨나 외갓집에서 병든 외할아버지를 돌보며 살고 있는데 어머니가 기차를 타고 떠날 것만 같아 불안한 '집을 잃은 아이'로 나온다. 집은 그만큼 작가에게 할아버지의 친숙하고 너그러운 그늘과 아버지의 무관심하고 매몰찬 공간으로 그려져 어린 화자, 혹은 주인공의 삶을 모순에 가득차고 불안에 떨게 하고 있는 장소이다. 어머니의 불행과 지옥 같은 생활은 불안과 공포의 강박으로 당신 자신과 아이를 내몰아 그대로 전이된다. 그리

하여 작가는 길고 긴 세월 동안 어떻게 하면 불안에 떨지 않고 생활의 안정감을 찾으며 삶의 주체로서 자신에게 주어지고 가해지는 비극적인 운명을 이겨내고 극복하면서 스스로의 운명의 좌표를 그려낼 것인가를 모색해 왔다.

그로써 얻은 결론이 주체적 삶의 가능성을 모색하는 공간으로 집을 바꾸고 그런 공간을 꿈꾸는 일에 착수한다.「삭발」의 절집이나 릴리의 십육 년간 정신치료받은 방(?),「앞집 여자」인 그녀의 성당, '나'의 논술 공부방과 산동네 반지하 방(집필실),「도라지꽃 신발」의 딸의 시집, 사내와 아내의 새로 짓는 흙집,「군고구마」의 아내가 머무는 붙박이장 속,「장부」의 어머니 행상 길에 들렀던 고객들과 만나던 방들, 희규의 친정집 명주 짜는 방과 '이희규 명주 전문 상회',「요이지 커피」의 곽 할머니-어린 순주의 친정집과 하인 수동과 도피행을 꿈꾼 어느 공간 등이 꼽아볼 수 있는 항목들이겠다. 버지니아 울프의 '자기만의 방'이 그러하듯 이 장소들은 완벽하고 자족적이진 않다. 수시로 문을 두드리고 침범하는 무례를 범하거나(독신 여성 공간의 현대적 형태에서도 그런 보도가 심심치 않거니와) 집중적인 주시와 사시斜視 가득한 오해로 비정상의 낙인을 찍어 구조적이고 정동적인 형태로 압박을 가하는 경우가 허다하지 않은가. 그럼에도 이 무모하고 도전적인 공간 획득의 시도는 좌절을 딛고 좌절을 하더라도 끊임없이 되풀이돼야 한다. 남상순의 우직하고 집요한 추구는 그래서 더욱 값지고 이채롭다. 왜냐하면 이 집의 마련을 위한 투쟁과 반복적인 지속성은 시종여일始終如一하기 때문이다. 그런 점에서 남상순의 여성-서사의 일관되고 그침이 없는 창작과 모색, 무모한 탐구는 주목해야 한다.

4. 여성-서사의 일관된 모색과 '웅숭깊은' 페미니즘의 길

요즘 활성화하고 이슈화되는 페미니즘의 부상으로 남상순의 작업이 늦은 감이 있고 또 감질나는 대로 유행에 뒤진 포퓰리즘(Populism; 대중추수주의; 大衆追隨主義)이라고 비난받을 우려를 생각한다면, 남상순 작가로서는 당혹스럽고 기막힌 일로 항변할 수도 있겠다 싶다. 그는 정작 데뷔 때부터 그러한 작가의 사명과 소설가로서의 생존 전략을 여성 주체의 독립과 자립, 경제적이고 정서적이며 심리적인, 더 나아가 정치적이고 사회적인 자율성 모색에 두었기 때문이다. 설사 그에게 상대적 주체로 선택되어 소설의 인물로, 혹은 주인공으로 낙점받은 남성 화자-초점 화자가 등장한다고 해도 여성 억압의 전철前轍을 반성하고 개과천선改過遷善하여 복합적이고 다면적이면서 상호 관계성과 종합적 다초점 시각의 불가능한 노력을 포기하지 않으려는 서

술적 자의식을 기본적으로 갖추고 있다. 「도라지꽃 신발」의 아빠인 '그'나 흙집 짓는 사내가 그렇거니와 「매듭」의 삼촌은 말할 것도 없다.

「장부」와 「요이지 커피」, 「삭발」, 「앞집 여자」, 「매듭」에 나오는 여성 인물들의 상호 연대와 이해, 격려와 상호 간의 축복은 여성-서사의 생애 주기별 인물들의 점점이 박혀 있는 배치의 이유와 「도라지꽃 신발」, 「군고구마」까지를 포함하여 한 치의 타협이나 굽힘이 없이 여전히 의연한 여성－서사의 연대기를, 성좌星座의 지도를 그리는 속 깊은 의도(의지)였노라고 설명할 수 있겠다. 남상순의 여성－서사의 개가凱歌는 인제야 본궤도에 오르는 듯이 보인다. 극도의 불안과 스트레스, 압도적인 운명의 저주와 헤어날 길 없는 인연의 사슬을 끌어안고 오열하며 삶의 구석에 처박히고 인생의 격랑에 휘둘리면서도 자기를 잃지 않고 끝까지 스스로를 지키려는 자존감과 지옥을 떠나되 끈을 놓지 않고 언젠가는 만나 설거지를 하듯 말끔하고 깨끗한 인연으로 앞날을 기약하는 인내와 포용, 살림의 웅숭깊은 뜻을 어찌 알랴. 전투적이고 급진적인 페미니즘이 하는 역할과 폭발적인 문제 제기 효과는 인정하고 지지하되 그 뒤, 혹은 주위에서 묵묵히 일상적인 생활을 영위하고 삶의 쇄사鎖事를 감당하고 계속되는 인생의 권태와 피로를 반복의 재생력과 차이의 창

조력으로 환치하는 일도 필요하고 또 대부분의 생들이 맡는 몫이다.

굳이 페미니즘이라고 부르지 않아도 좋을 오랜 시간 품고 공글려 온 삶의 지혜(말하자면 여성-서사의 남상순적 시도·지속)를 이 작품집의 각 소설들은 생생하게 전달하고 있다. 이제 바야흐로 남상순의 '여성-서사'의 진폭은 최근 발표된 「장부」를 보건대, 근대화·산업화 시기 이전의 일제 강점기에까지 닿아 있다. 「요이지 커피」의 곽 할머니까지를 염두에 둔다면, 작가 자신의 원체험 트라우마 시공간 이전으로 거슬러 올라가서 가부장제 사회 속에서 자신만의 삶을 가꾸고 자기 방식의 운명의 지도를 그리는 어머니 권월호, 그리고 곽 할머니가 오롯하다. 「앞집 여자」의 '그녀'와 '나', 「매듭」의 숙모, 「삭발」의 릴리와 '나'까지를(그리고 「군고구마」의 '아내'와 「도라지꽃 신발」의 '전처'와 '딸'까지) 종횡으로 세우고 늘어놨을 때, 여성 주체의 역사적 연대기가, 생애 주기적 세대별 모델이 알게 모르게 확연하다. 알다시피 '자유'는 억압과 핍박, 구속의 조건이 작동할 때 빛이 나고 의미가 있지 않던가.

그러므로 가부장적 사회 구조와 지역 사회의 강박증, 국가의 권위주의적 폭력과 국민 주권의 약화가 준 최대의 선물이란 몸으로 깨닫고 경험으로 처절하게 받아안은 일생일대의 사투死鬪 – 낙관/비관을 초월하여 운명을 끌어안고 생명과 살림의 에너지를 확장하고 심화한 작가의 끊임없는 창작 모색과 좌절, 실패의 연이은 타격에도 의연하고 당당하게 새옹지마塞翁之馬의 묘리를 실천한 작가의 저력에 있었다. 열아홉 살 딸의 결혼, 시집살이가 '갈라진 시멘트 담벼락이 신발처럼 도라지꽃을 감싸고 있는' 것처럼 보인다 해도 "난 그 애 엄마하고도 다르고 우리 엄마하도도 완전히 다른, 편안한 집 같은 엄마가 될 거야"(72쪽)라고 말하는 아이를 말리지는 못한다. 그것은 딸아이의 몫이기 때문이다. 아무리 출중한 능력과 재력을 갖춘 아버지라 하더라도 자식의 삶에 관여하지 못하는 것은 당연하다. 저 냉정한 통찰력과 온화하고 속 깊은 무기력은 온전히 부모의 몫이자 자식의 깨달음과 실행에 달린 바다.

「도라지꽃 신발」의 딸보다도 어린, 그러나 앞선 시대를 살았던 「장부」의 희규와 명은의 저 당찬 '탐정 의식'은 독자로 하여금 운명을 헤쳐 나가려는 여성-서사의 웅혼한 출사표를 예시했듯이 딸도 저만의 '다른 삶'을 사는 것이다. 그리고 모든 인간에게 닥치는 간난신고는 예외가 없다. 그런 까닭에 미리 예감하고 염려하는 우려와 걱정을 보낸다 한들 그것은 하등의 도움도 안 될 뿐더러, 자식 사랑의 과시적인 호들갑에 불과하다. 딸에게도 간난신고가 찾아와야만 주체적인 인간의 대응과 어떤 노하우가 생기는 법이다. 실제로 '가슴에 대못이 박힌 것'은 그가 아니라 딸이 아닌가. "너, 나 없이 살 수 있어?"(62쪽)를 반복 학습시키고 실제로 떠났다 해도 그 사건을 통해 성숙해진 건 그보다도 딸 쪽이다. 이렇게 남상순의 여성-서사는 역사적 선례先例와 현재적 생례生例가 교호하고 대결하면서 인물의 마음을 키우고 주변 사람들을 조금씩 변화시키면서 제 갈 길을 꾸준히 걸어갈 것이다.

도라지꽃 신발

1판 1쇄 펴낸날 2021년 1월 20일

지은이 남상순
펴낸이 이민호
펴낸곳 북치는소년

출판등록 제2017-23호
주소 10442 경기도 고양시 일산동구 일산로 142, 427호(백석동, 유니테크빌벤처타운)
전화 02-6264-9669
팩스 0505-300-8061
전자우편 book-so@naver.com

디자인 책은우주다
제작 두성 P&L
ISBN 979-11-971514-2-2 (03810)

• 이 도서는 한국출판문화산업진흥원의 '2020년 출판콘텐츠 창작 지원 사업'의 일환으로 국민체육진흥기금을 지원받아 제작되었습니다.